タイニー・タイニー・ハッピー

飛鳥井千砂

角川文庫 16969

Contents

ドッグイヤー

電車を降りると、冷たい風に頬を撫《な》でられた。外していたマフラーを巻き直す。

改札を抜けて、児童公園が目の前にある南口から外に出た。ドラッグストアを通り越し、郵便局の角を左に曲がると、見えてくる。ベージュ色の、弓なりに曲がった四階建ての大きな建物。看板には、赤と青の交互の文字でこう書かれている。

「Tiny Tiny Happy」

タイニー・タイニー・ハッピー。「小さな小さな幸せ」というような意味。僕の勤めている商社が経営する、大型ショッピングセンターだ。

本当は英文法的にはこの言い回しはおかしいらしいが、まあそこはご愛嬌《あいきょう》。語呂《ごろ》や響きのよさを優先している。利用者は文法なんて気にしないし、大体フルネームで呼ぶ人なんて滅多にいない。略して「タニハピ」と呼ばれることがほとんどだ。

我が社が直接経営するスーパーとホームセンターの他に、飲食店、アパレルショップ、雑貨屋、美容院、書店、CDショップなど、入っているテナントは二百五十店以上。旅行社や保険会社の簡易窓口もあるし、隣の敷地にはシネコンも併設している。

——ここに来れば生活のすべてを満たせます。ここで皆さんの『小さな幸せ』を探してください。

そんなコンセプトで、都心から電車で四十分余り、いわゆるベッドタウンのこの町に、三年前にオープンした。

屋外の正面駐車場には少し空きがあったが、案内板によると立体駐車場の二階と三階が満車らしい。寒いからこちらの方が人気なのだろう。平日の昼間に満車とは、なかなかの盛況ぶりである。

西フロア横の、立体駐車場の上り口脇にある従業員通用口に向かっていたが、途中で思い立って進路変更をした。正面入口に向かう。まだ少し時間があるから、久しぶりに店内を見ていこう。

正面入口の大きな回転扉に吸い込まれて、久々にタイニー・タイニー・ハッピーに足を踏み入れた。オープンしてから数ヶ月ぐらいは何度かヘルプで呼ばれて来ていたが、それ以来だ。

回転扉を抜けた途端、甲高い子供の声に耳を突かれた。三、四歳ぐらいの女の子二人組が、はしゃいだ声を出しながら、走って僕の前を通り過ぎていく。そこに「こら！」「危ないでしょ！」という、お母さんたちの声。僕や周りの客たちに「すみません」と頭を下げながら、女の子たちを追いかける。

平日の昼間は、やはり親子連れが多いようだ。でもデートに使えるような雰囲気のいい飲食店や、都心のデパートにも入っている人気ブランドのアパレル店も取り揃えているから、夜や土日には若い客も取り込めていると聞いている。

吹き抜けの中央フロアでは、まず巨大なシンボルツリーに目を奪われる。もみの木に似た形の造木で、高さは三階の床と同じぐらい。枝のあちこちに、雪を表現しているのだろう、白いファーのようなものが施されていて、スパンコールがついているのか、角度によって銀色の光を放っている。冬らしくて、なかなかいい演出だ。

「なにボーっとしてるんだよ」

そんな声と同時に、後ろから肩を叩《たた》かれた。振り向くと、さすがにツリーほどではないが、それでも僕より頭一つ分背の高い男が、僕の顔を見下ろしていた。

川野《かわの》だ。タニハピのオープニングスタッフに選ばれて異動になるまで、本社で僕と机を並べて働いていた同僚である。一年後輩社員だが、大学で一浪一留年しているので歳は僕より一つ上。だから、上下関係なくお互い楽に付き合っている。

「我が子の成長に感動してるのか？　ゴッドファーザーさんよ」

憎たらしい顔で笑いながら、川野が言う。「やめろってば」

僕は苦笑いした。

そう、実は「タイニー・タイニー・ハッピー」の名付け親は、他でもないこの僕なのだ。

オープン前、社員全員が最低一つ名前候補を提出しろとのお達しが出て、川野はじめ同僚たちが「小さな町って意味でスモールタウン！」とか、「幸せがある場所でハッピープレイス！」とか、かなり適当に提出しているのを見て、僕はみんなの使っていた言葉を組み合わせて「小さな幸せって意味で、タイニー・タイニー・ハッピー」と、やはり適当に提出した。そうしたら、まさかの採用になってしまった。タイニーを二つにしたのに特に意味はない。その方がリズム感がいいかと思った程度だ。だって、まさか採用されるなんて思ってもみなかった。

「いや、きれいに飾りつけしてあるなぁと思って、見てたんだよ」

ツリーを見上げながらそう言うと、川野は「そうか?」と、あからさまに嬉《うれ》しそうな顔をした。こういった店内のディスプレイや広告などの企画が、川野の今の仕事なのだ。

「でも悪いね、急に来てもらっちゃって」

「まぁ、困ったときはお互いさまだよ」

僕は普段、都心の本社で商品管理の仕事をしている。今日はタニハピの事務室で同じ仕事をしている女性社員が、数日前から休んでいて仕事が追いつかないからと呼び出された。育児休暇から復帰して以来、急な欠勤が増えているのだという。

「奥さんには会ってきたのか? 驚かせてやったら?」

川野が言う。

「いや、いいよ」

首を振った。電車の中で「今からタニハピに行く」とメールを送ろうか一旦《いったん》は迷ったのだが、やめておいた。知らせたところで用事もないし、職場で夫婦がヘラヘラと顔を合わせるのもおかしいし。

そう、実は僕の妻の実咲《みさき》も、タニハピ内で働いている。川野の肩越しに見える、かわいらしい外観のティールーム。その横から伸びている通路は東フロアに繋《つな》がっていて、実咲はその東フロアの、二階の端の方に位置するメガネ屋の店員だ。首都圏を中心に店舗展開している小売チェーンで、実咲も入社してからの数年は都内のデパート内の店にいたのだが、二年前にここの店舗に異動になった。内示が出た日は、「ねぇ、私あなたの子供の中で働くことになったのよ」と笑いながら報告してきたっけ。実咲も川野同様、僕が考えた名前が採用されていることに、「すごーい。ゴッドファーザー！」と、やたらとからかうのだ。

「なんだよ、照れ屋さんだなぁ」

シンボルツリーからの銀色の光を背負いながら、川野が鬱陶《うっとう》しい笑顔を向けてきた。まったく。

昼休みで今から食事に行くという川野と別れ、西フロアに向かった。中央フロアに面しているコーヒーショップの前を横切って、弓なりに曲がっている通路をどんどん歩く。靴屋、スポーツ用品店、子供服店の前を通り過ぎる。うちの会社の事務室は、西フロアの一階の端のバックヤードにある。

多少緊張しながら、「お疲れさまです」と事務室の扉を開けた。

「北川《きたがわ》君！　待ってたわよ。ありがとう」

すぐに部屋の真ん中辺りの机から、大原《おおはら》さんが手を振ってくれて、ホッとする。かつての上司だ。仕事ができて、仕切り上手なことから、僕と川野は愛情を持って「大原姉さん」と呼んでいた。川野と同じくタニハピのオープンのときに異動していって、今はここで総務課長になっている。

「お疲れさまです。お元気ですか？　新婚生活はうまくいってますか？」

本社にいたときはバツ一独身で、お局《つぼね》さまっぷりに拍車をかけていた大原さんだが、去年三十五歳のとき、僕と同い年の八歳年下の男性と再婚して、会社中の話題をかっさらった。

「新婚って言ったって、もう一年経つけどね。おかげさまで楽しくやってます、今度はね」

「今度」を強調して、大原さんは豪快な笑い声を上げた。気持ちのよい姉さんぶりは健在のようだ。

大原さんの隣に、制服ではなくスーツ姿の女の子が座っていた。「小山理恵《こやまりえ》」と名前が書かれた勤務表を手にしている。目が合ったので軽く会釈をすると、「こんにちは」といきなり滑舌よく返されたので驚いた。慌てて「こんにちは」とつられて返してしまったが、違和感があった。職場でどうして「こんにちは」なのだ。「お疲れさま」だろう、普通。

「管理のヘルプで本社から来てくれた北川君。こちらは今日からここに配属になった小山さん。寝具売り場担当になるの。関西支店から異動してきたのよ」

大原さんが紹介してくれた。なんの区切りでもない一月の末に異動なんてめずらしい。

急な退職の穴埋めとかだろうか。

「小山さん、ちょっと待っててね。北川君、こっち」

大原さんが、僕を管理部門の島まで連れて行ってくれた。僕より若そうな女性社員二人が「お忙しいところありがとうございます」「助かります」と、出迎えてくれる。でもすぐに、「全く山下《やました》さんったら」「本当に迷惑よね」と、例の社員の悪態に切り替わってしまった。僕はコートを脱いだりしながらそれを聞き流して、一段落着いたところで「何からやりましょう？」と尋ねた。面倒ごとに巻き込まれるのはごめんである。

託された仕事をなんとか終えて、帰り支度を始めたときだった。スーツの胸ポケットに入れていた携帯が震えた。実咲からメールだ。

『急にごめん。今からゆうとジュンジュンと飲みに行くことになりました。夕食、食べてくるか買うかしてくれる？』ということだ。

『了解』と短い返信を送り終えたところで、川野がタイミングよく「お疲れ」と声をかけてきた。食事に誘ってみると、「おう、いいよ」と二つ返事で乗ってきた。

「でも奥さん、いいの？」

「友だちと飲みに行くんだって」

「そうなんだ。じゃあタニハピ内のどこかで食べるか」

「もう閉まってるんじゃないの？」

腕時計を見た。二十時を過ぎたところだ。タニハピの閉館時間を過ぎている。

「二、三階の飲食店は閉館してもまだ開いてるんだよ。飲み屋として使える店があるぐらいだから」

最近西フロアの二階に入ったという、洋食屋に行くことにした。

「オムライスがおいしいんだってさ」

従業員通用口の扉を開けながら、川野が言う。

「オムライスって柄じゃないだろ。大男が」

からかってやると、

「コンビニ弁当と牛丼にはいい加減飽きたんだよ。奥さん持ちの徹《とおる》ちゃんにはわかんないよな」

と、怒られてしまった。

立体駐車場の上り口の脇を通って、一旦建物の正面に回りこんだ。西フロアの端にある屋外エレベーターで、二階のテラスに上がる。閉館後も営業している飲食店には、全てこのテラスに通じる扉が設置されているという。

どこかで実咲にすれ違ったりして、と思ったが、そんなことにはならなかった。東フロアにも従業員通用口があるので、実咲はそちらを使っているのだろう。

評判だというオムライスは、「普通に」おいしかったけれど、取り立てて話題にするほどとは思えなかった。川野は「うまい」と喜んでいたので、まあいいけれど。

「徹ちゃんの奥さん、料理上手なの？」

いきなりそんなことを訊《たず》ねられて、焦った。心の中を見透かされたかと思ってしまう。

「すごく上手くも、すごく下手でも」

誤魔化してそう返事したが、本当は「このオムライスに千二百円も出すなら実咲のオムライスの方が」と、考えていたところだった。そう思わせるぐらいには、実咲は料理上手である。

「明日《あした》、飲み会があるんだよ。異動してきた子の歓迎会」

川野が顔を上げた。

「小山さんだっけ？」

「ああ、会った？　いい子だよな。さっぱりしてて明るくて」

「あー、そうだな」

「こんにちは」という妙な挨拶《あいさつ》が気にはなったが、確かにはきはきとして明るそうな子ではあった。顔もかわいい部類に入るだろう。しかし川野が女の子を褒めるとはめずらしい。大原さん以外の女子社員とは必要以上の話をしているのを見たことがないし、彼女もいない。合コンに行ったとかいう話もまるで聞かない。あまり女の子に興味がないのだと思っていた。

「気に入ってんの？」

「いや、別に。ただ俺、同期だから新人研修で一緒だったんだけど。積極的になんでもやるし、いい子だったよって話」

川野は急に早口になった。笑いを必死に堪《こら》える。それなりに気に入っているらしい。

「女女してる子って、恥ずかしがってなかなかやらなかったりするだろ。そういうの嫌いなんだよな、俺」

なるほど。女の子が嫌いなんじゃなく、女女してる子が嫌いなわけか。そういえば実咲のことも、結婚式で初対面したあと、「徹ちゃんの奥さんはほんわかしてるけど、女女はしてないからいいな」と言ってくれてたっけ。

「それで、歓迎会。大原さんが幹事なんだけど、徹ちゃんも呼びなって。来れば？」

「え？　だって俺、関係ないのに？　それに例の社員さんと顔合わせるの気まずいよ」

「山下さん？　来ないよ。元々そういうの一切参加しない人なんだ。だから浮いてるんだよ。それに関係なくないだろ、徹ちゃんは今後」

川野が笑う。確かに今朝、本社で課長に、タニハピに行ってもらうのは今日だけじゃないかもしれないと言われた。

「どうせ帰り道だろ、来いよ」

「うん、じゃあお邪魔しようかな」

オムライスの最後の一口を口に入れた。

部屋着に着替えて、リビングのソファに腰を下ろした。実咲はまだ帰っていない。ゆうとジュンジュンと飲みに行ったのなら、きっと終電で顔を赤らめての帰宅になるだろう。

他人に気を遣い過ぎる嫌いがある実咲は、人前で酔っ払うということができないのだが、その二人の友達だけは別らしい。よほど気兼ねせずに付き合える相手なのだろう。子供みたいなあだ名で呼び合っていることからも窺《うかが》える。二人からは、実咲は「みぃちゃん」とか「北ちゃん」と呼ばれているらしい。

一人はメガネ屋の同僚の男性で、一人は斜め向かいのイタリアンレストランのウェイトレスの子だとか。近隣の店で歳が近い従業員が少ないので、自然に仲良くなったらしい。

なんだか僕も飲みたい気分になってきた。キッチンに移動して、冷蔵庫から缶ビールと、棚から柿の種を取り出した。

ソファに座りなおして、ビールと柿の種の袋を開ける。ローテーブルの上に置いてあった情報誌を手に取って、パラパラとめくった。

折り目のついているページを見つけて、思わず舌打ちをしてしまった。「上手な冬服整理術」という記事だった。ページの端を折るドッグイヤーは実咲のクセなのだが、僕はいくら雑誌とはいえ、本を折り曲げるというこの行為が、どうしても受け入れられない。

情報誌は机に戻して、代わりにテレビを点《つ》けた。ニュースに合わせる。

玄関で音がするのが聞こえて目が覚めた。実咲が帰ってきたようだ。疲れていたのか、たった缶ビール半本で僕はうとうとしてしまったらしい。

「今日はごめんね、急に」

リビングに入ってきた実咲の顔は、やはり赤かった。目もとろんとしている。

「ご飯、どうした?」

「ん? 適当に食べたよ」

タニハピにいたことや川野と食べたことを話すのが面倒で、そう言った。

「そっか。会社の近くで?」

そう聞かれて、「あー」と言葉を濁したが、聞いてきた当の実咲が何やら上の空だった。ソファの背もたれに目線がいっている。そこには、僕が脱いだまま引っ掛けておいたスーツがあった。服を脱ぎ散らかしたままにするのは、実咲にとって僕のドッグイヤーと同じで、どうしても受け入れられないものらしい。必ず顔をしかめられる。

急いで立ち上がりかけたが、「いいよ」と制された。黙ってスーツを手に取って、自分も着替えるのか、実咲はリビングから出ていった。

「ありがとう、ごめん」

背中に向かってそう言ったが、聞こえなかったかもしれない。

実咲とは大学の同級生だった。知り合って八年、付き合って七年。結婚したのは二年前だが、同棲《どうせい》期間も長かったので、一緒に住み始めてからはもう五年になる。

だから僕たちは、お互いちゃんと心得ている。円満な夫婦生活を送るために、しなくてもいいケンカは避けるということを。

ドッグイヤーがあった、テーブルの上の情報誌に目をやる。そう、多少気に入らなくても、相手の小さなクセにぐらい目をつぶればいいだけだ。

パジャマになった実咲が、再びリビングに入ってきた。

「ねぇ今日、ジュンジュンがね」

冷蔵庫からお茶を取り出しながら、僕に話しかける。僕はテレビに見入っているふりをして、わざと遅れたタイミングで「ん？」と言った。酔っているときの実咲の話は、あまり要領を得ない上に長いから、面倒くさい。

実咲はお茶を注いだコップを持ってこちらを見ていたが、やがて
「やっぱりいいや。酔ったからもう寝るね」

と言って、ぐいっとお茶を飲み干した。

「うん、おやすみ」

実咲の背中を見送りながら、僕は缶ビールの残りを片付けた。


次の日の朝、目を覚ますと、実咲はもうキッチンで弁当を作り終え、蓋《ふた》を閉めているところだった。

共働き夫婦の正しい在り方として、僕と実咲は家事を分担している。掃除と洗い物は僕で、洗濯と料理が実咲だ。僕はきれい好きで整理整頓《せいとん》にうるさい。実咲は料理好きで服の管理に細かい。だから同棲をはじめたとき、この分担は自然に決まった。

ダイニングテーブルに、向かい合って座る。朝食はいつも弁当の残りだ。今日は、卵焼

きにポテトサラダに人参とゴボウの巻きカツ。豪華版だった。生真面目な実咲は、自分だけ外食して夕食を作らなかった日の翌日は、必ずこうやって気合の入った弁当を作ってくれる。

「そうだ、今日飲み会があるから、夕食いらない」

豪華なおかずを前にして、ちょっと後ろめたい。昨日の今日で今度は僕が外食だ。

「ん、わかった。会社の人と？」

「タニハピの人たちと。異動してきた社員の子の歓迎会なんだけど。幹事が昔の上司だから、誘ってくれたんだ。川野もいるし、せっかくだから行こうかなって思って」

「へえ。昔の上司って、大原さん？」

びっくりして僕は顔を上げた。

「そうだけど。よく覚えてるね」

一緒に仕事していた頃は確かによく話に出していたかもしれないけれど、離れてしまってもう三年も経つのに。

「結婚祝いに対のグラスくれた方よね。こっちはバスタオル贈ったっけ、その人が結婚したとき。再婚だったよね？　年下の人と」

全部正解だ。僕らの結婚式のとき、大原さんは長期出張中で式には出てもらえなかったから、実咲は一度も会ったことがないのに。顔も知らない人のことを、こんなにきっちりと覚えているのはすごい。僕には絶対にない能力である。

「川野がさ、なんかちょっと気に入ってそうなんだよね、その異動してきた子を」

「へー。そうなんだ。へー」

実咲の顔が途端に明るくなった。結婚式の二次会の幹事をしてくれた川野のことを、実咲も「頼りになるね」と気に入っている。「せっかく同じ職場にいるのに、タニハピでは全然すれ違わないんだよね」とも、よくぼやいている。

「じゃあ飲み会で仲良くなれたらいいね。徹、世話焼いてあげなよ」

「お見合い仕切るおばちゃんじゃないんだから。なに人のことで盛り上がってんの」

笑ってそう言ってから、人参とゴボウの巻きカツに箸《はし》を伸ばした。朝から揚げ物は大変だっただろう。

「ごちそうさま」

丁重に手を合わせてから、席を立った。


歓迎会は、シネコンの裏通りにある無国籍風の居酒屋で行われた。メニューも豊富でなかなか雰囲気のある店だった。

「こんなところに店があったんですね。知らなかった」

大原さんにそう言うと、

「タニハピの陰に隠れちゃって目立たないのよね。だからうちはよく使わせてもらってるわ」と説明してくれた。

一番広い部屋を貸切にしてもらっていた。僕と小山さんは、長方形のテーブルの真ん中あたりの、隣同士の席をあてがわれた。僕の向かいは幹事の大原さん。川野は一番端っこの席にいた。

「川野、変わる？　小山さんと同期同士、久しぶりに話したいんじゃない？」

そう聞いてやったら、「店員呼び係やるから、ここでいいよ」と言いながら、川野はそっと僕を睨《にら》んできた。面白い。

「えーと、とりあえず人数分、ビールでいいわよね」

川野が呼んだ店員に、大原さんがそう言ったとき、「あっ」と僕の隣から声が上がった。小山さんだ。

「私ビール嫌いなんで、ダイキリを」

小山さんが店員に告げた。店員は大原さんの顔を見る。

「うん、じゃあ一つダイキリにして」

大原さんは、大げさな笑顔を作って店員に言った。

運ばれてきたビールを、川野が端からみんなに回した。小山さんの前にはグラスが置かれ、後ろに立った店員がしばらくの間シェイカーを振って、やがてゆっくりとグラスに黄緑色の液体が注がれた。

一連の作業が終わるのを見届けてから、大原さんが立ち上がった。

「ではでは、小山さん、ようこそいらっしゃいました。北川君、この間はありがとう、またよろしく。ということで、乾杯！」

「カンパーイ！」という声と、ジョッキ同士をぶつける音が響く。僕も隣の小山さんにジョッキを向けた。小山さんは笑顔で応じてくれたが、ジョッキ×カクテルグラスの乾杯は、少しやりにくかった。よく見たらビールの泡は、ほとんど無くなってしまっている。

大学時代の実咲のことを思い出した。実咲もビールが飲めないのだが、クラスメイトとの飲み会でさえ、無理してジョッキで頼んでいた。それで悪酔いしてしまったりするから、付き合い出してからは、こっそり僕が途中から引き取ってやっていた。ゆうとジュンジュンとの飲み会では、最初から好きなカクテルを頼めているのだろうか。

「これ、おいしいですよ。取り分けましょうか？」

小山さんに話しかけられた。湯葉サラダを指している。

「あ、じゃあお願いします」

小山さんはにっこりと笑って、僕の取り皿を手にした。なかなかかわいい笑顔だった。そして確かに、積極的で明るい子のようだ。

差し出された取り皿を「どうも」と受け取ったときだった。

「あの、お名前は？」

突然、小山さんにそんなことを聞かれた。

「え、僕の？」

何を言われているのか、よくわからない。

「はい。お名前、うかがってないので」

さっきと同じ明るい笑顔で、彼女は僕の顔を見ている。

戸惑ったまま「北川」と言いかけて、ふと思った。この間もさっきも大原さんは苗字しか言わなかった。「名前」ってそういう意味だろうか。

「北川徹です」

「北川さんですか。よろしくお願いします」

彼女はそう言って、ダイキリをくいっとおいしそうに飲んだ。僕は呆然《ぼうぜん》とその横顔を見つめてしまった。

つまりは、こういうことだろう。この間は初日で色んな人と挨拶《あいさつ》を交わしただろうから、際立ったキャラクターじゃない僕のことは覚えていない。そして、さっき乾杯で自分と一緒に名前を呼ばれたのが誰なのか、どんな立場の人なのか、さして興味がないと。

「私、販売ははじめてで緊張してるんですよ。でも頑張ります」

再びこちらに顔を向けて、彼女は言った。僕は愛想笑いを返した。悪い子ではないのだろう。

リビングの扉を開ける。実咲がソファに座って缶チューハイを飲みながら、テレビを見ていた。この間と逆の構図だ。

「おかえりなさい」

実咲がこちらに顔を向けた。なんだか酷《ひど》く疲れて見える。顔は赤くないので、酔っているわけではなさそうだけれど。

「ただいま。結構いい感じだったよ」

「飲み会が？」

「うん、まあ飲み会もだけど、川野。例の異動してきた子と、結構仲良く喋《しゃべ》ってたよ」

場が温まってきたらみんな席を移動しはじめたので、僕もトイレに行ったあと、大原さんの隣に移動した。そのうち川野と小山さんは隣同士になっていて、内容までは聞こえなかったが、話は弾んでいるようだった。

「ああ、そうなんだ。よかったねぇ」

実咲は目を細めて笑ったが、どこか上の空な感じだ。昨日は自分の方がはしゃいでいたくせに。

「なんか疲れてる？」

スーツを脱ぎながら尋ねると、実咲は「ん？　んー」と、溜《た》め息《いき》のような擬音を発した。

「この間話した、おしゃれメガネ見立ててあげたら、私のこと気に入ってくれたお客さんのお婆さんのこと、覚えてる？」

実咲が言い終わるのと同時に、テレビからものものしい音が聞こえてきた。ニュース速報だ。反射的に僕はテレビに顔を向けた。

何日か前から汚職疑惑で捜査されていた国会議員がついに逮捕、とのことらしい。

「あー、やっぱりやってたんだね」

「……うん。さわやかな感じでよかったのにね、この人。ちょっとショック」

実咲は小さな声でそう言いながら、僕が脱いだあと手に持ったままにしていたスーツを引き取った。そして僕に何か言わせる暇もなく、リビングから出ていってしまった。

変な感じになってしまって、仕方なく僕は下着姿のままソファに腰を下ろした。テレビに見入ってみることにする。

やがて戻ってきた実咲が、「先にお風呂《ふろ》入るね」と言った。さっきの話の続きは？　とか、スーツかけてくれてありがとう、とか、言わなければいけない気がしたが、僕は「ん」と相槌《あいづち》だけを打った。もう実咲がお風呂場に向かいかけていたし——。というのは、言い訳だろうか。でも、僕だって疲れていたのだ。

体がぶるっと震えた。部屋着を取りに、寝室に向かう。

次の日の朝、乗り換えの駅で電車を待っていたら、本社から電話がかかってきた。タニハピの例の社員がまた休むと連絡してきたので、今日は朝からあちらに出勤してくれとのことだった。断れるわけもないので、僕は別の線の電車の列に並びなおした。

改札を抜けたところで、「北川さん、おはようございます」と、後ろから声をかけられた。小山さんだ。

「おはよう。早いね」

本社に出勤する時間配分で出てきたから、タニハピの始業時間まではまだ随分ある。

「まだ仕事覚えてないので、早く行って勉強しようと思って」

白い息を吐きながら、小山さんが返事する。真面目な子でもあるようだ。でも僕がこちらに出勤することに何も触れてこないところを見ると、やはり僕の立場さえ、わかっていないのだろう。

「昨日は楽しかったですね」

「ああ、うん。川野と話、弾んでたね」

「はい。川野さん、頼りになりますよね。昨日も色々とこっちのこと教えてくれて。新人研修のときも、グループを仕切ってくれたりしたんですよ」

この間は実咲に「お見合いを仕切るおばちゃん」なんて言ってしまったけれど、こういう話を聞くのは悪くない。思わず僕も微笑んでしまう。

「昨日、川野さんに聞いたんですけど。北川さんって結婚してらっしゃるんですってね」

「え？　うん」

「おいくつのときしたんですか？」

「結婚は、二十六のとき」

郵便局の角を曲がる。「Tiny Tiny Happy」の看板が見えてきた。

「へぇ。私の周りも、今結婚ラッシュなんです。来月も二件も結婚式があって」

川野と同期だから、彼女は今二十七歳か。確かにそんな時期かもしれない。

「それで、結婚の予定がない友達まで焦りはじめたりしてるんですよね。最近友達に会うとそんな話ばっかりで、嫌になっちゃう」

「はは。小山さんは焦んないの？」

「焦りませんよ、まったく」

　突然強い口調で返されて、面食らった。なんだというのだ。会話の流れとして、自然だったはずだけれど。

「周りは周り、自分は自分じゃないですか。若いうちから無難な枠に収まりたくなんてないし、まだまだ仕事もしたいし、私」

　続けて語気を強めてそう言われた。そんな大げさな話にするつもりはなかったんだけど——。そもそも結婚の話を振ってきたのは小山さんのほうだし——。

「あー、うん。でも共働きとかさ。最近はそのほうが多いでしょ、うちもそうだし」

　なんだか釈然としないけれど、僕はなんとか会話を続けようと試みた。

「共働きかぁ。でもそれで家事も仕事も中途半端になるぐらいなら、焦って早く結婚する意味なんてないですよね」

　僕はそれ以上なにか言うのをやめた。

　小山さんはさして気にしていないようで、「今日も寒いなぁ」なんて独りごちていた。

　会話が途切れたまま、タニハピの入口に差し掛かった。開店前なので当然正面駐車場は空っぽだが、中央フロアのコーヒーショップに明かりが点《つ》いているのが見えた。開店時間がタニハピ本館より早いのだろう。駐車場に面している入口から入れそうだ。

「僕、ちょっとコーヒー飲んでから行くよ」

小山さんにそう告げた。気分を変えたかった。でも、「じゃあ私も」と返事されてしまった。仕方なく、二人で駐車場を突っ切ってコーヒーショップを目指した。

カフェラテの値段を払うのに小銭が足りなかったから、「すみません、これで」と五千円札を出しかけたら、「いくら足りないんですか？」と、小山さんが後ろから覗《のぞ》き込んできた。

「五十円ですか？　私、ありますよ」

そう言って、店員の男に五十円玉を差し出す。「え、いいよ」と断ったが、店員が困っていたから甘えることにした。五千円札を引っ込めて、もう一度残りの小銭を取り出した。

悪い子ではない、と昨日も思ったことを心の中で繰り返し唱えてみた。あまり人に気を遣わず、思ったことをそのまま口にしてしまう嫌いがあるだけで。気を遣い過ぎる実咲と足して二で割ったらちょうどいいかもしれない。

「はー、あたたまりますね」

向かいに座る小山さんが、コーヒーカップを両手で持って、嬉《うれ》しそうな声を出した。僕は無言で頷《うなず》いた。

玄関の扉を開けると、いい匂いが漂ってきた。夕食はなんだろう。今日、実咲は休みだったから、気合が入っているかもしれない。

「わかるけどね。私もそういうの、はっきり言えない性格だから。でも、だからって」

実咲はリビングで、ソファに寝転がって電話をしていた。僕が入ってきたことに気がつくと、体を起こして、目で「おかえり、ごめん」と訴えてきた。

「うん、うん。……でもいくらなんでも、そこで致しちゃったのはどうなのよ？　カズ君と微妙なのは分かるけど」

着替えながら、ついつい実咲の会話に耳を澄ませてしまう。

「うん、そっか。……ねえ、ごめん。旦那《だんな》帰ってきたんだ。……ううん、こっちこそ」

寝室にスーツをかけに行って戻ってくると、実咲が電話をちょうど切ったところだった。

「ごめんね。でもご飯はもうできてるから。あったためるね」

そう言って、小走りでキッチンに向かう。

「今日は新しいメニュー作ってみたの。それに載ってたんだ」

ダイニングテーブルの上に載っている料理本を、実咲が目で指した。手に取ってみたが、ドッグイヤーを見つけてすぐに戻してしまった。

鮭とゴボウの炊き込みご飯と、大根と豚肉のみぞれ煮。白菜と卵の中華スープ。ドッグイヤーにはどうしても顔をしかめてしまうが、実咲が作ってくれた料理は、どれも本当においしかった。

「おいしいよ」と言おうと口を開きかけたが、タッチの差で実咲に負けた。

「さっきの電話、ゆうだったんだけど。昨日、友達開催の飲み会に行ったんだって」

「うん」と、僕はみぞれ煮に箸《はし》を伸ばしながら答える。

「そこでね、話が合った男の子に、帰り車で送ってあげるって言われて、少しは迷ったらしいんだけど、でも初対面だしいくらなんでも大丈夫だと思って、お願いしたんだって。そうしたら、あっちはそういう気だったみたいで、ホテルに誘われたらしいの。あの子、一応彼氏いるのに。最近微妙でしばらく会ってないらしいけど、でも、だからってねぇ」

さっきの電話での会話を思い出した。「致しちゃった」と実咲は言った。「する」とか「やる」という言葉に品の無さを感じるのか、実咲は昔から「致す」と言う。

「え、彼氏いるのに、やっちゃったわけ？」

僕は口に運びかけていたスープのお椀《わん》を、途中で止めた。

「うん。車乗っちゃったから、断りづらいってのはわかるけど。だからってねえ」

「わかるけどって、なんだよ。自分もその状況ならやるってこと？」

強い言い方になってしまった。実咲が箸を止める。

「え、そんな状況になったことないもん。わかんないわよ、そんなの」

「だから、仮定の話だろ。そうなったらおまえやるの？」

思わず、実咲が嫌がる「おまえ」という呼び方をしてしまった。やっぱり実咲は眉《まゆ》をひそめた。

「だって、車に乗っちゃったんだから、こっちも少しは悪いじゃない。そういう意味よ。

どうして仮定の話で、そんなに責められなきゃいけないのよ」

実咲が語気を強める。

「ごめん、やめよう、もうその話。せっかくご飯おいしいんだからさ」

僕は言った。実咲はまだなにか言いたそうな顔をしていたが、黙った。僕はゆっくりスープを啜《すす》った。実咲も宙に浮かしたままにしていた箸を、みぞれ煮の方に伸ばす。

久々に、終電に間に合うかどうかというぐらいの残業の量を抱えてしまった。タニハピに何度かヘルプに行ったせいである。よその仕事を手伝って、自分の仕事が間に合わなくなるなんて本末転倒だけれど、仕方がない。

残業するということを実咲に知らせようと携帯を手にしたとき、ちょうど向こうからのメールを受信した。『今日は飲んで帰ります』とある。

昨日の軽いケンカを根に持っているんだろうか。いつもより事務的だし、誰と飲むとも書いていない。まあ、多分「ゆう」や「ジュンジュン」なんだろうけど。

『了解。こっちも残業です』

こちらも短く、そう返信をした。

隣の席で、やはり残業をしていた同僚と、後輩たちの仕事ぶりや会社の体制のグチを言いながら仕事をしたら、思いのほか早く片付いた。気分もちょっとすっきりした。グチるなどの、非生産的ストレスの発散方法はあまり好きではないのだけれど、たまにはいいのかもしれない。

玄関の鍵穴《かぎあな》に鍵を差し込んだ瞬間、部屋の中から「あの、お邪魔してます」と、男の声が聞こえて驚いた。部屋番号を確認したが、僕の部屋で間違いない。わけがわからないまま扉を開けると、スーツ姿の僕と同じぐらいの年齢の男が、所在無さげに立っていた。

「すみません、お邪魔してます。北川さんの同僚で、森崎《もりさき》と言いますが」

「はあ」と、僕は間の抜けた声を出した。

とりあえずリビングに入って、「森崎君」にも座ってもらって、話を聞いた。実咲はベッドで寝ているという。

いつもの通り三人で飲みに行った先で、実咲がかなり酔っ払ってしまい、

「一人で帰すのは心配で。タクシーに乗せたんですけど、運転手さんに一緒に乗ってくれって言われて」

それで、森崎君がここまで付き添ってくれたらしい。

「さっきまで洗面所でずっと吐いてたんですけど、収まったらベッドに倒れこんで、あっという間に寝ちゃいました」

彼の説明に僕はひたすら頭を下げるしかなかったが、森崎君は怒るどころか、「こちらこそ、勝手に部屋に上がってしまって」と謝ってくれた。いい人そうだ。濃い目のグレーのスーツもスーツとよく似た色のメガネも似合っていて、さわやかである。きっと仕事もできるのだろう。

「タクシー拾うから、いいですよ」と遠慮する森崎君に必死に頼み込んで、僕は彼の家まで車で送らせてもらうことにした。

家を出る前に実咲の様子を見にいったが、見事な熟睡っぷりだったので、そのまま寝かせておくことにした。それにしても――。化粧も服もそのままの状態で寝ている。普段の実咲なら絶対にしない。

「あんなに悪酔いするなんて、何かあったんでしょうか?」

車を発進させてすぐ、助手席の森崎君に尋ねてみた。感じの良さそうな人とはいえ、初対面だから話をしないと間も持たない。

「そうですね、今日は飲み方がヤケだったかな。北ちゃん、最近悩み気味だったから」

悩み気味――。「仕事で、ですか?」と、続けて僕は尋ねる。

「ええ。前に北ちゃんが、あ、すみません、奥さんが担当したお客さんのお婆さんで、お菓子の差し入れとか持って、よく遊びに来る人がいるんですけど、聞いてませんか? すごく北ちゃんのこと気に入ってるんです」

聞いた気がする。ただ、そんなに詳しくは聞いていない。というより、実咲はおそらくもっと話したがっていたのを、僕が適当にしか聞かず、話せない空気を作っていた。

バツが悪くて、「少しだけ」と、僕は小さな声で答えた。

「そうですか。難しいところなんですよね。あまり入り浸られても困るし、でもお客さんだから拒否もできないし。その辺りのことで北ちゃん店長に前からもっとドライにお客さんに接するように言われてて。うちの店長、マニュアル主義なところあるんですよ」

森崎君の話に、僕は相槌《あいづち》を打つ。

「で、今日そのお婆さんが、北ちゃんにプレゼントだって言って、ブランド物のお財布を持ってきちゃったんです。さすがに北ちゃんも一生懸命断ったんですけど。お婆さんが、遠くに住んでる孫と同い年だからかわいいと思っただけなのに、って店頭で泣き出しちゃって。僕も手伝って、なんとかなだめて帰ってもらったんですけど。後から北ちゃん、店長に、そら見ろって、かなり嫌味言われちゃって」

森崎君は溜《た》め息《いき》をついた。それで、もう一人の仲良しのウェイトレスの女の子と、元気づけようと飲みに付き合ってくれたという。

森崎君のアパートの前で車を停めて、僕はまた何度も彼にお礼とお詫《わ》びを言った。

「よかったら今度、もう一人のお友達と一緒に遊びにきてください。お詫びにご馳走《ちそう》します。実咲、色々と不器用なやつですけど、料理だけはうまいので」

車を降りる森崎君の背中に向かってそう言うと、森崎君はゆっくりと振り返って、口許《くちもと》をほころばせた。

「ありがとうございます、是非。ゆうちゃんもきっと喜びます」

「え？　ゆう……ちゃんは、森崎さんのことじゃないんですか？　あれ、ジュンジュンの方？」

森崎君は一瞬首を傾げたが、やがて「ああ」と笑った。

「僕はジュンジュンの方です。森崎純一《じゅんいち》」

そうなのか。呼び名がかわいかったから、ジュンジュンが女の子だと思っていた。でも、そうだ。この間の「致しちゃった」女の子の話のとき、実咲はゆうの名前を出していた。こんがらがってしまっていた。

ドアを閉めて歩き出した森崎君の背中を見送っていたら、携帯が鳴った。大原さんだ。

「北川君、ごめんね。明日《あした》も朝からこっちに来てもらえるかな」

「またですか？」

思わず溜め息混じりの声が出た。

「そうよね、ごめん。でも今日ね、人事が彼女のところに行ったらしいの。それで、明日付けで辞表を出してもらうことになったんだって。いつかそうなるとは思ったけどね。子育てに関係なく、もともと協調性がなくて、ちょっと問題な人だったから」

そうなのか。じゃあ、明日にでも僕に内示が出る可能性がある。「北川君もここで長いし、今回の件が機になるかもしれないな」とこの間、課長が言っていた。

森崎君が二階の一番端の部屋のドアを開けたのが見えた。ご丁寧にこちらを振り返って、頭を下げてくれる。携帯を持ったまま、僕も下げ返した。

大原さんの電話を切ってハンドルを握った途端、また携帯が鳴った。忙しい。実咲が目を覚ましたのかと思ったが、川野からのメールだった。

『徹ちゃん、ちょっと愚痴らせて。今日小山さんとふたりで飲みに行ってたんだけど、帰りに家に誘ったらついてきたんだよ。そういうつもりあるかと思うよな？　なんだけど、キスしようと思ったらいきなり顔叩《たた》かれた。なに、このドラマみたいなベタな展開。って言うか、なに、あの女。意味わかんねー。以上！』

面白かったわけではないが、ふっと笑いのような声が漏れてしまった。確かにそれは意味がわからない。ゆうのように、車に乗っただけで彼氏がいるのに断れないというのもどうかと思うが、独り暮らしの男の家に上がっておいて、いきなりビンタもどうかと思う。川野は嫌がるのを無理に誘ったりするヤツでは絶対にないから、きっと雰囲気だってよかったのだろう。

正解、不正解の境界線が難しい話ではあるけれど、まったく――。溜め息を吐いてから車を発進させた。


次の日の朝、僕が起きると実咲はいつも通りもうキッチンにいて、弁当を作ってくれていた。「おはよう」と声をかけると、「おはよう、昨日はごめんね」と、泣きそうな顔で振り返った。部屋着を着ている。化粧も落としたようだ。でも肌は荒れていて、目の下にうっすらクマもできていた。

「覚えてる？」

朝食を食べながら、僕は聞いた。責める口調にならないように、気をつけながら。

「ジュンジュンが部屋までついてきてくれたぐらいまでは」

それでも実咲は、酷《ひど》く申し訳なさそうに答えた。

僕はそのあとのいきさつをかいつまんで話した。実咲は親に叱られている子供のように、うなだれながら聞いていた。

「今度さ、休み合わせて旅行でも行こうか」

「どうしたの？　急に」

実咲が顔を上げて、僕の顔を見る。

「いや、しばらく旅行とかしてないし、最近お互い仕事で疲れ気味だし、たまにはいいんじゃないかと思って。ゆっくり贅沢《ぜいたく》しちゃおうよ」

ストレス発散は、やっぱり生産的な方法でするのが僕は好きだ。

「でも徹、休み取れるの？　私はシフト組み合わせればなんとかなるけど」

「多分。近々取りやすいことになると思う」

もし内示が出たら、急なことだから多少のわがままぐらい聞いてもらえるだろう。

実咲はちょっと不思議顔をしたが、やがて「じゃあ、行きたいな」と、小さく呟《つぶや》いた。

朝食を食べ終え、着替えをしたあと、実咲はリビングで化粧をはじめた。落としたばかりなのに大変だ。実咲の会社では売り場に出る女性はノーメイク禁止らしい。

僕も歯を磨いて顔を洗って、スーツに着替えた。再びリビングに戻ってくると、実咲の化粧は完成していた。

「ジュンジュンに何かお礼しなきゃなあ」

呟きながら、実咲はテーブルに置いていたメガネをかけた。緑色のこのメガネは、実咲の出勤ユニフォームである。昨日の森崎君もメガネをしていた。やはりこれも規則なのだろうか。

「俺さ、ジュンジュンとゆう、逆だと思っちゃってたよ」

ソファに座ってテレビを点《つ》けながらそう言うと、実咲が「え？」とこちらを振り返った。

「ジュンジュンが女の子で、ゆうが男の子だと思ってたの。そしたら昨日の彼に、僕はジュンジュンの方ですって言われて……」

いきなり、化粧ポーチが飛んできた。僕の肩に当たって、中身が音を立ててバラバラとこぼれ落ちる。何が起こったのか理解するまでに時間がかかって、呆然《ぼうぜん》としてしまった。

「徹はいつもそう」

そんな僕に、実咲は強い目線を向けてゆっくりと言った。声がいつもより低い。

「私の話を、そうやっていつもいい加減にしか聞いてない。私、しょっちゅう話してるじゃない、ゆうとジュンジュンのこと。どうしてどっちがどうかも知らないのよ」

語尾が震えていた。顔も紅潮している。

「私は知ってるわよ。川野君があなたの一年後輩だけど歳は一つ上だとか、この間異動してきた女の子のこと気に入ってるとか。元上司の大原さんは、今タニハピの偉い人になってるのよね。あなたの部署の課長はゴルフが趣味で、話し出したら止まらないんでしょ。娘さんから誕生日にもらったカップで、いつもコーヒー飲んでるのよね」

一気にそうまくし立てて、実咲はリビングを出ていった。扉を閉めるとき、バタンと強い音がした。

僕はまだ呆然としたまま、足元に目線を落とした。実咲のメイク道具が散らばっている。鉛筆みたいだったり、筆みたいだったり、絵の具のチューブみたいだったりするそれらを、僕はしばらく、ただただぼうっと眺めていた。


出勤したタニハピの事務室で、川野の大きな背中を見つけて、早足で近付いた。

「おはよう。悪い、昨日メール返せなくて」

小声で言うと、川野は「ああ」とバツの悪そうな顔をした。

「こっちこそ悪いな。腹立ったから思わず。忘れてくれよ。超カッコ悪いし、俺。中学生かっつーの、なあ?」

笑ってはいるが、笑い声が乾いている。どう反応したものか。

「おはようございます」

入口の方から、滑舌のいい、よく響く声が聞こえてきた。小山さんだ。

「おはよう」と声が飛び交う。川野も自然な態度で、「おはよう」と彼女に声をかけた。僕もそれに続いた。

すると彼女の方は、意味ありげに僕らの方を見て、やがてこちらに向かって歩いてきた。そして川野の前に立って、口を開いた。

「昨日は、叩いてしまってすみません」

川野も僕も硬直した。事務室内の空気が張る。他の社員たちが僕らの方に注目している。当たり前だ。

「叩いたのは悪かったです。ごめんなさい。でも、川野さんも悪いと思います」

彼女はてきぱきとそう言って、くるりと僕らに背中を向けた。そして誰にということなく「コーヒー買ってきます」と言って、事務室から出ていった。

川野も僕も他の社員たちも、しばらく無言で立ち尽くしていた。やがて大原さんが、パチンと手を叩いて「さぁ今日も仕事！」と大きな声を出した。それを合図に、みんなコートを脱いだりパソコンを立ち上げたりと、動き出した。空気が段々和らいでいく。

僕も動き出した。早足で入口の扉に向かって、小山さんを追った。ほとんど無意識のうちにそうしていた。

小山さんは、中央フロアのコーヒーショップのレジの列に並んでいた。

「北川さん」

近付いていった僕に気がついて、まったく悪びれていない笑顔を向けてくる。

「ここでココア飲んだことあります？　おいしいかなぁ」

「今、考えてるのはココアのことだけ？」

僕はゆっくりと尋ねた。「はっ？」と、小山さんが聞き返す。

「あそこに残された川野が今どうしてるか、君が今考えなきゃいけないのはそれじゃない？　思ったことをはっきり言うのも大事だけど、それが正解じゃないときもあるよね、大人の世界では」

それだけ言って、僕はコーヒーショップを後にした。

まだ開店前の、タニハピ店内に向かった。中央フロアから、東フロアの二階の奥のほうを見上げてみた。実咲があそこで、仕事を始めているはずだ。

今朝の朝食メニュー、つまり今日の弁当を思い出す。鶏の唐揚げ、ブロッコリーのチーズ焼き、ツナのサラダ。昼にそれらを食べるのを楽しみに、今日も頑張って仕事をしよう。ツリーからの光が眩《まぶ》しくて、思わず目を細めた。でも見上げるのは止めなかった。

大学のクラスメイトとの飲み会でさえ、ビールが飲めないことを言えない。車に乗ったからと言って断れなかった友達に「わかる」と同意してしまう。そんな実咲をどうかと思うときもある。疲れた顔をして帰ってきた日には、もっと自分を甘やかしたら楽になるんじゃないの、と言ってやりたくもなる。

でも、昨日夕食を作らなかったからといって、冷蔵庫の少ない材料の中から、あんなに手の込んだ弁当を作ってくれる、僕にまで気を遣う――、いや違う、いつだって誰にでも優しくて、そして頑張り屋で逞《たくま》しい実咲が、僕はやっぱり好きだと思う。

電車が揺れる音に被る隣の女の子二人組の声が、どんどん大きくなっている。さっきからずっと職場の上司の悪口で盛り上がっている。

「頭に来るよね、信じられない」

「バッカじゃないの！」

あまり知的とは言えない言葉が飛び交う。くだらないなぁ、と僕は思う。

仕事のグチ、友人関係の悩み、恋愛のゴタゴタ。全部くだらない。例えば今みたいに電車の中で、見知らぬ他人が話しているのを聞くと、本当に取るに足らない小さなことだと思わされる。実咲の話だってそうなのだ。

でも仕方がない。僕も実咲も、そういう小さな世界で生きている。小さな世界の、取るに足らない小さなことに、笑ったり泣いたり怒ったりしながら、毎日を過ごしている。だから、実咲の小さな世界の中で、かなり大きな存在であるはずの僕が、実咲の話をずっとはぐらかして、真剣に聞こうとしなかったこと。それはやっぱり、僕が悪かったんだと思う。僕だって昨日、ちょっと同僚と話しただけで随分楽になった。

マンションの階段を上りながら、頭の中で実咲に話す言葉の練習をした。

悪かった。ごめん。今日のお弁当もおいしかった、ありがとう。それから、来月から異動になるよ。僕もタイニー・タイニー・ハッピーで働くんだ。前から異動の話はあったんだけど、色々あって急だけど来月からになった。だから最近は特に気後れしちゃってたんだ、実咲の職場の話を聞くのを。自分もいつかその人たちに会うかもしれないと思うと、なんだかね。そう、それで、異動の前に休み取らせてもらえることになったから。ゆっくり旅行でもしよう。どこに行きたい？

「よし」と心の中で唱えて、玄関の扉を開けた。中から大きな音で、音楽が聞こえてきた。なんだろう、よく知っている曲だ。しかし実咲が家で音楽を聴くなんてめずらしい。

「そうだ　京都、行こう。」

そんなフレーズが、いきなり頭に浮かんだ。そうか、そのフレーズでのCMで流れる曲だ。

「My Favorite Things」だったか？

実咲は音楽が流れる中、リビングのソファに座っていた。僕が入っていってもこちらを見ようとしない。

ダイニングテーブルの上に、雑誌が置かれていた。「旅は京都」と書かれている。旅行雑誌のようだ。

「そうだ　京都、行こう。」

またさっきのフレーズが頭に浮かんだ。もしかしてこれがやりたくて、わざわざCDを買ってきたのか？

「ぶっ」と、実咲が突然吹き出した。笑いを堪《こら》えていたのが、我慢できなくなったらしい。笑いながら僕の方に顔を向ける。

「……バッカじゃないの」

さっきの女の子たちの口調を真似て、笑い転げる実咲に言ってやった。なんてくだらない。

テーブルに近付いていって「旅は京都」を手に取った。既にあちこちに、ドッグイヤーがされていた。普段は顔をしかめてしまうそれに、今日は吹き出してしまった。張り切りすぎだろう。

「My Favorite Things」が、大音量で流れ続けている。それをBGMにして、僕と実咲は、いつまでも「バッカみたい」に笑い続けた。

ガトーショコラ

私が使う駅の自転車置場のおじさんは、おしゃべり好きだ。今日も女の子の自転車に管理札を付けながら、話しかけている。

「雨降らないといいねー」

話しかけられた女の子は、一瞬だけおじさんの顔を見て、顎《あご》をわずかに上下させた。頷《うなず》いたつもりなのか、それとも会釈のつもりなのか。どちらにせよ、にこりともしなかった。そしてバッグと傘を手にして、そのまま早足で駅に向かっていった。声というものも一切発しなかった。

「お願いしまーす」

二列後ろの位置から見ていた私は、残されたおじさんの背中に向かって、大きな声で言った。「はいよー」と、おじさんは返事して、管理札を持って私の方に向かって歩いてくる。「雨降らないといいねー」

札を付けながら、おじさんが私に話しかけた。ナイスファイト。

「ホントに。新しい靴履いてきちゃったから、頼むから降らないでって感じ」

わざと馴《な》れ馴れしく返事した。

「うちの孫も今朝嫁に怒られてたわ。雨降るから、新しい靴はダメって。結局駄々こねて履いてったけどね」

　やっぱりおじさんは、嬉《うれ》しそうに乗ってきた。

「じゃあお孫さんと私のために、降らないように祈っててください」

「よっしゃ。しょうがねーなあ」

　楽しそうに笑うおじさんを後にして、バッグと傘を持って駅に向かう。本当は、靴はもう二年も履いているものだけれど、こういう嘘は許されるだろう。同じ「若い女」として、さっきの無愛想な女の子のお詫《わ》びだ。

　高校三年間はファーストフードでバイトして、大学四年間はファミレスのウェイトレス。レストラン経営の会社に就職して、イタリアンレストランに配属になり、そこでもウェイトレスを早四年。他人に愛想を売ることだけには自信がある。

　改札へ続く階段を、さっきの女の子が携帯で喋《しゃべ》りながら上っていた。

「うん、うん。今日は残業せずに帰るから。……本当？　じゃあご飯作って待ってるね」

　声が弾んでいる。相手は彼氏だろう。恋人がやってくるのを、手料理を作って待つ女。まあ、なんてかわいらしい。でもあなた、自転車置場のおじさんの好意は平気で無視するのよね。

　そんなことを考えていたら、階段を上りきった改札の手前で、彼女が急に振り返ったから驚いた。

「でも私は、彼氏がいるのに他の男と寝たりしないわよ」

そう言われるかと思ってしまった。

もちろん彼女は、私の後ろの時計を見ただけだったのだけれど。

今日は遅番なので、職場のタイニー・タイニー・ハッピーは既に開館していて、正面駐車場も半分ぐらい埋まっていた。三月に入ってだいぶ暖かくなってきたから、立体駐車場よりこちらの需要が増えている気がする。土日だと開店から一時間ぐらいで満車になるのだから大したものだ。

正面駐車場を斜めに横切って、東フロアの従業員通用口に向かいかけたけれど、途中で左向け左をした。正面入口に向かう。化粧水と乳液が切れかけているから始業前に買おうと思って、少し早く出てきたのだった。

吹き抜けの中央フロアのシンボルツリーの飾りつけが、新しくなっていた。枝のあちこちに、ほとんど白に近いものから逆に赤に近いものまでと、様々なピンク色のモールやファーが施されていて、春を感じさせた。梅、桜、桃。きっと全てを表しているのだろう。木自体はもみの木のような形なので、和洋折衷な感じでオシャレだった。

自分の真っ黒なコートが急に恥ずかしくなった。そろそろ生成りのスプリングコートに衣替えしてもいいかもしれない。

ドラッグストアで化粧水と乳液を買い、バックヤードの更衣室で着替えを済ませてから店に向かった。まだ少しだけ時間がある。自分の店の斜め向かいのメガネ屋さんの様子を、店の前からそっと窺《うかが》ってみた。

ジュンジュンがカウンターに座って、なにやら書類を覗《のぞ》き込んでいる。顔を上げるまでしばらく待って、目が合った瞬間に口パクで、「おはよう。みぃちゃんは？」と尋ねてみた。

ジュンジュンは「おはよう」と言いながら、店の前まで出てきてくれた。

「北ちゃん？　今日は休みだよ」

「そうなの？　めずらしいね、大抵水曜日と金曜日休みなのに」

今日は木曜日だ。

「先月旅行で連休取ったから、その調整」

なるほど。確かに先月、みぃちゃんはめずらしく連休を取っていた。旦那《だんな》さんと京都旅行に行ったらしい。私とジュンジュンにも、お土産にお茶のクッキーを買ってきてくれた。みぃちゃんのメガネの縁と同じ品のいい緑色の生地で、中にホワイトチョコレートが入っていておいしかった。あれも和洋折衷だった。

「そっか、残念。話したいことがあったから、昼休み一緒の時間に取りたかったのに」

「どうしたの？　なにかあった？」

ジュンジュンが、私の顔を覗きこむ。

「大丈夫、大したことじゃないから」

そう誤魔化して、自分の店に向かった。ご近所さんのみぃちゃんとジュンジュンとは普段から三人で仲良くしていて、なんでも話し合う仲だ。でもさすがに、今日みぃちゃんにしたかった話は男のジュンジュンには言いにくい。

昼休み、西フロアのフードコートにでも行こうと廊下を歩いていたら、「お姉さん、一緒にお昼どう？」と、後ろから声をかけられた。こんな呼び方、こんなノリで話しかけてくるのはジュンジュンだけだ。あちらも昼休みだというので、一緒に行くことにした。

フードコートには十種類以上の店がある。私はハワイアンフードの店でアボカドの乗ったロコモコを。ジュンジュンは中華の店で炒飯《チャーハン》と唐揚げのセットを頼んだ。

「で、お姉さん大丈夫なの？　なにか大したことじゃないことがあったんでしょ？」

「いただきます」をしたあと、割り箸《ばし》を割りながら、ジュンジュンがそんなことを言った。一瞬ピンと来なかったが、すぐに今朝の会話のことだと気がついた。気にしてくれていたらしい。

「あー」と相槌《あいづち》を打ちながら、どうしようか考える。いいか、ジュンジュンだし。話してしまえ。

「本当に大した話じゃないんだけどね。あのね、一ヶ月ぐらい前かな。久々にラブホテルに行ったのよね」

ジュンジュンは食べていた炒飯を、大げさにむせ返した。

「そういう話？　いいけど別に。ゆうちゃん、俺のこと全く男だと思ってないよね」

呆《あき》れ顔をするジュンジュンに、だから遠慮してたんじゃないの、と心の中で突っ込んだ。それに私がジュンジュンを男として見ていたら、私たちややこしい三角関係になっちゃうでしょ、とも。

ジュンジュンが、既婚者であるみぃちゃんを好きなことに、私は気が付いている。私が気が付いていることに、多分ジュンジュンも気が付いている。でもそれは私たちにとって暗黙の了解の聖域で、お互い触れたことがない。

「で、長い付き合いの彼氏と久々にラブホテルに行ったら新鮮にできたとか、そういう話ですか？」

「違います。だって、カズとじゃないもの」

わざとしれっと言い放って、私は勢いよくロコモコを一掬《ひとすく》い口に放り込んだ。ちょっとだけ舌を噛《か》んだ。嫌な痛みが走る。

ジュンジュンが驚いた顔でこちらを見ている。ロコモコをゆっくり飲み込んでから、私は説明のために口を開いた。

「高校のときの友達に誘われて飲み会に行ったの。そこでいっぱい話しかけてくれた男の子がいて、帰り車で送ってくれるって言うからお願いしたら、ホテルに誘われて。なんか断りづらい雰囲気だったから、そのましちゃった」

なんでもない風を装ったつもりで話したけれど、あまりうまくいかなかったかもしれない。ジュンジュンの目さえ見られなかった。

「それで、ややこしいことになってるの？　カズ君と別れて、その男と付き合うとか」

「ううん、全然。それ以来連絡もないもの」

本当は数日後に一回メールがあって、食事に誘われた。でも断ったらそれ以来音沙汰《おとさた》がなくなった。

「カズ君にばれたとか？」

「ううん。カズにはもう二ヶ月近く会ってないし。メールも電話も簡易的だしね」

彼氏のカズは、都心のデパート内にあるアパレルショップに勤めている。二年前までは私も都心の店勤務だったので、しょっちゅうお互いの家を行き来していたのだけれど。私が異動になって引っ越したことをきっかけに、長い時間をかけて物理的な距離が精神的な距離になってきてしまっている。異動の時点でもう三年も付き合っていたから大丈夫だと思っていたのに。最後に会ったのは二ヶ月も前。電話は一ヶ月ぐらい、メールも二週間ほど前が最後だっただろうか。次の約束もない状態だ。こんなんで付き合っているって、言えるんだろうか。

「えー、変な言い方だけど、じゃあ表向きには何も問題起こってないんじゃないの？」

「うん。だから大したことじゃないって言ったでしょ」

そう、行きずりで一回きりとはいえ、私が浮気したのが問題だといえばそれはもちろんそうなのだけれど。でも少なくとも表だっては何も起こっていない。だけど――。

「落ち込んじゃってるわけか、罪悪感で」

ジュンジュンがぼそっと呟《つぶや》いた。

その通りだった。自分でもびっくりするぐらい、この一ヶ月間ずっともやもやしている。私はもっとドライな人間だと自分で思っていたのに。

「ばれてもないのに、自分から告白して懺悔《ざんげ》するのはおかしいかな、やっぱり」

「え？　それはおかしいんじゃない。懺悔して、だからすみません、あなたとはもう付き合えませんって言うならともかく。別れたいわけじゃないんでしょ？」

無言で頷《うなず》いた。なんだかすごく恥ずかしい。そうなのだ。付き合いも長いし、カズのことを「好き」だなんて、改めて意識することもしばらくなかったのに。まさか自分が浮気したことなんかで、気付かされてしまうなんて。

この一ヶ月、カズに申し訳ないという思いでやりきれない。カズが去っていくかもと考えたら堪《たま》らなくなる。一昨日《おととい》なんか、私の前をカズが歩いていて、話しかけているのに一切振り向いてくれないという、そんなわかりやすい夢まで見てしまった。

「だったら言わないほうがいいよ。だってカズ君は、懺悔されて仮に許したとしても、傷付きはするでしょ。でもゆうちゃんは懺悔して許してもらったら、さっぱりするでしょ。だから、その懺悔って、結局ゆうちゃんのためにしかならなくない？」

驚いて顔を上げた。ジュンジュンの顔をまじまじと見てしまう。そんなこと思いもしなかった。でも、言われてみたらその通りだ。私は自分が楽になりたいだけなのか。

「そっか。それは自己中だね」

ちょっとジュンジュンのことを見直した。既婚者のみぃちゃんに片思いなんてしているから、不器用な男扱いしてしまっていたけれど。一つ年上なだけとはいえ、やっぱり私より大人なのだろうか。

「うん。俺だってそんな状態で彼女に懺悔されたら、なんだよって思うよ」

前言撤回。その発言はいただけない。彼女のことなんて、全然好きじゃないくせに。

年明けぐらいに、ジュンジュンは友達の紹介で「彼女」を作った。報われない片思いも可哀相だし、それでみぃちゃんへの想いが落ち着くならいいんじゃない、と私は暖かく見守るつもりだったけど。

今のところ、全然そんなことにはなっていない。話を聞いているかぎり、「彼女」という状態の人ができただけで、ジュンジュンはその子のことを大して好きそうじゃない。というか、やっぱり変わらずみぃちゃんが好きなのだ。

「ねえ、その話、北ちゃんにもしたの?」

ジュンジュンに訊《たず》ねられた。ちょっと考えてから返事をする。

「最近も引きずってることは話してないけど、浮気しちゃったってことは直後に話したよ」

「ふーん。北ちゃんはなんて?」

「……教えない」

「なんでだよ」

返事はせずに、ロコモコを頬張った。なんでって、みぃちゃんのことばっかり気にして、彼女が可哀相だからだよ。と、心の中で悪態を吐く。

結局、タニハピから帰る時間まで雨は降らなかったので、傘は使わずに済んだ。朝のおじさんにお礼を言おうかと思ったけれど、朝夕で交代なんだろう。帰りには別のおじさんに変わっていた。

ハンドルに傘をひっかけて、自転車を漕《こ》ぐ。そういえばこの紺色の傘は、付き合い始めて最初の誕生日に、カズに買ってもらったものだった。ということは、もう五年近くも使っているのか。

去年の誕生日って、何をもらったっけ——。と、考えてみたけれど思い出せない。キャメルのブーツ？　違う、それは一昨年《おととし》のクリスマスだ。逆にカズには何をあげたっけ？　——やっぱり思い出せない。もうやめよう。虚《むな》しくなる。

アパートに帰って、コーヒーを飲もうとポットにお湯を沸かした。特に目的もなく冷蔵庫を開ける。ドアポケットに、チョコレートが入っていた。大きな袋の中に、一つずつ包装された小さなチョコが詰めてあるタイプのものだ。カズが最後にこの部屋に来た時に持ってきた。一つ取って、包み紙を剝《む》いて口に放った。

チョコレートの甘さが口に残って、食べたことを途端に後悔した。なんでこんな甘いものをわざわざ好んで食べるんだろう。カズは本当にいつも甘いものを食べている。別に

「男のくせに」と差別するつもりはないけれど、かわいさあまって憎さ百倍。甘いものを食べながら、無意識に顔が緩んでいくカズの表情を思い出したら、なんだか無性に腹が立ってきた。付き合ってるのに二ヶ月も会ってないってどうなのよ、連絡してきてよ、と自分もしていないことを棚に上げて、責めてみる。だって浮気の後ろめたさから、こちらからは連絡できない。

コーヒーカップにドリッパーをセットして、よいしょっとポットを持ち上げてお湯を注ぐ。苦くて香ばしい、いい香りが漂ってきた。口の中の甘ったるさも苛々《いらいら》も、コーヒーを飲んですっきりさせよう。

カズと知り合ったのは、大学三年生のとき。アルバイトしていたファミレスに、大学に入学したてのカズが後輩として入ってきた。

色白でぱっちり二重、子供の頃はよく女の子に間違えられたというかわいい顔をしていたカズは、すぐにパートのおばさんやフリーターのウェイトレスたちの間で、マスコット的にかわいがられるようになった。

私はそれを、微妙な気持ちで横目で見ていた。確かに顔はかわいいけれど、仕事の覚えも早く責任感も強そうだったカズは、意外と負けん気も強そうで、あまりいじられることを喜んでなさそうな気がしていたから。

夏にあった慰労会で、カズは乾杯用のビールを二、三口飲んだだけで顔を真っ赤にさせて、お酒が飲めないということが発覚した。そうしたらみんなに面白がられて、どんどん飲ませられて、潰《つぶ》されてしまった。私はそんなことをして何が面白いのかさっぱりわからなかったので、参加しなかったけれど。

帰りの路線が一緒だった私は、電車の中で今にも倒れ込みそうなカズを見て、「うちで休む？ 次の駅で降りてすぐだから」と声をかけてやった。カズは消え入りそうな声で「いいですか？」と言って、付いてきた。

部屋に上げて、「とりあえず座れば？」とソファはなかったので、ベッドに腰掛けることを勧めた。そしてトイレに行って戻ってきたら、カズはもうベッドで熟睡してしまっていた。

別になにか期待していたわけではないけれど、寝息まで立てているカズを見て、少しだけ「なによ」と思ってしまったのは事実だ。

しかもただでさえ小さなシングルベッドに斜めに倒れ込んで寝られたので、私は床にクッションを並べて寝る羽目になった。百六十五センチある私には窮屈だった。

次の日の昼過ぎにやっと目を覚ましたカズは、事態を理解して悔しそうな虚しそうな、なんとも言えない表情を浮かべた。でも私には仕事のときと同様、きっちりと丁寧な態度でお詫《わ》びを言って、なんだか私のほうがいたたまれない気分になってしまった。

早々に帰ろうとしたカズに、私はお風呂《ふろ》を勧めてやった。最初は変な意味でも感じたのか激しく遠慮したカズだったが、「そんなお酒臭い体で電車に乗ったら、嫌がられるよ」

と言ったら、おとなしく従った。

当時の私のアパートは狭かったから、部屋のどこに居てもカズがシャワーを浴びる音が聞こえてきて、自分の部屋なのに落ち着かなかったことを覚えている。少しでも音を誤魔化そうとテレビを点《つ》けかけたときだった。水音に混じって、「クソ！」だったか「ウオォ！」だったか、とにかくカズのシャウトが聞こえてきて、驚いた。お風呂でなにかあったかと思ったほどだ。

でも上がってきたカズにおかしな様子はなく、また丁寧に何度も私にお詫びを言って、帰っていった。

三日後の夕方、カズは再び私のアパートを訪ねてきた。大きな袋を持っていた。中にはシーツと枕カバーが入っていた。「この間、お酒臭くしちゃったから」とのことだったけれど、ちゃんとした寝具メーカーのものだったので、大学生には結構な出費だったと思う。

私はお礼に、夕食にミートソースパスタを作ってあげた。「味は期待しないでね」と、何度も言いながら。お世辞だったかもしれないけれど、カズは一口食べてすぐ、「おいしいです」と言ってくれた。

パスタを食べたあと、しばらく並んで座ってテレビを見て、そのあとベッドで、一緒にシーツと枕カバーをセットした。そして、そのままそこでセックスをした。

確認したわけではないけれど、その日から私たちは付き合っているはずだ。

そう、その日から。今もちゃんと付き合っているはずだ。そう思いたい。

銀のトレーにプチケーキをいくつも載せて、若いお母さんと三、四歳の男の子の組み合わせ×2の、テーブルに向かう。

「デザートのプチケーキです。この中から一つずつお選びください」

男の子たちの顔がぱぁっと明るくなる。右側の子が元気よく、「ぼく、チョコレートの！」と叫んだ。左側の子に目をやると、さっきまで明るかった顔が、戸惑いの表情になっていた。「イチゴの乗ったのは？」と、訴えるような目で私を見る。

「ごめんなさい。ショートケーキは、さっき最後の一個が別のテーブルで出ちゃって」

男の子とお母さんの顔を交互に見ながら、言った。

「残念、ないんだって。じゃあチーズのにしようか。ショウちゃんチーズ好きでしょう」

「やだ！　イチゴのがいい！」

耳をつんざくような声で、男の子が泣き出した。続いてお母さんの「仕方ないでしょう！　どうしてケンくんみたいにいい子にできないの！」という、キンキン声。なだめるどころか、騒音を二倍にしてどうするの、お母さん。

「ちょっと待っててください」と言って、私はパントリーに引っ込んだ。厨房《ちゅうぼう》でアラビアータと格闘している店長に、「バニラアイスとイチゴに余裕、ありますか？」と尋ねる。

「あるけど？」

「ショートケーキが切れて泣いてる子がいるんです。バニラアイスの上にイチゴ乗っけたの、代わりに出してあげてもいいですか？」

　あの子にとって重要なのはショートケーキではなく、イチゴが乗っているということだろう。

「いいよ。準備してあげて」

　店長が、隣でトマトを切っていた男の子に言った。私が異動したのと入れ違いで、都心の店に入った調理人さんだ。ここには、たまにヘルプで来てくれる。

「なるほど。頭いいですね」

　お皿に丸く盛ったアイスにイチゴを丁寧に乗っけながら、調理人の彼が私に向かって言った。いつも黙々と仕事をこなして帰っていく職人気質《かたぎ》の子なのに珍しい。向こうから話しかけてくれるなんて初めてだ。

「どうもありがとう」

　嬉《うれ》しかったので、素直に彼にお礼を言った。名前も年齢も覚えていないけれど、多分同じ歳ぐらいだろうと思ったから、くだけた口調にした。

「これでどうかなー？」と、バニラアイスイチゴ添えを運んでいったら、案の定、男の子もお母さんも大喜びしてくれた。

　仕事をした！　という感じで、少しだけ気分が上がった。嬉しい。最近の私は、もやもやしてばかりだったから。

早番で仕事を終えて、更衣室で携帯をチェックして、固まった。夕方に、カズから着信が入っていた。向こうの昼休みの時間帯にかけてきたらしい。

どうしよう。いや、どうしようってかけ直せば。せっかく久々に向こうからかけてきてくれたんだから。でもかけ直して、「特に用事があったわけじゃない」とか言われた場合、どうすればいい？　どうすればいい？　って、なにを言ってるんだろう、私。彼氏相手なのに。

「よし」と唱えながら、勢いよく携帯を閉じた。今からカズに会いに行こう。うだうだ悩むのももやもやするのもいい加減疲れたし、私らしくない。着信の時間が昼休みだとしたら、向こうは遅番でまだ仕事だろう。

ちょうどカズのデパートの閉店時間ぐらいに着けるはずだったのに、乗り換えの電車が遅れていたせいで、予定より遅い到着になってしまった。デパートの従業員通用口の辺りをうろついてみたけれど、もうほとんど人の出入りがない。溜《た》め息《いき》を吐く。せっかく上がっていた気分も萎《な》えてしまった。

あきらめて、どこか店に入ることにした。夕食だってまだ食べていない。ピンクと黄緑が基調の、かわいらしい外観のティールームが目に入った。タニハピの中央フロアにもある店だ。昼間にいたコーヒーショップの、シンボルツリーを挟んだ向かい側。ティールームなのでコーヒーの種類が少ないから、あまり入ったことはない。みぃちゃんに付き合って一回行ったぐらいだろうか。でも、もうここでいい。確かパスタなどの軽食もあったはずだ。

「お一人さまですか？」と出てきた店員さんの背中越しに、よく知っている顔を見つけた。カズだ。一番奥の席に座って、雑誌を読んでいる。あちらも私に気がついた。口が「あ」という形に動く。店員さんが私たちの視線のやり取りを見て、「お連れさまですか？　どうぞ」と促してくれた。

ゆっくりと私は、カズのテーブルに向かって歩いた。ヒールの足に、自然と力が入ってしまう。どうしたの？　と言いたげな顔をして、近付いた私をカズが見上げた。その顔がちょっと緊張しているようだったので、つられて私も余計に体に力が入った。

「ちょっと近くまで寄ったから。昼間電話出られなかったし。なんだったの？」

私は言った。言葉の途中からもう自分を責め始めていた。思い切り無愛想な口調になってしまった。

「ああ、うん。わざわざ来てもらって話すほどのことでもなかったんだけど……。ごめんね、なんか」

カズの返事もよそよそしい。妙な空気が流れる。気まずいまま、カズの向かいの席に腰を下ろした。

カズのテーブルには、紅茶とケーキが置かれていた。カズはコーヒーが飲めないのだ。そしてまた、甘いもの。食後のデザートだろうか。

水を置きにきた店員に、私は鶏とほうれん草のクリームパスタと、食後にエスプレッソを注文した。やはりコーヒーのメニューはブレンドとエスプレッソのみだった。

沈黙が続いたので、何か話さなければと思ったとき、カズがシュガーポットに手を伸ばした。

「ケーキ食べてるのにまだ砂糖入れるの？」

過去にも何度となくカズに言ってきた言葉が出た。でもいつもは茶化す感じなのに、今日は責めるような言い方になってしまった。また後悔。

「ガトーショコラはそんなに甘くないよ。特にこの店のは、しっとりしてて」

テーブルのケーキに目線をやりながら、カズがぼそぼそと言った。結局、紅茶には砂糖を二杯入れてかき混ぜだした。

「で、話はなんだったの？　大したことじゃなくても聞きたいんだけど」

帰りたくなってきた。どうして私は、こんなかわいくない話し方しかできないんだろう。

「まだハッキリ決まってはいないんだけど、来月から異動になりそうなんだ。今朝、人事と話した」

私は少し顔を上げた。年度末だから不思議な話ではない。みぃちゃんもジュンジュンも私も今回は免れて、喜んでいたところだ。

「あ、でも首都圏内だから。正式に決まったら、また話すよ」

さすがに会えないぐらい遠いところに行ってしまったら、本当に別れてしまうかもしれない。そんなことを考えていたところだったので、カズが慌てて「首都圏」と付け足したことが複雑だった。カズはその辺り、どう考えているのだろう。

パスタが運ばれてきた。

「いただきます。カズはなに食べたの？」

「昼休み遅かった日は、こんな感じ」

「え？　夕食がケーキ？」

またかわいくない言い方が出てしまう。

「いや、今日は甘いものが食べたい気分だったから。普段はもうちょっとサンドイッチとか、ちゃんと食事っぽいもの食べてるよ」

歯切れ悪くカズが言う。さっきここのガトーショコラは甘くないって言ったじゃない、という突っ込みが頭に浮かんだけど、もちろん言わないでおいた。これ以上変な雰囲気にするわけにはいかない。

「今度の日曜日、香織《かおり》ちゃん休みだったよね？」

カズが聞く。苗字の「結城《ゆうき》」から私をゆうと呼ぶのは、みぃちゃんとジュンジュンだけだ。カズは昔から、名前にちゃん付けである。

「シフト変わってもいいって言ってくれてる同僚がいるから、もしかしたら僕、休めるかも……」

「ごめん」と、私は遮った。

「日曜日は、朝子《あさこ》とビール園に行く約束してて」

高校時代からの腐れ縁の友達だ。この間の浮気をしてしまった飲み会も、朝子主催だった。

「でも、断ろうかな。二人で日曜に休めるなんて滅多にないもんね」

「え、いいよ。約束あるなら。朝子ちゃんに悪いし」

カズは首を振る。朝子の彼氏と、その友達の男の子と四人で行くという話だから、後ろめたい。でも確かに今から断るのも悪いし、面倒だ。

結局、それ以上話はなにも弾まず、席を立った。ジュンジュンには止められたけれど、浮気の懺悔《ざんげ》を話の流れでできそうだったら、したほうが――とも思っていたけれど、幸か不幸かそんな空気にもならなかった。

店を出るとき、「うちに来る？」とカズが聞いてくれた。でもどこか事務的な感じがあって、複雑だった。

「行ったら終電までに帰れないよね。明日《あした》早番だから、泊まるのもきついし。……カズが来る？うちに」

思い切ってそう言ってみた。でも少しの間のあとに、「僕も明日早番なんだよね」と返された。そしてその返事に少しホッとしている自分がいて、更に複雑な気持ちになった。

結局、駅まで送ってもらってそこで別れた。

「勤務地が決まったら、また連絡するよ」

そう言って、カズは改札の向こうから小さく手を振った。私も小さく振り返した。勤務地が決まるまで、連絡は来ないということだろうか。

階段の途中で、もうカズが見えなくなったことを確認してから、ふうっと大きく息を吐いた。なんだかすごく疲れている。気も体も終始張りっぱなしだった。せっかく頑張って会いに行ったのに、あまりいい結果にもならなかった。すっきりしない。


日曜日。ビール園に行くのに十一時に迎えに来ると言われていたのに、実際朝子たちがやってきたのは十二時前だった。道に迷っていたらしい。

「着いた」というメールをもらって、アパートの階段を降りる途中、不安になった。美人だけれど、朝子はわがままで気分屋である。彼氏の車で来ると言っていたから、道に迷った彼にさぞかし怒っているんじゃないだろうか。今の彼氏は年下で、いかにも尻《しり》に敷かれそうなタイプの子だ。

案の定、アパートの下に降りて横付けした車に近付くと、少し開いた窓から「だからカーナビ買おうって言ってるじゃない」という、朝子の穏やかじゃない声が聞こえてきた。溜め息を堪《こら》えて、「今日はよろしく」と挨拶《あいさつ》しながら、後部座席に乗り込んだ。隣で、彼の友達という男の子が早くも疲れた顔をしていた。出発からすでに、私のテンションも落ちてしまう。

「香織さん、ごめんね」

運転席の朝子の彼が、振り返って手を合わせて私に謝る。

てみた。

「ううん。迎えに来てくれてありがとう」

既に朝子に相当悪態をつかれているだろうから、せめて私ぐらいと思って、愛想よくし
てみた。

本当は昼ご飯は着いてから食べるはずだったのだけれど、途中ドライブスルーでハンバーガーを買って、小腹を満たした。

「あっちで、ビールと一緒に沢山食べるつもりだったのに」

私も思ったけれど言わずにおいたことを、朝子は堂々と口にする。まったく。

朝子は道中ずっと不機嫌で、ビール園に着いても、まだその機嫌は直らなかった。車から降りて入口に向かうとき、男の子たちの歩くのが速いと言って怒り、入場券を買う自販機に一万円札が使えないと知って舌打ちをする。私は付き合いが長いから慣れているけれど、彼の友達は口には出さないが明らかに怒っている顔をしていた。当たり前だ。

ビアレストランに入った。せっかくビールも料理もおいしいのに、朝子はまだ彼が取り分けてくれた料理を「これ、そんなに好きじゃないんだけど」とか言っている。さすがに私もちょっと腹が立ってきた。子供じゃないんだからいい加減にして欲しい。しかも年下の男の子たち相手にみっともない。

「お前よくあんなに言われて我慢できるな」

朝子がトイレに立った時、彼の友達が溜《た》め息《いき》混じりに言った。

「ごめんな。俺が道に迷ったから。朝ちゃんの機嫌損ねちゃったね」

彼が苦笑いしながら謝る。

「お前は運転手なんだから、朝子さんが地図見たり調べたりしてくれればいい話だろ。俺も携帯の地図で頑張ってたんだし。何もしないでただ怒ってるだけだもんな。待たせちゃったから、香織さんが怒るならわかるけど」

友達が言うのは、もっともだ。

「私はいいの。でも朝子はホント昔からお姫さまだから、疲れるでしょ？　向こうが悪いときはちゃんと言ってやってね。言いなりになってることないんだから」

私は朝子の彼に向かって言った。

すると彼は一瞬愛想笑いをしたあと、何故か誇らしげな表情になってこう言った。

「でも俺、朝ちゃんのそういうところも含めて好きになったから。受け入れられますよ、全部」

「あ、そう」と吐き捨てたのは、私ではなく友達だ。私はその言葉には返事せず、黙ってぐいっとビールを飲んだ。全然おいしくない。

それからあとは、朝子の機嫌が少しずつ戻ったこともあって、三人はそれなりに楽しそうにしていた。私はずっと上の空だった。早く帰りたいとずっと思っていた。

帰りの車で、私以外の三人が上機嫌で会話を続けるのも、ただぼんやりと聞き流していた。運転席の彼も本当に楽しそうに「夕食は何にする？　みんなで食べるよね」なんてはしゃいでいる。

交差点の信号待ちで止まったとき、窓の外から見えた地下鉄の駅の名前に反応した。ジュンジュンのアパートの近くの駅だ。

「ここで降ろしてっ」

気がついたら、叫んでいた。

「え?」「は?」と、運転手の彼だけでなく、朝子も友達も私の顔を振り返った。

「友達の家が近くだから、寄って帰る」

もうすぐ青になりそうだ。私はさっさと車のドアを開けた。幸い一番左の車線だった。

「え? ちょっと待ってよ、香織」

朝子が叫んでいたが、構わずドアを勢いよく閉めた。スプリングコートの裾《すそ》を持ち上げてガードレールを跨《また》ぐ。ジーンズでよかった。

歩道に立って、ジュンジュンに電話をした。早番だとしたら、そろそろ帰ってくる時間のはずだ。


ジュンジュンの行きつけだというラーメン屋に連れて行ってもらった。味噌《みそ》ラーメンを勧められたので、素直にそれを頼んだ。

「ここで降ろしてって、すげぇな。ドラマでしか言わないセリフだよね。カッコいいねー、お姉さん」

ジュンジュンが笑う。

「本当にね。でももう限界だったんだもん」

「何にそんなに腹立ったの？　友達のわがままには慣れてるんでしょ」

「友達じゃなくて、彼。彼が朝子の全部を受け入れられるなんて、ちょっと自分に酔った言い方で言ったのが、もう無理。嫌悪感。ただ年上の彼女の言いなりになってる情けない状態なだけなのに、なに威張ってんのよ」

味噌ラーメンが二つ、カウンターの前の台に置かれた。ジュンジュンが、私の分も下ろしてくれた。「ありがとう」と言おうとしたら、ジュンジュンが先に口を開いた。

「今日は言うねぇ。でも俺、カズ君もそんな感じかと思ってた。年下だし、写真見た北ちゃんが、すごくかわいい男の子って言ってたし。ゆうちゃん強いから、女王様状態かと」

「やめてよ。私は女王様なんかじゃありません。カズも今日の彼とは違います」

割り箸《ばし》をえいっと割る。確かにカズはかわいい顔をしているし、一見穏やかそうに見えるけれど。いつもだらしなく嬉《うれ》しそうな顔で、女の子みたいに甘いものばかり食べてはいるけれど――。でも、違う。

「え、じゃあ、どんなんなの？」

自分がプレゼントで買ってきたシーツの上に、いきなり押し倒したりするんだからね。

――とは、言えなかった。カウンター十席だけの小さなラーメン屋では。

「ねえ、ジュンジュン。私、この間からグチばっかりこぼしてて、ごめんね」

話の矛先を変えてみる。

「なに、急に。いいよ。だっていつも俺らってそんな感じじゃん」

「でも、カッコ悪く悩んでる自分見せちゃって恥ずかしい。ジュンジュンも話していいよ、カッコ悪い話。この間と今日の分で二回まではおあいこだから。ね、言いなよ。あるでしょ、私にしかできない話」

ジュンジュンの箸が止まった。私の言う意味を理解したようで、呆《あき》れ顔でこちらを見る。でも私は真顔で見返してやった。

「じゃあ、一個だけ」

観念したのか、そう言ってジュンジュンは話し出した。

「この間、北ちゃんが店長とゴチャゴチャして、酔いつぶれた日。あの日俺、北ちゃん家まで送ったんだよね」

「え、そうなの？」

一ヶ月ほど前だ。みぃちゃんが荒れてべろべろになってしまって、ジュンジュンがタクシー乗り場に連れていった。私は終電が危なかったので、みぃちゃんはジュンジュンに任せて先に帰った。

「そうなんだ。えー、それで？　旦那《だんな》さんには会ったの？」

みぃちゃんの旦那さんは、タニハピを経営する会社の社員で、二月からタニハピ内の事務所で働いているらしい。どんな人なのか会ってみたいとは思うのだけれど、仕事とのけじめなのか、一緒に出勤したり店内で顔を合わせたりしないようにしているみたいなので、私も会いたいと言うのは遠慮している。

「うん。妻がご迷惑かけましたって、丁寧に謝られたよ。俺、家まで車で送ってもらったしね」

それはまた、なんとも言えない状況である。

「すげえ普通にいい人だった」

ジュンジュンが呟《つぶや》く。

「やばい、めちゃくちゃカッコいいとかでもなくて、え、北ちゃん何でこんな人と？　とかでもなくて、普通な感じ。俺も同級生とか同僚だったら、友達になってたような」

どちらかだった方が、それは気持ちの置き所も楽だっただろう。吹っ切れたかもしれないし。

「そうだ。言うの忘れてた。旦那さんが、今度ゆうちゃんも一緒に遊びに来てくださいねって、言ってたよ」

これまた反応しづらい。

「よし、話終わり。食べようよ、伸びるよ」

ジュンジュンがラーメンに向き直る。聞いてあげるなんて偉そうなことを言ったくせに、本当にただ私は聞いただけになってしまった。参考になることも言ってあげられていない。

「約束したから、あと一回までは聞くけどさ、ジュンジュン」

ラーメンが伸びるのを覚悟で、私はまだ喋《しゃべ》ることにした。

「ちゃんと吹っ切るか、できないなら、彼女とは別れてあげたほうがいいと思う。偉そうで悪いけど、可哀相だよ、彼女」

ジュンジュンは何も言わず、ずずっと大きな音を立てて麵《めん》を啜《すす》った。気まずい空気が流れる。さすがに踏み込みすぎだっただろうか。

「ごめん」という私の声と、「うん」というジュンジュンの声が被《かぶ》った。

「うん。その通りだと思う。ありがとう。ごめんな」

ジュンジュンの言葉に、今度は私が黙った。箸を持ち直して、ゆっくり麵を持ち上げる。

駅まで送ってもらって、改札前で別れた。男友達っていうのもいいもんだな。そんなことを考えながら、私はジュンジュンに手を振った。中学からずっと女子校だった私にとって、ジュンジュンは初めてで唯一の男友達だ。

私の男友達は、ちょっと照れくさそうな顔をしながら、私が見えなくなるまで、ずっと小さく手を振り返してくれていた。

『勤務地決まった。明日《あした》お邪魔していい?』

カズからそうメールが来たのは、ティールームで会ってから、一週間後だった。仕事が休みなので、早番の私の仕事が終わるのに合わせて、タニハピに来るという。

仕事を終えて、更衣室で着替えているときに、カズからメールが入った。中央フロアのツリーの前で待っているとのことだった。

東フロアの二階から、吹き抜けの下を覗《のぞ》いてみたら、子供みたいな顔で嬉しそうにツリーを眺めているカズを見つけて、笑ってしまった。向こうは気がついていないというのが、またおかしい。

「なに、見とれてるのよ」

一階に降りて、後ろからカズにそう声をかけた。ちょっと緊張したけれど、この間よりはずっと柔らかくて、責めるのではなくてからかう口調で話しかけることができた。

「ああ、お疲れさま。いや、きれいに飾りつけしてあるんだなーと思って」

振り返ったカズが言う。カズの口調も、穏やかだ。この間のようによそよそしくもない。

「ね、ここのツリー季節ごとに見るの楽しみなの。ピンク、かわいいよね」

カズはこの間のティールームのケーキの箱を持っていた。すぐそこの店で買ったらしい。

「私、甘いもの食べないのに」

キツい言い方にならないように気をつけながら言うと、カズは得意気な顔で笑った。

「香織ちゃんには、ちゃんとレアチーズケーキだよ」

確かにレアチーズケーキだけは好きだ。

「参った?」

「参ったってなによ、参ったって」

こんな風に会話をするのは久しぶりだ。付き合いはじめの頃の感じ。私がカズをからかって、カズが言い返して得意気になって、じゃれ合う。こういう雰囲気に戻そうと思えば、本当はいつでも戻せたのかもしれない。いつの間にかお互い、もうできないんだと思い込んでいただけで。だって、今、こんなに自然に話している。

　タニハピ内のスーパーで食材を買って、私のアパートで一緒にパエリヤを作って食べた。食後は、ソファに並んで座ってテレビを見た。

「あ、ケーキ忘れてた。食べようか」

　CMになったときに立ち上がりながらそう言うと、カズはそれには返事をせずに、私の腕をゆっくり摑《つか》んだ。そして次の瞬間には、ソファに押し倒されていた。

　セックスするのもどれぐらいぶりだろう。一瞬そう考えてから、あのホテルに行った男の子のことを思い出して申し訳なくなった。けれど、カズが私の髪を撫《な》でるのが心地よくて、都合よくそのことは忘れさせてもらった。

　そうだった。行為の最中、カズが私の髪を撫でてくれるのが、私はすごく好きだった。

　事を終えたあと、しばらく半裸のまま二人でソファに寝そべっていた。やがてカズが先に体を起こした。冷蔵庫の方に歩いていって、ケーキの箱を持って戻ってきた。開けて、手でガトーショコラを摑む。お行儀が悪いけれど、私もだらだらしていたかったので、許すことにした。

「前はショートケーキとかモンブランとか、もっと甘いの食べてたのに。この間からガトーショコラばっかりだね。ハマってるの？」

聞くと、「うん、まあ」と歯切れ悪くカズは頷《うなず》いた。

「休憩中にショートケーキ食べてたら、店で一番若い女の子に、『うわあ、なんか相原《あいはら》さんにショートケーキって超似合う。甘いもの好きそうですよねー』って言われて。なんか、ちょっとね」

それであんまり甘くないガトーショコラか。カズらしい。かわいい顔をしているけれど、かわいがられたり、いじられたりするのは嫌いなのだ。女の子の口真似もおかしくて、私は声を出して笑った。

「私にしたら、ガトーショコラも甘いけどね、やっぱり」

「だから、ここのはそんなに甘くないって」

そう言ってカズはガトーショコラに齧《かじ》りついて、その後いきなりそれを、私に口移しで食べさせた。

飲みものじゃないんだから、と言おうとしたけれど、口に入ってきたガトーショコラがおいしくて、ついうっとりしてしまった。確かにそんなに甘くない。いや、甘いは甘いのだけれど、嫌な甘さじゃない。しっとりしていて舌触りもいい。おいしい、すごく。

自分がだんだんと眠りに落ちていくのを感じていた。私の左手とカズの右手が絡まりあっている。眠りかけているせいで、どこまでが自分でどこからがカズなのか、よくわからない。その心地よさに、目頭が熱くなった。嬉《うれ》しい気持ちが沢山と、あとちょっと、申し訳ない気持ちが込み上げる。

「ごめんね」

口に出すことができないなら、せめて——と思って、心の中でそう念じた。

「ごめんね」

体に緊張が走った。声には出していないはずなのに、今、はっきりと「ごめんね」と聞こえた。私じゃない。カズの声だ。

心臓が、とくとくと速く打ち出した。どうしてだろう。どうしてカズが「ごめんね」なんて言うんだろう。

カズの手とつながっている左手に、少し力が入ってしまった。カズの右手が反応した。あちらも力を込めたのが伝わってきた。でも決して痛くない。優しく、すごく愛《いと》おしく、私の手を握ってくれているのがわかる。

心臓の鼓動が、まただんだんとゆっくりになっていった。握り合った手も、触りあっている背中も気持ちいい。ガトーショコラもおいしかった。だから、いい。

ゆっくりと私は、眠りに落ちていった。


おしゃべり好きの自転車置場のおじさんに、今日は「おはよう。お、なんか今日はきれいだねぇ」と言われた。「昨日セックスしたから、肌が調子いいのかもしれません」と言いたかったけれど、さすがに遠慮した。その代わり、

「今朝のコーヒーがおいしかったんですよ。あったかくて」と言ってみた。

「いいねぇ。あったかいのもおいしいのも、しあわせだよね」

おじさんはそう乗ってくれた。

駅の階段を上りながら、さっきコーヒーとカズ用に紅茶を淹《い》れながら、二人でした会話を思い出す。自分でも気持ち悪いぐらい顔がにやけてきてしまう。

「昨日言いそびれちゃったけど。勤務地」

キッチンでポットを火にかけていたら、カズがそう話しかけてきた。

「タイニー・タイニー・ハッピーに行くことになった。西フロアの三階の端に入るんだって、うちの店が」

驚いてしまって、私はしばらく黙っていた。やがてやっと出てきた言葉は、「いいの？」というものだった。

「いいのって？」

「だって今の店のほうが都心だし、そこにいたほうがいいんじゃないの？」

カズは仕事に、やりがいも結果も求めるタイプだ。

「でもタニハピでは、店長になるからさ」

恥ずかしそうに、でもすごく嬉しそうに、カズは呟《つぶや》いた。

「それに、嫌だったから。これ以上、香織ちゃんと微妙な感じでいるの。だから喜んでるよ」

私はまた黙ってしまった。胸の中をなにかあたたかいものが伝っていたけれど、それをうまく言葉にできずにいた。

「だから、この辺りに引っ越してこようと思ってるんだけど。香織ちゃんも一緒に引っ越さない？」

ポットがシュンシュンと音を立てた。火を消して、カップにドリッパーをセットした。カズのカップにはティーバッグだ。

「うちの親、結構うるさいから。同棲《どうせい》するなら結婚しなさいって言いそうな気がする。親に嘘はつきたくないし、引っ越すならちゃんと言わないと」

なんて自分は雰囲気のない、現実的なことを言うのだろうと思いながら、よいしょっとポットを持ち上げた。二つのカップにお湯を注いだ。どちらのカップからもいい香りが漂ってきた。

「うん。そうだろうと思ったから、そうなったら、ちゃんと考えるつもりでいるよ」

カズが言った。そのとき思い出した。去年のカズからの誕生日プレゼントは、このポットだった。真っ白でシンプルなデザインで、琺瑯《ほうろう》だからちょっと重い。でも色にあたたかみがあって、優しい雰囲気のデザインで、重いのを持ち上げて淹れるからか、これで淹れたお茶は特別あたたかくておいしい気がする。だから、すごく気に入っている。

めずらしくお弁当作りをサボったというみぃちゃんと、一緒にお昼休憩をとった。西フロアの二階に少し前に入った洋食屋さんに行ってみたけれど混んでいて、仕方なく、中央フロアのいつものコーヒーショップに入った。

「あ、サンドイッチの種類増えてる。わー、ツリー！　かわいいね、ピンクで」

私はよく使っているけれど、いつもお弁当のみぃちゃんは久々だったようで、喜んでくれたのでよかった。中央フロアに来たのも久しぶりらしく、ツリーにもはしゃいでいる。

「あのね、すぐにじゃないけど。私、結婚する。カズと」

あたためてもらったチョコレートのスコーンを手に取ってみたけれど熱くて、トレーに戻して冷ます間、みぃちゃんにそう報告した。

ナプキンで手を拭《ふ》いていたみぃちゃんは「え？」と一瞬手を止めたあと、「そうなんだー」と、顔を大いにほころばせてくれた。私より二つも年上だけれど、なんてかわいいのだろう、この人の笑顔は。ちょっとジュンジュンの気持ちがわかってしまった。

「みぃちゃんの結婚式って、どんなんだったの？」

「結婚式？　そうねー、披露宴のときに、司会者の人にインタビューされたのね。『第一印象はどんな感じでしたか？』とか、『どんな家庭を作りたいですか？』とか。それで、『新郎さんに直して欲しいところはありますか？』って質問のときに、ほら私たち既に同棲してたから、『脱いだ服はちゃんとハンガーにかけて欲しいです』って言ったの、私。そしたら会場中に大爆笑されちゃってね」

「えー、それって『優しいのはいいけど、もうちょっと男らしくして欲しいですぅ』とか、そういう感じを求められてたんじゃない？」

「そうそう。そうだったみたい。でもそんなのわかんないもの。最初に浮かんだこと、真面目に答えちゃったのよ」

笑いながら、私はチョコレートスコーンに手を伸ばした。

「じゃあ香織さん、カズ君の第一印象はどうでしたか？」

みぃちゃんが手でマイクを作って、私に向ける。

「えーと、かわいい顔した男の子、かな」

「では、結婚を決めたのはなぜですか？」

「えーと、ガトーショコラが意外と甘くなかったから、かな」

みぃちゃんは不思議顔をする。

「なにそれ。わけわかんない。風が吹いたら桶屋《おけや》が儲《もう》かるみたいな話？」

「そうそう、トマトが赤くなると医者が青くなるみたいな話よ」

まだ不思議顔をしているみぃちゃんを面白く眺めながら、チョコレートスコーンを一口齧った。

あたたかくて、ほどよく甘くておいしかった。

ウォータープルーフ

バス通り沿いのコンビニの雑誌コーナーで、立ち読みをしている大女を見つけた。ガラス越しに正面に立って、手を上げて合図をする。大女が顔を上げて頷《うなず》いた。

店から出てきた大女、智佳《ちか》は、相変わらずダンサーのような格好をしていた。小さめのパーカーに、尻《しり》の形と脚の形がはっきりわかる、かなり細めのジーンズ。きついパーマのかかった髪はアップにして、耳にはでっかい銀のリングのピアスがぶらさがっている。そして、大きなスポーツバッグを肩にかけていた。

「お疲れさま。晩ご飯は？」

智佳が聞く。

「食ってねーよ。今まで仕事してたんだから。おまえは？」

「私も食べてない」

「じゃあ、どこかで食っていこうぜ。タニハピまで戻るか？　飲食店はまだやってる店も多いから」

「タニハピって？」

「あれ。タイニー・タイニー・ハッピー」

バス通りから左の方を顔で指した。シネコンの向こうに、我が職場がそびえ立っている。

「でも、またここまで戻ってくるの面倒か」

俺のアパートまでは、すぐそこのバス停から市バスに乗って十五分だ。

「この辺りにいいお店ないの？」

智佳にもそう言われたので、シネコンの裏通りにある無国籍料理の居酒屋に連れていくことにした。職場の慰労会や飲み会で、よく使っている店だ。

「いらっしゃいませ。ああ、どうも」

顔見知りの男の店員が、俺と智佳を見比べて、意味ありげな笑みを浮かべた。彼女だと思われたらしい。

「妹だよ」

そう言うと、「あ、なんだ」と言ったあと、店員はもう一回俺たちをまじまじと見て、今度は「わー、やっぱり二人とも大きいんだ」と笑った。俺と智佳は同時に苦笑いした。子供の頃から、二人一緒にいると必ず言われてきたセリフだ。いい加減もう飽きている。

とりあえずビールを二つと、適当につまみを注文した。

やってきたビールで、一先《ひとま》ず乾杯をした。おかしな感じだった。俺は大学、智佳は専門学校を卒業してから東京に出てきてもう結構経つのだが、こんな風に東京で二人で会うのは初めてだ。だからもちろん、二人で乾杯をするのも初めてである。

「おまえ、なんであんなところで待ってたんだよ。タニハピにいろって言っただろ」

「だって、兄ちゃんの仕事終わるの待ってたら、閉まっちゃってたでしょ」

「おまえのために定時で仕事終わらせたんだぞ。待たせたって、たかが五分ぐらいだったよ。それぐらい駐車場で待てただろ」

「だって待ってる間もヒマだし。だからずっとあそこで立ち読みしてた」

「は？　じゃあ一回も行ってないわけ？　ヒマっておまえバカじゃないの？　あそこにどれだけ店があると思ってるんだよ」

　じゃあ、中央フロアのシンボルツリーも見てないのか？　続けてそう聞こうとしたが、

「この肉じゃがコロッケ、おいしいよ。冷めないうちに食べなよ」

と、遮られてしまった。今回のシンボルツリーの飾りつけは自分としても力作なので、見ていたなら感想を聞きたかったのだけれど。行っていないのなら仕方がない。俺は無言でコロッケに箸《はし》を伸ばした。

「しばらくって何日ぐらい泊まるんだ？」

　コロッケを一口食べてから、聞いてみた。なんとなく本題に入りにくい雰囲気だったので流していたが、最終的には聞かないわけにはいかない。今日の昼休みに、突然智佳からメールが入ってきたのだ。『申し訳ないんですが、しばらく泊めてもらえませんか？』と。

「何日ぐらいまでいい？　逆に」

「俺は別に何日でもいいけど。でもおまえ、仕事はどうすんの」

「職場までの距離そんなに変わらないし、着替えも沢山持ってきたから平気。急に勝手言って悪いけど、兄ちゃんは私に構わず行動してくれていいから。女の人来るから出てけっ

て言われたら、ちゃんと出てくし」

「それはないからいいんだけど」と言いかけたけれど、虚《むな》しくなってやめた。代わりに、直球で質問した。

「彼氏とケンカしたのか？　って言うか、もしかして別れたとか？」

智佳は二年ぐらい前から、確か俺と同い年だという彼氏と同棲《どうせい》している。この間の正月には実家で両親に「結婚はしないのか」と聞かれて、「するよ。ちゃんと考えてるよ」と答えていた。智佳の足元に置かれたスポーツバッグに目をやる。智佳みたいな大女が持っていても、十分でかいと感じる大きさだ。どこからどう見ても家出である。

「その二択なら、ケンカした方かな」

そう言って、智佳はビールを喉《のど》を鳴らして飲んだ。俺も倣う。

ホッとした。もう一つの方じゃなくて。

部屋に入るなり、智佳はいやらしい顔で笑いながら言った。

「私に見られたら困るものとか、隠さなくていいの？」

途中のコンビニで買った、酒や明日《あした》の朝のパンを袋から出しながら、俺は「ばーか」と悪態を吐いた。でも内心は、またホッとしていた。落ち合ってから、初めて智佳が笑ったから。

部屋着に着替えて、タバコに火を点《つ》けた。キッチンの換気扇の下で吸う。

「おまえ、ベッドで寝ていいからな」

リビングの床に座り込んでいる、智佳に向かって言った。

「いや、いいよ。床に布団で」

「布団なんかねーよ。クッションならあるけど。それじゃ腰痛いだろ」

「そうなの？　でも悪いし」

智佳はスポーツバッグから、パジャマやら化粧品など、とにかくグッズをどんどん取り出している。

「じゃあ、何日お世話になるかわかんないけど、いる間ベッドと床、一日交代でどう？」

「よっしゃ。それで行こう」

押入れから、夏掛けのタオルケットだけ取り出しておいた。昼間はだいぶ蒸し暑くなってきたが、夜はまだ少し冷える。寝るとき何も掛けるものなしでは、さすがに風邪を引きそうな気がする。

智佳は缶チューハイを開けた。俺も付き合ってビールを開ける。ビーフジャーキーを持ってソファに移動して、智佳にも来るように促してやった。

「で、何でケンカしたんだよ？」

さりげなさを装うために、テレビを点けながら聞いた。

「うーん。話したくなったら聞いてってのは、図々《ずうずう》しいかな？」

「いいけど。でも彼氏はしばらくここに泊まるの知ってんだろうな？　心配して探し回ってたりしてねーな？」

「兄ちゃんのところとは言わなかったけど、しばらく離れたいって宣言して出てきたから大丈夫」

「だったらいいけど」

チャンネルをあちこち回してみたが、特に気になるものがない。結局テレビは消した。ビールを飲む智佳の横顔をそっと覗《のぞ》き見た。当たり前と言えばそうなのだが、なんだかその顔は、酷《ひど》く疲れて見えた。


相手が妹とはいっても、ベッドの下に人が寝ているという慣れない状況に、体が緊張していたのだろうか。次の日の朝、俺はいつもより一時間も早く起きてしまった。俺が起きた気配で、智佳もすぐに目を覚ました。

「休みなんだろ。まだ寝てれば」

俺と一緒にリビングに移動しようとする智佳に言う。智佳はクレジット会社のテレフォンオペレーターをやっている。休みはシフト制で、ほとんどが平日らしい。

「いいよ。一緒に朝ご飯食べる」

メロンパンをくわえながら、アパートの契約書とか仕事の資料とか、なんでも突っ込んである引き出しを開けて、部屋の合鍵《あいかぎ》を探し出した。智佳に渡す。

「他に同じの持ってる女、いる？」

まだ寝惚《ねぼ》け顔のクセに、智佳はしっかりそんなことを言う。憎たらしかったが、俺の知っている智佳らしいことには安心した。

「うるせえよ。ケンカ売ってんのか」

パンを食べ終えてから家を出た。いつもより三十分以上早いバスに乗れた。

当然一番乗りだと思ったのに、事務室にはもう人がいた。真ん中辺りの席に、一人パソコンを叩《たた》いている女の背中があった。小山理恵だ。

このままこっそり扉を閉めて、しばらくしてから出直そうかと思ったが、気が付かれてしまった。体を半分振り返らせて「おはようございます」と、小山理恵は明るい声を出す。

「おはよう」

仕方なく俺は短く返事して、目を合わさないように早足で自分の席に向かった。

「どうしたんですか？　今日は早いですね」

小山理恵は、更に屈託なく話しかけてくる。

「昨日から妹が泊まりに来てて、早く起きちゃって」

「へー。川野さん妹さんいるんだ。いくつですか？」

「年子。二十八」

なんで話しかけてくるんだよと思いながらも、質問にただ答えることが一番早く会話を終わらせられるので、不本意ながら返事する。

「へー。妹さんも背高いんですか？」

俺はこっそり溜《た》め息《いき》を吐いた。

「妹がいるって言うと、絶対それ聞かれるな。高いよ。百七十五センチだって」

「わあ、ほんとに大きいですね」

カバンを置いたりパソコンを立ち上げたりという、間を持たせる作業を全て終えてしまったので、俺は水を飲もうと給水器のほうに向かった。途中、机から顔を上げた小山理恵と目が合った。「わっ」と思わず声を上げてしまう。

「なに、どうしたの、それ」

唇の左端に、大きなバンドエイドが貼られていた。しかもピンク地でキャラクターが描かれていて、かなり派手だ。さっき振り返ったときは反対側だったから気がつかなかった。

「昨日、茹《ゆ》でたパスタ上げるとき、お湯が飛んでヤケドしちゃったんです。皮がべろっと剝《は》がれちゃって。痛いんですよー」

それは大変だけど、いや、でも。そのバンドエイドはおかしいだろう。二十代後半の女が職場にしてくるものじゃない。しかも顔に。

扉が開いて「おはよう」という声が聞こえた。総務課長の大原さんだ。俺は姉さんと慕っている。

「わっ！　どうしたの小山さん、それ」

一歩足を踏み入れるなり、大原さんも俺と同じく大声を上げた。当たり前だ。

小山理恵は、俺にしたのと同じ説明を大原さんに繰り返したが、「いや、だからって」

と呆《あき》れられていた。

「あなたはお客さんの前に立つんだし、せめてベージュのにしようよ。待ってて、今、取ってくるから」

「ありますか？　助かります。うちにこれしかなかったんですよ」

二人のやり取りを眺めながら、俺も呆れながらゆっくりと水を飲んだ。

小山理恵は、変な女である。バンドエイドの件だけじゃなく。

明るくてさっぱりしていて、この女からは俺の嫌いな女臭がしない。同期入社して研修を一緒に受けているときに彼女に対してそう思っていたので、数ヶ月前彼女がここに異動してきたときには、俺はよく話しかけ、飲みや食事にも誘っていた。今思えば忌々しいが。

彼女はいつも明るく返事してきたし、誘いにも笑顔で乗ってきた。あるとき飲みに行った帰り、「俺の家近くなんだけど。コーヒーでも飲んでく？」とダメ元で誘ってみたら、それにもあっさりと付いてきた。お互い二十代後半の大人だ。誰だってそういうつもりだと思うだろう。

それなのに、キスしようとしたら、いきなり顔を引っぱたかれた。「なにするんですか！」と叫びながら。いやいやいや。なにするんですかって、こっちのセリフだ。

それだけでも相当腹が立ったのに、次の日職場で、同僚たちが沢山見ている前で、「叩いたのは悪かった。でも私は悪くない」みたいなことを言われ、俺の思考回路は一旦《いったん》停止させられた。明るくて、はきはきしている。彼女のいいところだけに目が行っていた自分を激しく責めた。そんなものより、どんとでっかくこの女には短所がある。空気が読めない、というか読む気がない？ 思ったことをそのまま口にする、無神経。

更に次の日、廊下で呼び止められて、「昨日は人前であゝいうことを言ってすみませんでした」と、今度は深々と頭を下げられた。もう意味がわからなくて、怒るのを通り越して呆れるしかなかった。

ただ、この行動は、俺と仲のいい同僚の徹ちゃんが、彼女に説教をしてくれたからしいと後から知った。普段事なかれ主義の徹ちゃんが俺のためにそんな行動を取ってくれたのは、驚いたけれど嬉《うれ》しかった。

でももっと驚いたのは――。その謝ってきた日以来、小山理恵が何事もなかったかのように、俺に話しかけてくることだ。

最初は「謝ったんだからいいでしょ」と開き直っているのかとも思ったが、多分違う。本当にあの女は、もうあの件に関して何も引きずっても気になってもいないのだ。とにかくわけのわからない、変な女なのだ。

でもこちらは普通の神経なのだから、同じように何事もなかったかのように話せるわけもない。だから俺はさっきのように、彼女に話しかけられたらとにかく避けるか、それが無理なら早く会話を終わらせるように努めている。なんで俺だけがこんな風に気を揉《も》まなきゃいけないんだ、と思いながら。

フードコートのハンバーガー屋でチーズバーガーセットを買って、バックヤードの休憩室に向かった。徹ちゃんの背中を見つけたので、「おす」と声をかけて向かいの席に座る。

「お疲れ。明日《あした》は早くあがれるといいな」

徹ちゃんは、奥さんのお手製弁当から顔を上げた。

「あ、もう明日だっけ？」

「おい、忘れんなよ」

明日は仕事のあと徹ちゃん家にお邪魔して、奥さんの夕食をご馳走《ちそう》になる約束をしている。徹ちゃんは二月からタニハピで働いているが、異動のタイミングで有休を取って、奥さんと旅行に行った。そのとき徹ちゃんの仕事を少し俺がフォローしたので、そのお礼をしてくれるのだという。全員の都合がなかなか合わなくて、かなり時間が空いてしまったが。

「いや楽しみにしてたよ。お邪魔します」

徹ちゃんの弁当箱を盗み見する。今日も色とりどりでおいしそうだ。本人は謙遜《けんそん》しているが、徹ちゃんの奥さんの弁当は、職場でもちょっとした話題になっている。だから家庭の味に飢えている俺には、明日のイベントは楽しみである。

「あ」と、バーガーを齧《かじ》るのと同時に声が出た。智佳のことを思い出した。今日は「夕食作っておいてあげるよ」と言っていたけれど、明日はどうしよう。

「どうした？」

「実は昨日から、妹が泊まりに来てんだよな。明日どうしよう。いいか、でも。勝手に押しかけて来たんだし、ほっとけば」

「え、でも、せっかく来てるのに悪くない？　あ、じゃあ、妹さんも一緒に来れば？」

「いいよ、そんなの。奥さんに悪いだろ」

「いいよ、あいつ料理好きだから。人数多いほうがむしろ喜ぶと思う。それに俺、会ってみたい、川野の妹。やっぱり背高いの？」

徹ちゃんが、笑いながら言う。

「徹、おまえもか」

「は？　なに？」

「うるせえな。でけえよ」

「そうなんだ。尚更《なおさら》会いたい。うちは本当に構わないから。本人さんが嫌じゃなかったら一緒に来いよ」

「じゃあ本人の意志に従うよ」

会話が一段落したのを見計らって、俺はわざとらしく溜め息を吐いた。

「妹も背高い？　って、絶対聞かれるんだよな。朝、小山さんにも聞かれたよ」

「へぇ、いいね。小山さんと仲良く喋《しゃべ》れるようになった？　ついに」

もう一回、さっきより更に大きく溜め息を吐いてやった。この裏切り者め。

小山理恵は、みんなの前で俺を責めたことについて、翌日徹ちゃんにも謝りに行ったらしい。「北川さんの言うとおりでした。昨日はごめんなさい」と。

それで徹ちゃんは、俺のために怒ってくれていたはずなのに一転、すっかり彼女のことを気に入ってしまった。

「いや俺さ、おまえが気に入ってるみたいだから言わなかったけど。歓迎会で喋ったりして、この子どうなんだ？って思ってたんだよ。で、あの事件でキレちゃったんだけど。まさかあんなに潔く謝りにくるとはね。なかなかできることじゃないよな、この歳になると。感心しちゃったし笑えてきちゃって、かえって彼女好きになっちゃったよ」

とのことらしい。まぁ、それはいいんだけれど――。

「いいと思うんだけどな、川野には小山さんみたいな子が」

止めて欲しいのはこれだ。自分が気に入ったからって、うるさい親戚《しんせき》のおばちゃんのように、徹ちゃんは最近こんなことばかり言ってくる。

「だっておまえ、いかにも女の子っていう子は嫌いだろ。それで小山さんみたいなハッキリした子も嫌いだったら、どうすんだよ」

「どうすんだよって、なんだよ」

面倒くさくて、どんどん俺の口調は投げやりになる。

「一生独身、彼女もなしで過ごすわけ？　この間も原田《はらだ》君に合コン誘われてたのに、断ってただろ」

「合コンは嫌いなんだ。仲良しの女が群れてるの大嫌いなんだよ。虫唾《むしず》が走る」

「虫唾が走るって、またそんな大げさな。なんで？ なんかトラウマでもあるわけ？」

徹ちゃんは、食べ終えた弁当箱をしまい出した。

「トラウマなんて言い方はして欲しくないけど。きっかけなら無くはないよ。聞かせてやろうか？ 俺の逆武勇伝をさ」

「なんだ、そのネーミング。めちゃくちゃ聞きたいけど、悪い、俺もう休憩終わりなんだ。今度聞かせて」

そう言って、徹ちゃんは弁当箱を持って席を立った。

「なんだよ、自分で振っといて」

俺はその背中に向かって舌打ちをした。


俺の逆武勇伝。大学三年生のときだった。当時俺は宅配業者で積荷のバイトをしていた。そこに後から電話受付として入ってきた、短大生の女の子が気になりだした。髪が短くて、目が大きくて勝気そうで、単純に俺の好みだった。

仕事の合間などに積極的に話しかけにいったら、感触がよかったのでデートに誘った。それにも二つ返事で乗ってきて、すぐに俺たちは付き合いだした。

けれどこの女がキツかった。外見はさっぱりしていそうだったのに、中身は真逆だった。嫉妬《しっと》深くて、細かくて、束縛したがる。電話に一回出なかっただけで、メールをすぐに返さなかっただけで「なにしてたの？」とヒステリックに責められて、同じバイトの女の子と口をきいただけで、ネチネチと嫌味を言われた。三ヶ月もしないうちに俺は嫌になって、別れを切り出した。

別れ話が成立するまでがまた大変だった。俺の部屋で彼女の部屋で、電話で出先の店で、泣きじゃくったり喚《わめ》かれたりするのを繰り返して、一ヶ月以上かかってやっと納得させた。

肩の荷が下りてすっきりしていたある日、知らない番号から俺の携帯に着信があった。彼女の友達だという女からで、俺は近所のファミレスに呼び出された。行ってみると、電話をかけてきた女と、その隣にもう一人女が怖い顔をして座っていて、彼女がその向かいの席で、ハンカチを握り締めて俯《うつむ》いていた。

延々三時間、俺は三人の女に責められ続けた。「そっちから付き合ってくれって言ったんでしょ」「この子はあなたが初めてだったのよ。責任取りなさいよ」とかまで言われて、キレずに冷静に対処した自分を今でも褒めてやりたい。公衆の面前でキレたり怒鳴ったりしたら、理由なんて関係なく男が悪い構図になるだろうと思って、頑張って堪《こら》えた。

でも、なんとかやっと話をつけて、金でごちゃごちゃ言われたりするのも嫌だったので、四人分の伝票を持って席を立ち会計を済ませ店の外に出た途端、体中から絞り出した声で、高らかに吠《ほ》えさせてはもらったが。

トラウマなんて大げさなものじゃない。大体傷つけられたなんて思いたくない。一人じゃなにもできない鬱陶《うっとう》しい女どもに今でも怒ってはいるが、傷とは違う。女性恐怖症なんてもちろん、女嫌いにさえ別になっていない。そのあとにだって、付き合った女はもちろんいる。

ただ、群れたがったり、細かかったり、うるさかったり。そういう「女」はもうごめんだと強く思わされるのに、十分な出来事であったのは確かだ。

アパートの玄関を開けると、ソースのいい匂いに鼻をくすぐられた。キッチンに智佳が立っている。ヤキソバを作ってくれているらしい。

「簡単なもので悪いけど。私、家で料理担当じゃないし」

湯気に目を細めながら、智佳は言う。彼氏は確か調理師だと言っていた。

「材料なんて、なかっただろ。どうしたの」

俺は家で、ほとんど料理をしない。

「買い物に行った」

テーブルの上に置いてあった紙袋を、智佳は目で指す。食材以外のものも買ったらしい。ここからバスに乗って駅に出て、またそこから二十分ほど電車に揺られたところにあるショッピングモールの袋だった。

「タニハピのほうが近いし、なんでもあるのに」

ヤキソバを皿に盛るのを手伝いながら、俺は言った。規模もタニハピの半分ぐらいの店だ。

「でも、色々安く買えたよ。この乳液なんて、普段買うところより三百円も安くて」

皿を運び終わった智佳は、袋から得意気に化粧瓶のようなものを取り出した。そもそもの値段がわからないから、三百円安いことがどれぐらいの価値なのか、俺にはさっぱりわからない。

「あとこのマスカラも……。やだ、間違えちゃった。これ、ウォータープルーフだ。面倒くさいな。兄ちゃん使う？　あげようか」

笑いながら、智佳がスティックのようなものをこちらに差し出す。

「ウォータープルーフって？」

マスカラは、なんとなくわかる。

「耐水性なの」

「ふーん。耐水性だったら、寝るとき落とせないんじゃないの？」

「落としにくいって程度かな」

「なにかメリットあるか？」

「プールとか海行くときに」

「ああ、なるほどね」

「あとピアスも買った。これも安くて」

まだ袋から取り出そうとする智佳を「食べようぜ、冷めるぞ」と制した。

智佳のヤキソバは、なかなかにおいしかった。

「誰が作ったっておいしいわよ、ヤキソバなんて」

本人はそう謙遜《けんそん》していたが、俺ならもっと油っこくなってしまうから感心した。

食べている途中で、明日《あした》の徹ちゃん宅での晩餐《ばんさん》のことを思い出した。智佳に聞いてみると、意外にも「行きたい、明日早番だし」と言う。決して一人じゃ時間を過ごすことができないなんてやつではないのだが、状況が状況だから、部屋に一人でいると色々考えてしまったりするのだろうか。

食事のあと、徹ちゃんに智佳も行きたがっている旨をメールした。返信はすぐに来た。

『どうぞどうぞ。楽しみにしてまーす』

そんなはしゃいだ文面のあとにハートの絵文字が入っていたから、一瞬「どうした徹」とびっくりしたが、よく見たら末尾に「みさき」と奥さんの名前が書かれていた。奥さん、実咲さんはタニハピ内のメガネ屋で働いているのだが、あまり職場ではすれ違わない。でも結婚式で少し喋った印象だと、優しくてかわいらしい感じの人だった。


仕事が終わったら連絡するから、タニハピの近くにいるようにと言ったのに。仕事を終えて、徹ちゃんと一緒に立体駐車場入口の近くの従業員通用口の前から電話をかけたら、智佳は昨日買い物をしていたショッピングモールの名前を出して、「今そこの駅にいる」と言った。なんなんだ、この間から。

「通り道だから、ちょうどいいじゃん。途中で電車に乗り込んできてもらえば」

電話口で怒りかけた俺を、徹ちゃんがそうなだめた。確かにここから徹ちゃん家《ち》の駅までの間ではある。

乗っている車輛《しゃりょう》と、幾つめのドア付近にいるかまで伝えたので、智佳とは車内ですんなり落ち合えた。

「なんでタニハピにいないんだよ」と会ったら怒るつもりでいたのだが、智佳がワインバッグを提げているのを見て言えなくなった。自分の終業時間がタニハピの閉館時間と同じということもあるが、俺はお土産を用意できていなかった。

「いらっしゃいませー。待ってました」

徹ちゃんの奥さんは、淡い水色のエプロン姿で出迎えてくれた。華奢《きゃしゃ》な体によく似合っていた。でもちょっと、中学生の調理実習みたいに見えなくもなかった。童顔なのだ。

智佳からワインを受け取るときも、智佳との身長差と、「わー、いいんですか？　ありがとう」とはしゃぐ姿から、子供みたいだと思ってしまった。けれど、仕上げのために入っていったキッチンでは、人が変わったようになった。汗を拭《ぬぐ》いながらテキパキと動く姿が、職人のようでカッコいい。

「何か手伝いましょうか？」

俺も智佳も一応そう申し出はしたが、かえって足手まといになるだろうことは、明白だった。実際「いいのいいの、座ってて」と言われてしまったし。お言葉に甘えて徹ちゃんと三人で、先にテーブルに着かせてもらうことにした。

「ご夫婦でタイニー・タイニー・ハッピーで働いてるんですってね」

智佳が徹ちゃんに話しかける。

「うん、でもほとんど会わないけどね。お弁当持っていってるから、僕が休み時間もずっとバックヤードにいるってのもあるけど」

「でも俺も実咲さんと全然会わないよ。俺は昼休み、結構うろついてるけど」

キッチンでお玉を持った実咲さんが、「西と東の端同士だからかな」と言った。

「そんなに広いんだ、あそこ。確かに外から見ても大きいけど」

「あ、智佳さん来たことないの？　吹き抜けのシンボルツリーいつもすごくいいよ。あれ川野君が作ってるんでしょう？　今の雨のモチーフのもいいよね」

実咲さんがお皿を運びながら、俺にそう笑いかけてくれた。もともと感じいい人だと思っていたけれど、俺の中での実咲さんポイントが更に一気に上がった。

「へぇ、お兄ちゃんそんな仕事してるんだ」

「作るのは業者だけどな。一応アイディアは俺が考えてる」

最初は面倒くさかったのだが、最近では季節ごとに次はどんなのにしようと考えるのが楽しみになっている。

「えーと、冬瓜《とうがん》の胡麻《ごま》ダレ煮と、豆腐ハンバーグ、洋風麻婆、これはトマトソースで作ったの。あと、とろろ汁と」

実咲さんは一つずつ名前を言いながら、嬉《うれ》しそうにテーブルに料理を並べていった。俺にはどんな調味料を使ってどう料理したらできるのか、まったく見当もつかないメニューばかりだった。ただ、どれもとてもおいしそうだということだけははっきりわかった。

「すごーい。おいしい。私の彼氏、調理師なんですけど。実咲さんの料理のほうがおいしい。ここだけの話」

智佳が感激の声を上げる。俺も同じように感激していた。

「調理師さんなんだ。何料理の？　どこのお店にいるの？　行ってみたい」

実咲さんが智佳に聞く。徹ちゃん夫妻と智佳は三人とも同い年で、それを認識してからはすっかり馴染《なじ》んで口調もくだけている。

「イタリアンです。今いる店は……」

智佳がイタリア語なのか、なんだかややこしい店名を口にした。聞き覚えがある名前だった。

「え、本当に？　タニハピにもあるよね！　友達が働いてる！　ゆうの店だよ」

実咲さんが興奮気味に、徹ちゃんの服の袖《そで》を引っ張る。

「彼氏は違う店なんだけど……。でも時々タニハピにもヘルプで行ったりするみたい」

智佳が俺を横目で見ながら、歯切れ悪く言った。なるほど、だから近付きたがらなかったわけね。俺は目線で、そう智佳に告げた。徹ちゃん夫妻は、俺たちのやりとりに不思議顔をしている。

「今、彼氏とケンカしてうちに家出中なんだ、こいつ」

説明をした。二人は黙って目線を合わせる。妙な空気にしてしまった。

「なんでケンカしたの？　って、初対面なのに話したくないかな、そんなこと」

　やがて実咲さんが、あえてだろうが軽い口調でそう言った。「いえ、そんなこと」と、智佳が焦る。

「俺がいるから、話しづらい？」

　俺は智佳の顔を見た。智佳はしばらく戸惑った表情をしていたが、そのうちに、「でも兄ちゃんには迷惑かけてるしね」と呟《つぶや》いた。そしてきっと顔を上げた。話すことにしたらしい。

「彼氏にね、弟がいるの。歳が離れてて、まだ十九歳で大学生で、そのぶん彼氏がすごくかわいがってるんだけど。その弟の彼女がね、妊娠しちゃったのよ」

　また妙な空気が流れる。「しちゃった」という言い回しなら、おめでたいとは捉《とら》えられていないのだろう。

「でも大学生の弟に養えるわけないし、彼女も産むつもりないみたいだから、おろすことになったの。その辺りのゴタゴタで二人は別れることにもなって……。そうしたら彼女がね、中絶費用二十万、ユータ、あ、弟ね。全額弟に請求してきたんだ」

　徹ちゃん夫妻の顔が強張《こわば》っていく。確かになかなか穏やかではない話だ。

「そりゃ女の子には体にも精神的にも負担がかかるけど、全額かぁ。難しいところだね。避妊しなかったのは二人ともの責任だし」

「なぁ、問題点ずれてるとは思うんだけどさ。そんなにお金かかるものなの？　中絶って」

「わかんない。だって調べたこともないし」

「そうだよな」

徹ちゃん夫妻が顔を見合わせて喋《しゃべ》っている。

「私も、金額も怪しいと思った。それに、彼女って二十六歳なの。もちろん働いてる」

智佳が身を乗り出す。二人から「えっ」と声が上がった。

「そうなの？　それは、尚更《なおさら》どうかと思っちゃうね」

「だよな。片方学生で片方社会人なら話も違ってくるよなぁ」

智佳はすがるように、二人の顔を見た。

「ですよね。歳の差があっても両方大人なら仕方ないけど、ユータは未成年なんだから。付き合うなとは言わないけど、彼女の方にしっかりして欲しいって思っちゃうの」

「あのさ」と、俺は流れを遮った。本題が見えてこないから。

「大変そうではあるけど、それ、おまえの彼氏の弟の話だろ？　それでなんでおまえたちがケンカ？　家出までするぐらいの」

「ああ」と、智佳が呟いた。

「彼氏が、ユータにそんなお金用意できないから、自分が全部肩代わりするって言い出したの。女の子傷つけたんだから、当然だって。変なところ男気があるやつなのよ。でも私たちお互いの給料合算して家のお金にしてるから、彼氏のお金は私のお金でもあるわけ。

私たちにとっても簡単に出せる金額じゃないし、私は全額こちらってのも納得いかないし。……って言ったら、彼氏に細かいだの冷たいだの言われてケンカになって。最後は女は黙ってろとまで言われちゃって」

「あ、それは嫌だね。怒っていいと思うわ」

実咲さんが、急にきっぱりと言ったから驚いた。さっきまでの優しくて穏やかな口調とは全然違う、意志をしっかりと持った声だった。さっきのキッチンでの振る舞いといい、優しそうに見えるけれど、芯《しん》はかなりしっかりしている人なのかもしれない。でも、俺もその意見には同感だった。智佳も大きく頷《うなず》いている。

「だから、この家出は私の意思表示なんです。結婚も考えてたぐらいだし、いつかは戻るつもりだけど。それ言われて嫌だったってことはわかってほしくて」

「うん、いいと思う。ねえ川野くん、智佳ちゃんの気が済むまでいさせてあげてね」

実咲さんはしきりに頷きながらそう言って、そのあと「飲もう、食べよう」と俺と智佳のグラスにワインを注いでくれた。思うところはあったけれど、とりあえず「どうも」と、俺はありがたく頂戴《ちょうだい》した。


「俺は、納得いかないな」

直接ではなくて、バスの窓に映る智佳の顔に向かって言った。混んでいたので二人並んで立って乗っている。

「ん？　私だってそうだよ。でも結局うちから全部出すんだろうな。彼氏、言い出したらきかないから。ユータはバイトして返すとは言ってるけど」

「お金の話じゃなくて」と、俺は言った。申し訳ないけれど、弟カップルの話は俺には無関係だからそれほどこだわっていない。

「おまえがそのうち帰るって言ってること。帰らなくていいだろ、そんな女は黙ってろなんていうやつのところ。俺、かなり腹立ったんだけど」

　俺の逆武勇伝の女たちのように、ねちねちと鬱陶《うっとう》しいことを智佳が並び立てたならともかく。智佳は絶対にそんな女ではない。それなのにそんな扱いをするのは、ただの女性差別じゃないか。

「でも、もう二年も一緒に住んでるし」

　智佳は少し俯《うつむ》き加減になった。

「年数どうこうじゃないだろ、そんなの。おまえ、本当にそいつと結婚するの？　そんなやつでいいわけ？」

　俺は決してシスコンなわけではない。でも妹がそんな扱いをされて、何も思わないほど冷たい兄でもない。

「そんなやつとか言わないでよ。会ったこともないのに。確かに今回は彼の性格が悪いほうに出ちゃってるけど、それがいいときだってあるわけだし」

「なんだよ、いいときって」

「私みたいなでかくて気の強い女でも、女扱いしてくれるから……。それは嬉しかったりするし」

智佳の声が、急に独り言のように小さくなった。前の席のサラリーマンが「うるさい」と語っている顔で俺らを見上げたからか。それとも、口にした内容のせいか。

「長所と短所って紙一重じゃない。それに、嫌なところも含めて向き合ってくのが恋愛じゃないの？　兄ちゃんいい歳して、そんなこともわかんないの」

俺は返事をしなかった。言われた内容のせいじゃない、前の席のサラリーマンがうるさがっているせいだぞ――。と、誰にかわからないけれど念じる。

嫌なところも含めて向き合っていくのが恋愛じゃないのかって？　わからない、そんなことは。ファミレスで責められた一件以来、彼女の嫌なところが見えたらすぐに別れる――。そんな付き合いばかりしてきた。

「なんで、兄ちゃんに恋愛の話なんてしちゃったんだろ、恥ずかしい」

バスを降りるとき、智佳がそう言い捨てた。

こちらこそだ。妹に恋愛の説教なんてされて、しかも言い返せなかったなんて、これ以上恥ずかしいことがあるか。

――いや、あったな。少し前に同じぐらい恥ずかしいことが。女にキスしようとしたら、いきなり引っぱたかれたなんて、一昔前のトレンディドラマのワンシーンみたいなことが。

「なにするんですか？」と怒ったあの女の顔を思い出してしまって、うわーっと叫びたい衝動にかられたが我慢した。

「いやだ、ほてっちゃってる」

智佳が頬に手を当てながら言う。

「ワイン飲んだからだろ」

そう言ってやった。智佳のためじゃなく自分のために。俺の頬もほてっていることには、もう随分前から気がついている。


昼休憩を終えて、事務室に戻ろうと廊下を歩いているときだった。小さく風を起こして、後ろから俺を追い越していった人がいた。うちのホームセンターの売り場の制服を着ている。多分、旅行品コーナーのパートさんだ。どうしたんだろう。

事務室に入ると、やはり旅行品コーナーの責任者の女の子、酒井《さかい》さんに、パートさんが「お願いします」と詰め寄っていた。酒井さんは困惑顔をしている。

「どうしたんですか？」と聞きながら、近寄った。酒井さんと背中合わせの席の徹ちゃんも、振り返って心配そうな顔を向けている。

「例の、クレームのおじいさんが」

パートさんの言葉に、舌打ちしそうになった。ときどき現れて、どこの売り場でも言いがかりとしか言いようのない苦情を訴えてくる初老の男性だ。「あんたじゃ話にならん！責任者出せ！」が決まり文句である。要するに、自分の訴えで立場のある人間が頭を下げるのが快感らしい。当然うちでは要注意人物認定をしている。

パートさんの説明だと、今日はコーナーの曲がり角付近に置いていた背の高いトランクを見て、「ぶつかって転んだらどうするんだ」と言い出し、やはり最終的には「責任者を出せ」と怒鳴っているという。

「私じゃ無理ですよ。だってあの人、女じゃ話にならん！　とか言うらしいし」

酒井さんが泣きそうな声を出して、媚《こ》びるような顔で俺と徹ちゃんの顔を見上げた。不快感が体の内側からこみ上げる。

「じゃあ俺が行くよ」

俺はみんなに背中を向けた。大原さんがいたら一喝してもらうところだけれど、休憩中なのか見当たらない。酒井さんは一応俺より一年後輩社員だけれど、俺が叱るとあとあと女子社員からの目線が面倒くさそうだ。

「俺も行こうか」

廊下を、徹ちゃんが追いかけていた。

「なんで。二人もいらないだろ」

「一人はひたすら頷いて話を聞いて、もう一人が要所要所できちっと言うこと言おうぜ。刑事の聞き込みって、そうやるらしいよ」

「どっちがどっちの役だよ」

笑ってしまった。

「そりゃ俺が聞くほうで、おまえが言うほうだろ。キャラ的に」

徹ちゃんも笑っている。いい同僚だ。

二人で気合を入れて乗り込んだけれど、旅行コーナーに怒鳴り声は響いていなかった。レジにいるパートさんたちが俺たちの顔を見て、「こっちこっち」と手招きをする。

「ご心配かけました。小山さんが助けに来てくれて、なんとか収めてくれました」

「社員を出せ！　って怒鳴ってるのが聞こえて、見兼ねて出てきてくれたみたい」

パートさんたちは、口の辺りに手を当てるおばちゃん特有の仕草で小声で話す。小山理恵は、すぐ隣の寝具売り場担当だ。

「キツいこと言われてなかった？　大丈夫だったのかな」

徹ちゃんがパートさんたちに訊《たず》ねた。

「言われてましたよ、かなり。でも『ふざけてるのか』って言われたら『ふざけてません。こんな状況でふざけられません』って堂々と答えたりね。あの子のなんでもポンポン言うところ、どうかと思うときもあったけど、今日は助けられたわ。頼もしかったわよね」

「ねえ、見直しちゃったわ。長所と短所は紙一重って、よく言ったものよね」

パートさんたちが盛り上がる。長所と短所は紙一重。つい最近、聞いたばかりのフレーズだった。

「労《ねぎら》いの言葉、かけにいってやったら？」

事務室への帰り道の途中、徹ちゃんが言った。小山理恵は休憩に入っているという。

「徹ちゃんが行けば？　先輩なんだし」

「えー、同期から言われたほうが嬉《うれ》しいけどな、俺なら」

「わかったよ」と、舌打ちしながら言って、休憩室のほうに進路変更した。ついでにタバコでも吸ってこよう。

途中の廊下で、トイレから出てきた小山理恵と遭遇した。少しは落ち込んだ顔をしているかと思ったけれど、そうでもない。いつもの明るくて勝気そうな表情だった。大して応えていないのか。さすがである。

「クレームじじい、追い払ってくれたんだって。大変だったんじゃない」

「ああ、至近距離で怒鳴られて、耳が痛くなっちゃいました。女が生意気にとか、おまえの顔見てたら気分が悪くなってきたとか」

それはまた。いつもに増して酷《ひど》い言葉が連発されたらしい。本当に困ったじじいだ。

「でも、頑張ったんだ。お疲れさん」

「偉かったな」と言いかけたけれど、上から過ぎるかと思って止めておいた。歳は俺のほうが上だが同期だ。

「まあ頑張ったっていうか、仕事ですし」

小山理恵は少しだけ顔を赤くして、右手で前髪を意味なくいじくった。照れたのだろうか。めずらしい。そして危ない。一瞬、かわいいかもと思わされてしまった。

「どうしたの、それ。インクでもつけた？」

右手の人差し指の付け根から第二関節にかけて、べったりと黒いものがついている。

「あれ、本当だ。洗ってきます」

小山理恵はトイレに向かって、回れ右をする。

「うん、また大原さんに怒られるぞ」

そう言ってやると、こちらを振り返って、いたずらっぽく笑った。やめろって。また危ないから。俺は慌てて後ろを向いた。

バンドエイドはもうしていなかったが、小山理恵の口許《くちもと》には、ヤケドの傷がケロイド状態で残っていた。笑ったとき、その傷が微《かす》かに動いて痛そうだった。


次の日。休憩に入ろうと席を立ったところに携帯が鳴った。智佳から着信だった。

「今、タニハピにいるんだけどさ」

廊下に出て電話を取ると、智佳は早口でそう言った。

「なんで？　大丈夫なのか？　彼氏と鉢合わせるんじゃ」

「今日は友達の結婚式に行ってるはずだから、それは大丈夫。あのね、ユータから電話があったの。彼女に呼び出されて、今から会ってお金渡すんだって。タニハピで」

彼女の家がこの近くなのだと、智佳は説明をする。

「感情的になって揉《も》めたりしないように、私に一緒に来て欲しいって言うんだけど。兄ちゃんも来てくれない？　私、前からユータの彼女苦手なの。怒ったりしちゃいそうで」

とばっちりもいいところだったが、智佳が今までに聞いたことのないような困っている声を出すので、つい「わかった」と言ってしまった。

あまり認めたくはないが、どうやら俺は女に振り回されやすい体質らしい。見た目的にも性格的にも、徹ちゃんなんかよりずっと男っぽいと思うのだが、何の因果なんだろう。

吹き抜けの中央フロアに面した、女の子が好きそうな外観のティールームに呼び出された。智佳もユータもユータの彼女も、もう席に着いていた。智佳が「兄貴」と俺を短く紹介して、ユータと彼女が無言で頭を下げる。俺もやっぱり無言で同じ仕草をした。

長椅子席のテーブルで、彼女が壁側の奥の席に、ユータと智佳は向かいの椅子に並んで座っている。迷ったが、俺は無理やり智佳の隣に座った。彼女の隣に座るのは、どう考えてもおかしい。ユータと智佳が腰を浮かして席を詰める。隣のテーブルのおばさん二人が、怪訝《けげん》な顔で俺たちを見ていた。

彼女は、目が大きくて鼻筋が通っていて、好みはともかく誰もが「美人」と評価するだろうというタイプの顔だった。二十六と聞いていたが、大人っぽくてもっと上にも見えるぐらいだった。対してユータは、大学生どころかまだ高校生にも見えるぐらいの、あどけなくて幼い顔をしていた。この二人が並んで町を歩いているのを見かけたら、間違いなく俺はカップルではなくて姉弟《きょうだい》だと思うだろう。

それぞれが頼んだ紅茶が運ばれてきた。誰一人、お茶を飲む気分なんかじゃないだろうが。もちろん、俺も。

注文が揃ったのをきっかけに、ユータが話を切り出した。手術の日は決まったのかとか、体の調子はどうなのかとか、たどたどしく彼女に訊ね、彼女がそれに「うん」とか「来月の四日」と、短く返事をする。彼女はずっと暗い顔で俯《うつむ》いていた。

「手術が終わったら、連絡だけはして欲しいんだ。メールでもいいから。責任は感じてるから、俺も。じゃあ、これ」

彼女の反応に息苦しさを感じたのか、ユータが早々と話をまとめにかかった。テーブルの上に封筒を置く。金は結局彼氏が出したと、智佳がさっき言っていた。

ユータが立ち上がりかけたので、智佳と俺もそれに続こうと腰を浮かしかけたときだった。「うっ」と彼女が、低い、絞り出したような声を漏らした。そして次の瞬間、彼女の目から大粒の、雨粒みたいな涙がぽろぽろとこぼれだした。

「好きだったのにね」

掠《かす》れた声で彼女が呟《つぶや》く。

「私、ユータのこと本当に好きだったのに。すごく仲良かったのにね、私たち。なんでこんなことになっちゃったんだろう」

ユータが彼女の言葉を聞いて、体を椅子に戻しかけた。智佳がユータの肩に手をかけて、それを制す。

「ダメ。行こう、ユータ」

智佳はしっかりとした声でそう言って、俺に目配せをしながら、さっと伝票を取った。

そしてユータの肩を後ろから抱き抱えるようにして、出口に向かわせた。いたわりの表情を浮かべながら。

智佳のそんな仕草や顔を見るのは初めてだった。いくら図体《ずうたい》がでかくて気が強くても、当たり前だが、智佳は俺にとって昔からずっと「妹」だった。でも智佳は今、「姉」の顔でユータに接している。俺がずっと、智佳に対してしてきたように——。

回転扉の向こうにユータの背中が消えるのを見守って、ふうっと俺と智佳は同時に息を吐いた。ユータは智佳に「お金、絶対返すから」と、そして俺に「巻き込んですみませんでした」と、何度も頭を下げながら帰っていった。これからアルバイトに行くという。

「ああ、これか。へえ」

隣から智佳の声が聞こえた。いつの間にか反対を向いて、シンボルツリーを見上げている。

赤、青、黄色、緑。カラフルでドロップのような形の沢山の雨粒を、木の枝々から垂らしている。根元にはやはり色んな色の小さな長靴が並べてあり、一番下の枝には長靴と対の傘を引っ掛けてある。

もうすぐやってくる梅雨に向けて。雨の中でも子供が楽しそうに遊んでいるというイメージでデザインした。俺の力作だ。

でも今日は眺めていても、決して誇らしいいい気分にはならなかった。雨粒が、さっき見たばかりの女の涙を思い出させたからだ。

「今日までしか泊めない。明日《あした》は帰れ」

　ベッドから、床に寝ている智佳に向かって言った。

「結婚するつもりなんだろ？　だったら、いつまでも逃げてるなよ。嫌なところも含めて向き合ってくのが恋愛なんだろ」

　智佳は返事をしない。でも起きているのは気配でわかる。

「お盆は実家に帰るんだろ？　都合が合えば連れて来いよ、彼氏」

「んん」と、智佳は肯定なのか否定なのかわからない、咳《せき》払いのような声を発した。

「兄ちゃん、いっぱい迷惑かけちゃってごめんね。特に今日は、嫌なもの見せちゃったよね。彼女の泣き顔」

「まあね。ユータと比べて完全に大人だったから、ちょっとどうかとは思ったけど。まぁ状況考えたら泣くのは仕方ないんじゃない」

　壁側を向いていた俺は、寝返りを打った。

「でも、ウォータープルーフは」

　智佳が吐き捨てるように言った。意味がわからなくて、「は？」と俺は聞き返した。

「あんなにぼろぼろ泣いてたのに、彼女のマスカラ、全然流れてなかったでしょ。ウォータープルーフのをしてたんだと思う。どうなのよ、それ。妊娠しちゃって、おろすことにして彼とは別れる。中絶費用もらいに行く。その身支度の最中に、『あ、泣くかもしれないからウォータープルーフにしよう』なんて考える？　自分のきれいさに自信持ってそうな子ではあったけど、信じられない」

「おい、ちょっと待て」

俺は寝返りを打った。

「化粧が崩れないように、わざわざウォータープルーフにしたってこと？　普段から使ってるんじゃなくて？」

「違う。前にうちで四人で感動系の映画観たとき、彼女泣きまくって、マスカラ流れて目の下が真っ黒になって、彼氏とユータにからかわれてたもん」

背中になにか、嫌なものがすうっと走った。昔の彼女とその友達に、ファミレスで延々責められたとき。この間酒井さんに、媚《こ》びるような顔で見上げられたとき。あのときのような虫唾《むしず》が走る感じとは違う。もっと冷たくて鋭いものが、背中をゆっくりと這《は》うような。

「なぁ、そのマスカラが涙で流れたら、どんな風になるわけ？」

ふと思いついて、俺は智佳に聞いてみた。

「え？　だから、目の下が真っ黒に」

インクみたいにだろうか。じゃあ、それを指で拭《ぬぐ》ったら、どうなる？

次の日は休みだった。昼近くまで寝て目を覚ましたら、もう床に智佳の姿はなかった。夏掛けのタオルケットも、布団代わりに並べていたクッションも無くなっている。

クッションはリビングのソファにきれいに並べられていた。智佳の姿はない。ソファの足元にここのところずっと置かれていた、大きなスポーツバッグも無くなっている。

「うわぁぁお」と、わざと大きな声を出して、腕を目一杯拡げて伸びをした。大女がいなくなったので、部屋がやたら広く感じる。

テーブルに着いて、タバコに火を点《つ》けた。灰皿の脇に、見慣れない赤いカードが置いてあった。ごちゃごちゃした名前が書かれている。智佳の彼氏が勤めているという、イタリアンレストランの割引券だ。

「彼氏の店でもタニハピの店でも、どっちでも使えます。いい感じの女の人でもいるなら、彼氏の店で。いないならタニハピで北川ご夫婦とでも。それからツリーの飾りつけ、すごくよかった。嫌な気分だったけど、あれ見てちょっと和んだよ。また季節が変わるころ、見にいきます」

手帳を破って書いたと思われる、智佳のメモ書きが重ねられていた。

足のつま先に、なにかが当たった。テーブルの下を覗《のぞ》く。智佳が間違えて買ったウォータープルーフのマスカラだった。

小山理恵のこの間の照れた顔と、いたずらっぽく笑った顔を思い出した。それから食事に誘ったときに「いいですね」と乗ってきたときの笑顔と、俺を引っぱたいたときの怒った顔も。

でも泣き顔は見たことない。女の泣き顔なんて大嫌いだけど、あの女のならそれほど嫌でもないかもしれない。というか、どんな顔をして泣くんだろう、あの女は。見てみたい。

タバコを吹かしながら、俺は赤いカードをじっと見つめた。

イタリアンは好きだろうか、あの女。おいしいときは、どんな顔をするだろう。

ウェッジソール

地下でもないのに、私の職場は圏外なのだ。ロッカールームで大急ぎで着替えを済ませたあと、エレベーターに飛び乗った。階数ランプの数字が7、6と下がっていくのをまどろっこしい思いで眺めて、やっと着いた一階のフロアで、携帯のメールの問い合わせをする。

外から入って来た男の人とすれ違う。汗とスーツの繊維の混じった、夏特有の匂いが鼻をくすぐって、私の緊張をはぐらかした。外は今日も暑いらしい。

メールランプが点灯した。顔がにやけかけてしまったけれど、まだ喜んじゃいけないと自分に言い聞かせる。肝心なのはメールの内容なのだから。

一呼吸置いてから、メールボックスに入った「森崎純一」からのメールを開けた。タイトルが『ごめん！』となっている。大げさではなくて、全身から力が抜けた。

『今日はいつもの二人と飲みに行くことになってるんだ。ホントごめん。また連絡する。』もう本文なんて見る気も起こらなかったので、読み流した。大体予想通りの内容だった。

製紙会社で事務をしている私の休みは、カレンダー通り。対して接客業の純一君はシフト制で、ほとんどが平日休み。それが明日の土曜日はめずらしく休みだと知ったのが、昨日の夜にきたメールでだった。『じゃあ金曜の夜から会いたい。』と送ったメールへの返信が、当日になってからの今のこのメールだ。

休みがかぶることなんて滅多にないのに。どうしてもっと早く教えてくれなかったのか。どうして私のために空けておいてくれなかったのか。イライラのせいで、意味もなく早足になった。会社のビルを出る。暑い。

理由なんてわかっている。私の彼氏、純一君は、私が彼のことを好きなほど、私のことを好きじゃない。それだけだ。

早足のまま、地下鉄の駅の階段を降りた。カッカッと小気味よく響く自分のヒールの足音で、ちょっとだけ気分が晴れる。再び携帯を取り出した。メール作成画面にして、加奈《かな》子《こ》のアドレスを呼び出す。

『いつも急でごめん。今日今からヒマ?』

送信ボタンを押して、やってきた電車に乗り込んだ。しばらく圏外になるけれど、二駅先の総合駅に近付けば、また通じる。自分の行動範囲の携帯の電波事情は熟知している。電話会社より詳しいかもしれない。

総合駅に着く直前で、メールの問い合わせをした。加奈子から返信が入っていた。

『家に来てくれるならいいよ。ちょうどご飯作ろうとしてたところ。笑子《えみこ》の分も作っておくね。材料いっぱいあるから。待ってます。』

読み終わったとき、ちょうど電車が停まった。慌てて降りて、私鉄に乗り換える。

目的の駅の南口から外に出た。ドラッグストアを通り越して、郵便局の角を曲がる。汗が額から滴り落ちる。早くあの目の前にそびえるベージュの大きな建物、タイニー・タイニー・ハッピーに入りたい。きっと体を締め付けるぐらいに冷房が効いているだろう。

正面の大きな入口ではなく、東フロアの端にある入口から中に入った。純一君に会えないかという微《かす》かな期待を持ちながら。

純一君は、ここタイニー・タイニー・ハッピーの東フロアの二階にある、メガネ屋さんの店員だ。彼氏の職場がショッピングセンターって、素晴らしい。今日みたいに「会えない」と言われた日でも、少しだけでもすれ違えることを期待して、こうやって彼の職場にやってくることができる。普通の会社だったら引かれてしまうだろう。もし会えなかったとしても、買い物をすれば無駄足にはならないから、虚《むな》しくならなくて済む。更にここは、親友の加奈子の家のすぐ近くなのだ。タイニー・タイニー・ハッピー、地元の人はタニハピと呼んでいるらしいけれど、本当にタニハピ様々だ。

東フロアの一階の廊下を意味なくウロウロしてみたけれど、残念ながら純一君には会えなかった。閉館時間まではまだあるけれど、休憩などでふらっとそこら辺を歩いていたりしないかと期待したのに。

仕方なく、スーパーの食品売り場に向かった。広すぎて、どこに何が置いてあるのかわからない。商品棚の列ごとに天井からかかっている案内看板に必死に目を凝らして、やっと「酒」売り場を探し出した。

ワインだけで、棚一列まるごと占めていた。この中から一体どうやって選べばいいのだろう。

「ご希望ありますか？　お探ししますよ」

レストランの給仕さんのような格好をした若い男性が、声をかけてきてくれた。ワイン売り場専門の店員さんらしい。

「あの、どんな料理にでも合うものなんてありますか？　値段も手頃なもので」

詳しくないことが丸わかりの質問の仕方をしてしまう。せめて何の料理を作ってくれているのか、加奈子に聞いておけばよかった。

「そうですね。ロゼのスパークリングなんかは、割合どんな料理にも」

でも店員さんは、笑ったりせず親切にそう教えてくれた。彼が勧めてくれたものを、迷わずそのまま買うことにした。値段も許容範囲だった。

再び東フロアの出口から外に出るとき、また純一君が辺りにいないかときょろきょろしてしまった。無駄だったけれど。

ちょっと自分をどうかと思う。さっきまでメールの返信が遅かったことに怒っていたくせに、こんな風に期待しながら彼の職場をうろついているなんて。

加奈子の部屋には、外に負けないぐらいの熱気が漂っていた。

「ごめんね、冷房の効きが最近悪くて。もうすぐ火止めたらマシになると思うから」

キッチンの加奈子は、そう言って首に巻いたタオルで汗を拭《ぬぐ》った。蒸籠《せいろ》が火にかけられている。

　やがてテーブルには、海老《えび》シューマイ、マグロのカルパッチョサラダ、冷製コーンスープという、豪華な食事が並べられた。

「いつも思うんだけど、一人でもこんなにちゃんとしたご飯作ってるの?」

　勧められた椅子に腰を下ろしながら聞いた。

「一人ならさすがにここまではしないな。今日は、義也《よしや》が来るかと思ったから」

「大丈夫なの?　今から来たりしない?」

「この時間に連絡ないから多分来ない。来るって言っても、笑子がいるって断るよ」

　箸《はし》とスプーンを並べながら、いつもの淡々とした口調で加奈子は言う。

「蒸籠買ってから、一度しか使ってなかったから、今日は使いたかったんだ。でも夏に蒸し料理はキツいね。暑い」

　そう言って、またタオルで顔の汗を拭《ふ》いた。

「そうそう、これお土産。いつも急に来るのに豪勢なもの食べさせてくれるから」

　私は買ってきたワインを手渡した。

「いいのに、そんな気遣わなくて」

　そう言いながら、加奈子は食器棚に向かった。グラスを出してくれるらしい。

「詳しくないから、おいしいかどうかわからないけど。一応店員さんに聞いて買ったんだけどね」

「大丈夫」と、加奈子は笑う。

「私も全然詳しくないし、お酒にはこだわらないから。この間もね、飲みたい気分だったんだけど外に買いに行くの面倒くさくて、料理酒飲んだぐらい」

加奈子のこだわりポイントはよくわからない。この間も自分で蕎麦《そば》を打ったというので食べに来たら、つゆは市販のかけるだけのものだったので、笑ってしまった。おいしかったからいいのだけれど。

「うん、おいしい」

私のワインを一口飲んで、加奈子はそう言ってくれた。加奈子の海老シューマイもおいしかった。安い居酒屋などで食べるものよりずっと。

「笑子、今日ちょっとオシャレだよね。純一君とデートのはずだった？　ふられたの？」

ワインのせいか暑さのせいか、ほんのり顔を赤くしながら加奈子が言う。

「そんなところかな」

「あらら、お互い哀しいね」

苦笑いしあって、私たちは食事を続けた。

「今日はなんでふられたの？　純一君に」

テーブルにだらしなく肘《ひじ》をついた体勢で、加奈子が訊《たず》ねてきた。

「職場の仲良しの人たちと、飲みに行くんだって」

私も同じような体勢でテレビを眺めていた。Tシャツと短パンというラフな姿になっている。泊まらせてもらうことにしたので、加奈子に借りた。私にはちょっとサイズが大きい。

「ふーん。なんか彼、それ多いよね」

「ゆうちゃんと、北ちゃん。メガネ屋の同僚の子と、近くのレストランのウェイトレスの子ね。三人ですごく仲がいいけど、北ちゃんは結婚してて、ゆうちゃんは彼氏がいるから……あれ、逆だったかな。とにかく、どっちともそんなんじゃないからって、付き合いはじめのとき言い訳みたいに言われた」

加奈子は「ふふっ」と微《かす》かに声を立てて笑って、それからタバコに火を点《つ》けた。

「義也君は？　本当は来るはずだったの？」

「ううん。いつも約束はしないんだ。向こうが気が向いたときに、ふらっと来るだけ。今日は金曜だから来るかなって思って、夕食作っておこうか？　って昼にメールしたんだけど、一切返信なし」

ゆっくりと、加奈子はタバコの煙を吐く。

「私も、昨日のうちに誘ったのに、今日になってから無理って言われたから腹が立って、それには返信しなかったのに。フォローのメールさえ来ないよ」

そう言ってから、携帯を手に取った。もしかしてと思って問い合わせをしてみる。でもやっぱりなかった。

「この間授業でね、『世の中に絶えて桜のなかりせば』の歌をやったの。覚えてない？」

　意味ありげな笑みを浮かべて、加奈子が言う。私と加奈子は高校と大学がエスカレーター式の女子校で同級生だった。大学は二人とも国文学科。加奈子は今、高校生向けの塾で国語の講師をしている。

「どんなんだっけ？」

「『世の中に絶えて桜のなかりせば　春の心はのどけからまし』。春になると、雨が降ったり風が吹いたりしたら桜が散っちゃうんじゃないかってみんなハラハラするから、桜なんて無くなっちゃえば春はおだやかでいられるのにねって歌」

「それぐらい桜は素晴らしいって逆説の歌ね。思い出した」

「それの『桜』をメールに変えて、『春』を『笑子』に変えたら面白いなぁって、授業中教えながら思ってたの」

　加奈子はまた「ふふっ」と笑った。今度はちょっと意地悪そうだった。

　確かに、毎日私は何度もメールの問い合わせをしている。返信が来ないことに我慢できなくて、わざと電源を切っておくこともある。入れたときに結局問い合わせるから何も変わらないのだけれど。

「メールの一件さえ打てない状況なんて、そうそうないもんね。返信が来ないのは、返せないんじゃなくて、返さないってことよね」

「加奈子もそんなに変わらないと思うけどな、私と状況」

私もちょっと意地悪なことを言ってやった。

「まあね」と短く言って、加奈子はまた煙を吐いた。私はタバコを吸わないけれど、加奈子がタバコを吸う姿には、大学の頃から憧《あこが》れていた。二人でちょっと背伸びしてバーに行ったりしたときなんかに、緊張して注文一つするのにもあたふたしてしまう私の横で、ゆっくり煙をくゆらせる加奈子は、カッコよかった。

でも今日の加奈子のそれは、安居酒屋でやさぐれているような感じに見えてしまった。化粧をしていないというのもあるかもしれないけれど。


「笑子、携帯。鳴ってるよ」

次の日の朝、加奈子のそんな声で目を覚ました。枕元の携帯に手をかけるのと同時に、音は鳴り止んだ。純一君からメールだった。

『昨日はごめん。今日は一日空いてるよ。どっか行こうか。』

「彼？　なんだって？」

ベッドから加奈子が、私の顔を見下ろした。泊まるときはいつも、私はベッドの下に布団を敷いてもらっている。メールを表示したまま、私は加奈子に携帯を向けた。

「よかったじゃない。行ってくれば？」

加奈子はベッドから起き出して、着替えを始めた。全く遠慮もせずに堂々とシャツを脱いで、裸の胸を私に見せる。

おかしな気持ちはないけれど、私はその半裸姿に見入ってしまった。小さいけれど形のいい、上を向いた胸。痩《や》せぎすではないけれど、引き締まったウエスト。それほど長身なわけではないのに、バランスよく伸びやかな手足。今は肩まである髪は、高校時代は耳の下辺りで短く切り揃えられていて、そのちょっと男の子みたいな風貌《ふうぼう》から、加奈子は学校では憧れられる存在だった。下級生たちがファンクラブまで作っていたほどだ。

加奈子は朝ご飯にスクランブルエッグと、ローストチキンのサンドイッチを作ってくれた。低血圧の私には、朝からこんなにきちんとした料理を作るなんて信じられない。でもコーヒーはインスタントだった。私はコーヒーにもこだわりがないから構わないのだけれど、やっぱりよくわからなくておかしかった。

食事をしている最中、今度は加奈子の携帯が鳴った。

「義也君？」

じっと携帯に向き合う加奈子に聞いてみた。加奈子はさっき私がしたのと同じように、携帯をこちらに向けてくれた。

『今日一日超ヒマ。遊んで』

苦笑いするしかない。加奈子には申し訳ないけれど、純一君のほうがだいぶマシだ。

残りの食事をしながら、私たちはお互いの彼氏のグチをこぼしあった。でも食べ終わってから、二人ともちゃんとメールの返信をして、出かけるための身支度を整えた。化粧も念入りにした。

「泊めてくれてありがとう」

「うん、またいつでもおいで」

私が先にマンションを出た。一階でエレベーターを降りるときに、幼稚園ぐらいの子供を二人連れた家族連れとすれ違った。軽く会釈をしあう。

加奈子は一人っ子で、昔はこのマンションに両親と三人で住んでいた。大学の二年生のときにお父さんが急に九州に転勤になり、お母さんも付いていって、加奈子は一人でここに残された。はっきり聞いたことはないが、マンションを持っているのに転勤が断れなかったなんて、左遷だったのかもしれない。とにかくそんな事情で、一年前に証券会社を辞めて以来、今は塾で自由契約の講師をしている加奈子だが、家賃のいらない家族用のマンションで、会社勤めをしていた頃に貯め込んだ貯金で、かなり優雅な暮らしをしている。


返信が遅かったことを怒っているんだと意思表示がしたくて、純一君に会っても無愛想にしてやろうと思っていたのに。ダメだった。待ち合わせた駅の改札前で、私が階段から降りてくるのを見つけて手を振ってくれた純一君を見たら、すぐに顔がほころんでしまった。歩くのも速くなってしまう。昨日と同じ靴なのに、足音の響き方も全然違う。

「どこ行く?」

アイスコーヒーを啜《すす》りながら、純一君が訊ねる。とりあえず駅前のカフェに入っていた。

「えーとね、遊園地、動物園、水族館、それから公園でボート」

甘ったるい声で、バカみたいな話し方で、私はそう言ってみた。

「なにそれ、どうしたの」

純一君がメガネの奥で目をしかめた。私は別にメガネ男子フェチではないけれど、純一君の顔にはメガネがよく似合っていると思う。メガネメーカーの店舗勤務なので、昔はコンタクトだったのを、就職してからメガネに変えたのだという。濃いグレーの縁のメガネが、全体的な顔の雰囲気を和らげている。切れ長で細い目なので、メガネ無しだと少しキツめの印象になるのだ。中身は優しい人なんだから、このほうが断然いい。

「いかにもデートっていう、ベタなことしたいんだよね」

私はまだ甘ったるい声で続けた。

「うーん」と、純一君は首を捻《ひね》る。

「でもそれ全部暑そうだよ。あ、水族館はそんなことないか。じゃあ水族館行く？」

「ううん」と、私は首を振る。別に水族館なんて、本当に行きたかったわけじゃない。

「ちょっと言ってみたかっただけ。混んでそうだしいいよ。やめよう」

「じゃあどうする？」

結局、映画を観に行った。ハリウッドのアクション大作ものだ。特に観たかったわけじゃないけれど、退屈させられることはないだろうということで、選んだ。

純一君がコーラを買って、私がウーロン茶を買って、真ん中サイズのポップコーンを二人で分けあって食べた。

ポップコーンが無くなったあと、私と純一君の間の肘《ひじ》置きに、純一君の右手が所在無さげに置かれていたので、私は自分の左手を重ねてみた。そうしたら指を絡ませてくれて、映画が終わるまでずっとそうしてくれていたので、そこからのストーリーは全然頭に入らなくなってしまった。

でも、いい。十分楽しかった。

「昨日の夜は、結局なにしてた？」

夕食に入ったエスニックの店で、純一君は申し訳なさそうな顔で訊《たず》ねてきた。

「加奈子のところに泊めてもらった」

「じゃあ、また豪華な食事だった？」

加奈子と遊ぶ話は、純一君にもよくしている。

「そうだなぁ。これに負けないぐらい豪華かなぁ」

テーブルを見回す。生春巻きとチリソースの唐揚げと、タイ風サラダが並んでいる。

「すごいな。でも意外。加奈子ちゃんって、カッコいい感じの子だったのに。料理好きなんだね」

純一君との待ち合わせの直前まで加奈子と遊んでいた日があって、二人は少しだけだが顔を合わせている。

「あ、料理好きな子は、おとなしくて優しい感じって思ってる？　それ多分、不正解よ」

「不正解？」

「うん。どれぐらいのもの作るかにもよるけど。料理って手際よくないといけないし、頭も使うし、お鍋《なべ》運んだりするから力もいるし。テキパキしてないとできないと思う。妥協したら適当なものになっちゃうから、頑固さも必要だと思うし」

ちょっと言い訳みたいになってしまっただろうか。母親が専業主婦の家庭に育って、今も実家暮らしの私は、二十七にもなって、オムライスとかカレーライスとか、本当に簡単なものしか作れない。それすら、おいしく作れるかと言われたら怪しい。

「そんなこと、思いもしなかったな」

純一君は、やたら力を込めてそう言った。視線をあさってのほうに向けて考え込んだ顔をしている。そんなに意外だったのだろうか。

「加奈子は凝り性なのよね。高校のときの美術で粘土で壺《つぼ》焼いたときも、模様をロココ調みたいにすごく細かく彫って、先生を驚かせちゃったりしたし。でも、こだわらないところには全くこだわらないし、面白いの」

めんつゆとインスタントコーヒーの話をしてあげたら、純一君は楽しそうに笑ってくれた。

「でもよかった？　じゃあ今日は加奈子ちゃん置いてきちゃったんじゃない？」

「平気。向こうも彼氏と遊びに行ったから」

「彼氏いるんだっけ？」

「うーん。しょっちゅう二人で会ってて、加奈子の家に来て、加奈子の料理食べて、セックスして泊まってって……って、それって絶対彼氏だよって思うのに、彼氏じゃないって人がいる」

　気持ちが入って、つい強い口調になってしまった。ビールを勢いよく飲む。

『彼氏とか彼女とか付き合ってるとか、そういうの面倒なんだよね』って言うんだって、その人が」

　不思議顔をしている純一君に説明をした。

「コメントしづらいな」と言って、純一君は苦笑いする。

「男運が悪いんだよね、加奈子。高校のときも、近くの男子校の男の子と付き合ってたんだけど、うちのクラスの他の女子に告白されたら、その男の子あっさり乗り換えちゃって。その子私ぐらい目立たない子で、加奈子のほうが絶対いいに決まってるのに。前の会社辞めたのもね、当時の彼氏が束縛する人で、同僚の男の子にもヤキモチ妬《や》いて、毎日会社の前で待ってたりするから、加奈子居づらくなっちゃったの」

「え、ごめん。ちょっとわかんない。さっき言ってた面倒くさがりの今の彼氏と、その束縛する人は別の人ってこと？」

　純一君が私を遮る。確かにわけのわからない話だろう。私だってよくわからない。

「うん。その束縛の男の人は、加奈子が会社辞めたすぐあと、他の人と結婚したから。元々本命じゃなかったんだ、加奈子」

「なんか、すごい話をさらっとしてるけど。いいの？　加奈子ちゃんはそれで」

「どうなんだろう。でも、あの子は人に流されたり誰かのせいにしたりは絶対しないから。彼氏取っちゃった同じクラスの子にも、全く怒ったり恨んだりしなかったし、結婚しちゃった人にも、責めたりとかしなかったし。自分としては納得の上でのことなのかな」

「なるほどね、ぶれない感じ？　そういうところはカッコいいかもね、やっぱり」

純一君は、ビールを一口飲んだ。

「うん、カッコいいの。高校のときもね、みんなが当然のようにルーズソックス履いてる中、三年間一人だけずっと紺のハイソックスだったり、そのとき流行《はや》ってる音楽じゃなくて、いつも洋楽のロック聴いてたり。みんなに一目置かれてて、ファンクラブまであったんだよ」

そんなに目立って人気者なのに、他の目立つタイプの子と違って、そういうもの同士で徒党を組んで他を見下すこともしなかった。私は、加奈子のそこが一番好きだった。私みたいな目立たない女子とも、高一のとき隣の席になって喋《しゃべ》って以来、今もずっと仲良くしてくれている。

「ごめんね、ちょっと酔っちゃったかも。加奈子の話ばっかり熱く語っちゃったね。高校のときの話なんて面白くなかったよね」

「ううん」と、純一君はメガネの奥の目を細めた。

「笑ちゃんが、加奈子ちゃんのことすごく好きなんだなぁって思って。なんかいいなって思いながら聞いてたよ。一回会っただけだけど、俺も加奈子ちゃん雰囲気あって、魅力的な子だなって思ってたし」

純一君の一番好きなところは、ここだ。自分の周りの人や、そのまた周りの人に優しい。純一君の前に付き合っていた彼氏は、加奈子に会ったあと「なんか、キツそうな子。俺苦手かも」と言った。

純一君との出会いは半年ほど前。誰かにどうやって知り合ったか聞かれたら、面倒なのでお互い「友達の紹介」と答えているけれど、正確にはちょっと違う。私が声をかけた。でも同じ結婚式に出た日の夜だったから、「友達の紹介」も完全に嘘なわけではない。同僚の女の子の結婚式だった。二次会まで出席して、電車に引き出物の袋を抱えて乗り込んだ。向かいのシートに、同じ引き出物の袋を持った男の人が二人座った。一人はメガネで一人は短髪。メガネの方が純一君だった。さっき二次会で挨拶《あいさつ》ぐらいは交わした二人組だと覚えはあったけれど、疲れていたので、また話しかけられるのが面倒で、私は俯《うつむ》き加減で座っていた。

純一君たちからは、かなりのお酒の匂いが漂っていた。私からもするのかもしれない。そう思って、こっそり自分の服の匂いを嗅《か》いでみた。

「大丈夫か？　次の駅で降りて休もうか」

向かいからそんな声が聞こえて、顔を上げた。発言したのは純一君だった。酔っているのは短髪の彼の方だけらしかった。

「うん……うっ」と、短髪の彼は返事をしながら、うめき声のようなものを発して、前かがみになった。まずいな、そう思った瞬間、純一君が慌てた様子で、引き出物の袋を短髪の彼の口許《くちもと》に持っていった。でもすぐに下げて、大急ぎで自分のスーツの上着を脱いで、それを彼の口許に押し当てた。短髪の彼は、そこに勢いよく吐いた。

途端に嫌な匂いが立ち込めて、車内は騒がしくなった。純一君は立ち上がって、本当に申し訳無さそうな顔で「すみません」と言い、次の駅で短髪の彼を抱えるようにして降りていった。電車の扉が閉まる瞬間に、何故か私も追いかけて降りてしまった。

短髪の彼は、ホームのゴミ箱に向かってまだ嘔吐《おうと》を続けていて、純一君はその背中を丁寧にさすっていた。私はホームの自販機でペットボトルの水を買い、ハンカチを水で湿らせて、「よかったら使ってください」と、純一君に後ろから話しかけた。振り返った純一君は最初戸惑った顔をしていたけれど、私のパーティードレスと引き出物の袋を見て安心してくれたのか、「ありがとうございます」とハンカチを受け取ってくれた。

「上着、どうするんですか?」

だいぶ落ち着いた短髪の彼を、ベンチに座らせて休ませている間に、純一君に話しかけた。上着はベンチの足元に置かれていた。

「ああ」と純一君は視線を上着に落として、それから立ち上がってそれを拾い、燃えるゴミの箱にポンと捨てた。

「さすがにもう無理ですよね」

「引き出物の袋で受けるのかと思いました」

私は言った。

「最初そう思ったんですけど、さすがに新郎新婦に失礼だと思って。一瞬でもこれにって思っちゃったのも申し訳なかったな」

純一君が言った。私はその瞬間に、純一君を好きになった。

「ハンカチ、すみませんでした。ちゃんと弁償させますから、こいつに」

隣で眠りかけている短髪の彼に目をやって、純一君は少し笑いながら言った。

「いいです、あげます。その代わりあなたのお名前と、携帯番号かメールアドレス、教えてもらえませんか？」

純一君は驚いた顔をした。私も自分の言葉に驚いていた。しばらくの間のあと、「森崎純一です」と言いながら、純一君はポケットから携帯を取り出してくれた。

それまでの人生でも、人並みに恋愛はしてきたつもりだ。私みたいに無個性でどこにでもいる女にでも、たまには言い寄ってくる男の人もいて、嫌じゃなかったら付き合っていた。でもイマイチお互い盛り上がらないまま、自然消滅したり、くだらないことでケンカになって、そのまま別れたり。語れるほどのものじゃない恋愛ばかりだった。

子供の頃からそうだったように、私はこれからもそうやって人並みで無個性な人生を送り続けるのだと思っていた。きっと二十代後半ぐらいになって、周りの友達が結婚し始める頃に、自分もそのとき付き合っている男の人となんとなく結婚して、子供を産んで——と、強く「幸せ」と思うほどでもないけれど、不満でもない。そんな人生を送るのだと。

純一君が、初めてそこから連れ出してくれた。純一君との恋愛だって、周りから見たらなんら特別なものではないかもしれない。でも自分から好きになって声をかけて、実際付き合えたのは初めてだし、こんなにも好きだと思える人に出会ったのも初めてだ。私にとっては十分特別で、強く「幸せ」と思えることだ。

だから絶対に、私は純一君を離したくない、別れたくない。温度の違いを感じても、満たされないと思うことがあっても、絶対に——。

純一君がコンドームを装着する姿を、上体を起こして、暗がりの中でなにということもなく見ていた。

加奈子も今頃、義也君とセックス中だろうか。義也君はちゃんと避妊してくれているのかな。

そう言えば、加奈子が大学生のとき付き合っていた彼と別れたとき、理由を「ゴム着けてるときの顔が、なんか嫌だったから」とか言ったことがあった。あの彼、真面目そうで優しくて、加奈子の歴代の彼氏の中で、一番まともだったのに。

純一君が、私の顔を優しく撫《な》でる。そしてそのまま押し倒された。ゆっくりと、私の中に純一君が入ってくる。私はそっと目を閉じた。

一緒にいるときは幸せな時間が過ごせても、日常に戻ると振り出しになる。昼休み、昼食を食べ終えた私は、また一階のフロアでメールの問い合わせをしていた。そしてやっぱりメールランプは点灯しない。

同じフロア内で、私と同じように携帯と睨《にら》めっこをしている女の子がいた。同期の谷川《たにがわ》さんだ。働いている階が違うけれど、顔を見れば声ぐらい掛け合う仲だ。

携帯から顔を上げた彼女と目が合ったので、笑いながら会釈をした。すると彼女は、私の方に近付いてきた。

「お疲れさま。真壁《まかべ》さんと、ここでよく会うよね。もしかして私と一緒？　メールの問い合わせに来てるの？」

いきなりずばり当てられたので動揺した。「うん、まあね」と早口で返事する。

「地下じゃないのに、どうしてうちの会社圏外なんだろうね。ムカつくよねえ」

谷川さんがそう言ったとき、私の携帯が鳴った。

「あ、メール？　よかったね」

谷川さんは満面の笑みになる。誰からのメールを待っているかなんて、お互い話していないのに。

「私、コンビニ行ってくる。また会おうね」

谷川さんは笑顔のまま、ビルから出て行った。見送ってから携帯をチェックする。メールは純一君ではなくて、加奈子からだった。

『親からマンゴが届いたの。一人じゃ食べきれないから、今日うちに来ない？　仕事終わったら連絡ください。待ってます。』とあった。

駅で降りてから連絡をすると、加奈子は「今、タニハピで買い物してるの」と言った。服屋さんの名前を告げて、「そこにいるから来てくれる？」と言う。西フロアの三階の端の店だという。

西フロアだと言われたのに、私はいつも通り東フロアの入口から店に入った。西側に移動するのに、二階を突っ切ろうかと迷う。そうすれば純一君の店の前を通れるはずだ。でも、さすがに止めておいた。自制心が利いたことに安心する。

指定された服屋さんは、白、黒、シルバーという色合いが目立つ、シックな感じの店だった。加奈子に似合いそうだ。

加奈子は椅子に座って、サンダルの試着をしていた。隣に、全身黒のコーディネートの男の店員さんが付いている。

「これ、買おうか迷ってるの」

私に気が付いた加奈子が、店員さんの体を通り越して、私に声をかけてきた。振り返った店員さんは、すぐに事態を把握したようで、「お似合いだと思いませんか？」と、爽《さわ》やかに私に笑いかけた。

「うん、いいんじゃないの」

ウェッジソールのサンダルで、ソール部分以外は発色のいい黒。踝《くるぶし》に当たる部分に、大きすぎず小さすぎずのリボンが付いていた。シンプルでありながら、どこかかわいらしい。

でも加奈子は「うーん」と首を捻《ひね》って、

「ごめんなさい」と立ち上がった。

「サンダルはいいです。さっきの二着は買います」

既に選んでいたらしい、胸元に少しだけスパンコールの付いている白いキャミソールと、黒字にシルバーで英語のロゴが入っているTシャツを加奈子は買った。

一階のコーヒーショップに入った。私はアイスカフェオレ、加奈子はアイスカフェラテを頼んだ。実は私は、二つの違いをよくわかっていない。加奈子がタバコを吸うので、奥の喫煙スペースに席を取った。

「サンダルも、似合ってたのに」

さっそくタバコを吹かす加奈子に、言ってやった。

「ウェッジソールだったから。ソールの部分がコルクでしょ、あれ南国っぽくない？　南国といえばギャルのイメージで私っぽくないかなぁって。最近ギャルなんて言うのかわからないけど。あと、リボンも。フェミニンでちょっと私には違うかなって」

「そうだねぇ。でも、どっちもくどくなかったから、加奈子が履いててもいいと思ったけど」

加奈子と仲良くなって、目立つ子にも悩みがあるのだと知った。加奈子はヒールやソールの高い靴は履かない。いつもスニーカー、仕事のときはシンプルなパンプスだ。女の子っぽい飾り物があるものも避けている。「イメージ違うって言われちゃうんだよね」と言って。靴だけじゃない。いつもジーンズでスカートもほとんど穿《は》かない。

昔から地味で目立たないことが引け目の私だけれど、「自分は女なんだ」と実感できるので、ヒールやソールの高い靴を履くのは好きだ。足音を響かせて歩くのは気分がよい。加奈子なら、私よりもずっとカッコよく足音を響かせることができるだろうに、あの気分を味わわないのはもったいない気がする。

「そう言えば、聞いて」

加奈子が話題を変えた。

「笑子が泊まった次の日、義也に会ったでしょう？　あいつ、香水の匂いぷんぷんさせてたの。もちろん、あいつのじゃないやつね」

投げやりな仕草で、加奈子は煙を吐いた。

「もう別れたほうがいいかなぁ、いい加減」

「別れたいの？」

期待を込めて、私は聞いた。友達が疲れている姿を見るのは、やっぱり辛い。

「わかんない。別れるのにもパワーがいるでしょ。だから面倒くさいって感じかなぁ」

加奈子がそう言ったとき、「ああ、どうも」と私の後ろから声がした。振り返ってみると、さっきの店の全身黒のコーディネートの店員さんが立っていた。サンドイッチとアイスコーヒーが載ったトレーを持っている。休憩中らしい。

「サンダル、気が変わったら是非買いにきてくださいね。似合ってましたよ」

彼はまた愛想よく笑って、喫煙ブースの一番奥の席に向かっていった。

「あの人から、よくダイレクトメールもらうんだ。新作のお知らせとか、バーゲンの通知とか。あの店、よく行くから」

「へえ。私はそこまで常連の店はないなぁ」

「でね、多分あの人と私、家が近所なの。コンビニとかバス停近くでよく見かけるんだよね。でも向こう気が付いてないんだ。面白くない？　しょっちゅう直筆で『藤井《ふじい》加奈子様へ』ってハガキくれるのに、その相手といつもすれ違ってるのに気が付いてないんだよ」

「そりゃあ、向こうは接客業だもんね。そんなお客さん、何人も抱えてるんでしょう」

「そうだよね」

加奈子は二本目のタバコに火を点《つ》けた。私は、純一君にもそういうお客さんがいるのだろうかと考えた。彼はどんな字を書くんだろうか。見たことがない。やっぱり優しい字だろうか。

吹き抜けの中央フロアに面している出口から、コーヒーショップを出た。

「見て見て、加奈子。きれいだね」

大きなツリーに圧倒された。根元に黄金色の砂が敷きつめられていて、木の枝や葉には、鮮やかなオレンジ、金色、朱色のモールが施されていて、どれからもキラキラと光が放たれている。じりじりと熱い太陽の光を連想した。でも、暑苦しい感じではない。鮮やかできれいだった。

「ああ、ここのツリー、いつもセンスいいんだよね」

「へぇ。いいね。私なら夏の飾りつけなんて、浮き輪やスイカ引っ掛けるとかしか思いつかないよ」

加奈子が私の言葉に、「ふふっ」と声を漏らして笑う。

いつも東フロアの入口から入っていたから、こんなものがあるなんて知らなかった。いつもメールの問い合わせをする私の会社のビルのフロアも、こんな風だったら、もっと楽しく通えるのに。

金曜日の夜だった。ベッドに寝転がって雑誌を読んでいたら、「お姉ちゃんいい？」と妹の弓子《ゆみこ》が部屋に入ってきた。週末の夜に弓子が家にいるなんてめずらしい。歳が離れている弓子はまだ短大生で、遊んでばかりいる。

「メガネ踏んづけて、壊しちゃったのよね」

弓子は外ではコンタクト、家ではメガネをしている。

「へぇ。だからなに？」

嫌な予感がしたので、無愛想に言い放った。

「明日《あした》、買いに行きたいから付き合って。お姉ちゃんの彼氏のところで」

いたずらっぽく弓子は笑う。やっぱり。

「嫌だよ。仕事場になんて行ったら悪いし」

「いいじゃない。買うんだから、ちゃんとした客だよ。なに？　妹に会わせられないぐらいお姉ちゃんの彼氏やばいわけ？」

「そんなんじゃないけど」

「じゃあ、よろしく。サークルの集まりがあるから、それが終わったら電話するから」

そう言ってさっさと弓子は出ていってしまった。末っ子の才能だろうか。昔から、自分の思い通りに事を運ぶのがうまい子だ。

仕方なく、純一君に事情をメールした。どこかで、仕事中の彼に会えると弓子に感謝してしまっている自分を叱りながら。

時間も遅かったからか、相変わらず眠るまでに純一君からの返信はなかった。

夕方過ぎに落ち合って、純一君のお店に弓子と二人で出向いたのだけれど、店内に純一君の姿は見当たらなかった。休みではないはずだから休憩だろうか。「いないの？」と口を尖《とが》らせる弓子を横目に、ホッとしたようながっかりしたような思いで、とりあえず私は棚に陳列されたメガネを眺めていた。

「よろしかったらお見立てしますよ。どんな感じのをお探しでした？」

後ろから声をかけられた。振り返ると、制服を着た華奢《きゃしゃ》な女性が、にこやかに笑いながら立っていた。深い緑色の縁のメガネをかけている。胸の名札に「北川」と書かれていた。もしかして「北ちゃん」だろうか。

「あ、えーと」と、言いかけた私の声を遮って、「純一さんは今日はいないんですか？」と、弓子が私の後ろから彼女に声をかけた。

北川さんは一瞬戸惑った顔をしたが、すぐに、「あ、森崎ですね」と言って、バックヤードを覗《のぞ》き込んだ。

「すみません、今、電話中みたいです。終わったらすぐに来させますね。以前に森崎が担当させていただきましたか？」

いえ彼女です、と言うのもためらわれて、「いえ、あの」と口を開きかけたとき、北川さんの背中越しに、純一君がバックヤードから出てきたのが見えた。

「ごめん、昨日メール返さなくて」

そう言いながら、こちらに近付いてくる。

「きゃあ」と弓子が、私の後ろではしゃいだ声を出した。

「純一さんですか？　妹の弓子です。姉がいつもお世話になってます」

「え？　あ、彼女さん？　もしかして」

北川さんが笑う。私は自分の顔がみるみる赤くなっていくのを感じた。

弓子が視力を測ったり、手続きをしている間、私はすることがないから、仕方なくまた陳列棚を眺めていた。弓子と一緒にカウンターに座って、仕事モードの純一君と向き合ってみたいと少しは思ったけれど、恥ずかしくてできなかった。

「一時間ぐらいでできるって。最新のデザインのにしたよ」

弓子が満足気な顔で、戻ってきた。

「ありがとう、急にごめんね」

店の出口まで送り出してくれた純一君にお礼を言った。

「大丈夫だよ。今日はヒマだったし」

カウンターで書類と向き合っている北川さんと目が合ったので、「どうもありがとうございました」と会釈をした。

「こちらこそ。私とすぐそこのレストランの女の子で、ジュンジュンのことといつも付き合わせちゃってるんですけど、すみません。嫌な思いさせてないですか？」

彼女はわざわざ立ち上がって、こちらまでやって来てくれた。

「いえ、そんな」

私は慌てて首を振る。二人と飲みに行ってしまって私と会ってくれないことを淋《さび》しいと思ったことは何度もあるけれど。

「よかった。今度是非、彼女さんも一緒に」

北川さんは子供みたいな顔で笑いながら言った。かわいらしい人だ。純一君が「ジュンジュン」と女子高生みたいな呼び方をされているのもおかしかった。

純一君も、北川さんの隣で笑っていた。でもなんだか、いつもより硬い笑顔に見えた。仕事中だからだろうか。

一時間後、弓子は商品を受け取ると、「じゃあ私、彼と約束があるから」と、また自分勝手に一人で帰ってしまった。ヒマになった私は、タニハピの閉館時間まで館内を一人でうろついた。さっき純一君にこのあとの予定を聞いておけばよかった。

この間加奈子と入ったコーヒーショップが、タニハピの閉館後も開いているとのことだったので、そこに入って待つことにした。いくらなんでも仕事が終わったら、連絡の一つぐらいくれるだろう。

シンボルツリーが気に入ったので、眺められる席を選んで座った。通路の店が閉店準備を始めたころ、携帯が鳴った。純一君からメールだった。

『まだ近くにいる？　もうすぐ上がれるから待っててくれる？』

嬉《うれ》しくて叫んでしまいそうになる。こうやってメールを待っているときに限って、会えないことがジンクスなのに。オレンジ色の光を放つツリーに、「ありがとう」と念じてみた。なんだか、ツリーのご利益のような気がして。

落ち合って適当に夕食を済ませたあと、純一君の部屋に行った。

部屋に入るなり純一君は、私を後ろから抱きしめて「したいんだけど。いい？」と訊《たず》ねてきた。「うん」と頷《うなず》くとそのままベッドに引っ張っていかれて、勢いよく押し倒された。

荒々しいとか乱暴とか言ってしまったらベタだけれど、とにかく純一君の行為はいつもと少し違っていて、嫌なわけではなかったけれど、私はちょっと戸惑いながら応じた。

「笑ちゃん」

事を終えて、並んでベッドに横になっているときだった。純一君が、急に改まって私の名前を呼んだ。

「俺マメじゃないから、メールの返信とか電話の回数とか、嫌な思いさせてるかもしれないけど」

低い声でそこまで言って、純一君は一旦《いったん》黙った。天井を眺めている。メガネをしていないから、その目つきはいつもより鋭いというか、重く感じる。

「ちゃんと好きだから。笑ちゃんのこと」

やがてゆっくりとそう呟《つぶや》いて、純一君は私の体を自分のほうに引き寄せた。

「ありがとう」

私は小さく返事をした。ちょっと声が掠《かす》れてしまった。

半分眠りに落ちかけていた私を、聴き慣れたメロディが引き戻した。バッグの中で携帯が鳴っている。純一くんを起こさないように、そっと体を離して、裸のままベッドから出た。加奈子から着信だ。「もしもし」と声を絞って出る。純一君の部屋はワンルームなのだ。

「ごめん、こんな時間に。いい？」

受話器の向こうから、押し殺したような加奈子の声が聞こえた。壁の時計に目を凝らした。深夜一時を過ぎている。

「どうしたの？」

「ちゃんと付き合いたい、あんたの気紛《きまぐ》れじゃなくて、って言っちゃった。義也に」

「え。そうしたら？」

「そんなつまんないこと言う女だと思わなかった、だって」

中腰だった私は、床に座りこんだ。裸だからお尻《しり》がひんやりする。

「そういうこと言われるの、面倒なんだよね。じゃあ離れる？　俺はどっちでもいい、だって」

「で、加奈子なんて言ったの？」

「冗談だよ。もう言わないから。今まで通りいて、そばに。って言っちゃった」

どう反応していいかわからない。私は黙った。

「カッコ悪いよね。昔私に憧《あこが》れてくれてた子たちが今の私見たら、幻滅するだろうな。加奈子らしくない！　って怒られそう」

「カッコ悪くないよ」

私は言った。義也君は最低の男だ。でもそれをわかっていてそれでも好きなことは、潔くなくすがってまで別れたくないぐらい誰かを好きなことは、決してカッコ悪くない。むしろカッコいい。そう思う。そう思いたい。

「加奈子らしいかどうかはともかく」

私の言葉に、加奈子はいつものように、「ふふっ」と声を漏らした。

「私が高校のとき、ルーズソックス履かなかったのはね」

そして急に、そんなことを言った。

「私はみんなに流されないとか、そんなんじゃなくて。ソックタッチが嫌だっただけなの。ほら、ソックスがずり下がらないようにスティックのりみたいの、脚につけてたでしょう。私、子供の頃から肌が弱かったから。あれ塗ったら荒れると思ったの。それだけなの」

「本当は履きたかったの？」

「わかんないな。もう覚えてない」

「笑ちゃん？」

後ろから、純一君の寝ぼけた声がした。

「ごめん、彼と一緒だったんだ。切るね」

加奈子が早口に言う。

「あ、待って」

「聞いてくれたら楽になった。また連絡する。ありがとう、笑子」

電話は切れた。

「ごめん、起こしちゃった？」

私はベッドに這《は》い上がった。「うーん?」と純一君は、声にならない声を出す。完全に起きてはいないらしい。私は、体重をかけないように気をつけながら、純一君の上に馬乗りになった。

「好きだよ。純一君が私のことそんなに好きじゃなくても。私は純一君のことが好き」

純一君は、さっきよりは目を覚ましたみたいだ。暗がりだけれど、目が合っているのがわかる。

「うん、俺も好きだよ。笑ちゃんのこと、ちゃんと」

私は純一君の横に寝転がって、体をぴったりとくっつけた。

ねえ、純一君。さっきからどうして、「好き」のあとに「ちゃんと」って言うの?

そう聞きたかったけれど、しなかった。怖かったからじゃない。

その理由を、聞いたって聞かなくたって、私が純一君を好きなのは変わらない、と思ったからだ。

昼休み。一階のフロアで、また谷川さんと会った。谷川さんは私を見つけて、早足でこちらに向かってきた。

「ごめん。私、卒業するわ。ここから」

いきなり言われたので意味がわからなくて、「へ?」と、間抜けな声で私は聞き返した。

「おとつい彼と別れたの。昨日と今日はもしかしたらって思って、メールチェックしに来たんだけど。もう諦《あきら》める。卒業する」

「そうなんだ」

他に言いようがなくて、私はそう呟いた。

「私はまだ、当分できそうにないな、卒業」

私の言葉に、「そっか」と谷川さんは笑ってくれた。そして「頑張って」と、優しい声で言ってくれた。

「ねえ、真壁さん。今度食事でも行こうよ」

「うん、行きたい。今日はちょっと予定あるけど、来週辺り全然ヒマ。行こう行こう」

「うん、じゃあ来週、そっちの部署まで誘いに行くね」

手を振って、谷川さんはエレベーターに乗り込んだ。


定時に仕事を終えて、電車に乗ってタニハピに向かった。いつもと逆の西フロアの入口から入って、三階の端の、この間加奈子が買い物をしていた店に向かう。

「いらっしゃいませ」

白と黒のモノトーンコーディネートの、女の子みたいにかわいい顔をした若い男性店員さんが、「いらっしゃいませ」と私に笑いかけた。

「あの、この間ここに出てたサンダルは」

そう言いかけたとき、「どうも」と、この間の店員さんが近付いてきてくれた。彼は今日も全身黒のコーディネートだ。

「サンダル試着してくれた方のお友達ですよね？　あとでカフェでもお会いした。今バックに下げちゃってますけど、ありますよ、あのサンダルなら」

かわいい顔の店員さんに目配せをして、黒服の店員さんが私を引き受けてくれた。

「友達の足のサイズに自信がないんですけど……」

「覚えてますよ、僕。試着したらぴったりだったから。買ってあげるんですか？」

「はい。もうすぐ誕生日だから、あの子」

「じゃあ、プレゼント用にお包みしますね」

彼はサンダルを持ってきてくれて、カウンターで慣れた手つきで包装をしはじめた。黒い細いリボンが取り出される。サンダルのリボンとおそろいのようで、かわいい。

「あの彼女と僕ね、家が近所だと思うんですよ。時々近くでお見かけするんです。ストーカーみたいで怪しまれるかと思って、声かけたことはないんですけど」

リボンをかけながら、彼が言った。

「あー、そうなんですか」

「ええ、実は」と、彼は小声で頷《うなず》く。

「彼氏とかいらっしゃいます？　あの彼女。お客さんのそんなこと聞いちゃいけないんですけど、本当は」

言い終わるのと同時にプレゼントの箱を完成させて、大事そうに私に手渡してくれた。

　私は箱を受け取って、お金を払った。お釣りを数えながら、「ああ、そうですか」と彼は照れ笑いのような表情を浮かべた。

「あの」

　私は、彼の顔を覗《のぞ》き込んだ。「はい？」と、彼が顔を上げる。

「このウェッジソール、似合いますよね？　あの子に」

「はい。営業トークじゃなくて、本当に似合うと思います」

　彼の笑った顔も、営業スマイルではなかった。きっと。

「ありがとうございます」

　箱を抱えて店を出た。一階に降りて、中央フロアに向かう。

　急いでいたので会社を出るときメールの問い合わせをしなかったことを思い出して、ツリーの下で携帯を取り出した。

　今日はツリーのご利益はなく、メールランプは点灯しない。溜《た》め息《いき》をこらえて、『今から行っていい？』と、そのまま加奈子にメールを送った。

　ヒールの脚に力を込めて、出口に向かって歩き出した。カツカツと、気持ちのよい音が鳴り響く。

プッシーキャット

昼ご飯を食べ終えたあと、自販機で買ったブリック容器のレモンティーを飲みながら、テラスのベンチに座りぼうっとしていた。もう空がオレンジ色だ。

すぐそこに見える公営団地や、その後ろにそびえ立っているタワーマンションにも、一つまた一つと窓に明かりが増えていく。僕の働くショッピングセンター、タイニー・タイニー・ハッピーは、住宅街の真ん中に立っている。

「相原さん、ご一緒していいですか？」

後ろから、女の子の声がした。振り返って笑顔を作り「どうぞ」と言うと、声の主の女の子は、僕の隣に腰を下ろした。

内心困っていた。僕の働いている服屋の向かいの店の女の子なのだが、名前が思い出せない。うちはシック版、彼女の店はカジュアル版。同じブランドのレーベル違《ちが》いだ。当然会社も同じ。彼女は契約社員だったと思うけれど、それにしても今更名前を訊《たず》ねるのは失礼な気がする。毎日顔を合わせているし、僕もここで働き始めてからもう半年になるのに。会話の中で、名前を呼ばなければいけない状況になったらどうしよう。

彼女は膝《ひざ》の上で、パニーニの袋を開け始めた。西フロア二階のフードコートの、サンドイッチ屋のものだ。トマトソースのいい匂いが漂う。

「こんな時間にランチって嫌になっちゃいますよねえ。遅番だと」

「まあね。でももう慣れちゃった」

歳は僕のほうが上だよな、タメ口で大丈夫だよな。一応こっちは正社員で店長だし。いろいろと緊張しながらも平静を装って、レモンティーを飲む。

本当は名前は覚えているのだ。ただし、下の名前だけ。「若菜《わかな》ちゃん」だ。ちょっと生意気そうにかわいい子なので、紹介されたときにあまりにぴったりだと思って、その後ずっと心の中で「若菜ちゃん」と呼んでいた。でもいくらなんでも、いきなりそう呼ぶわけにはいかない。苗字は確か、よくあるものだったような。だから覚えていないのだ。佐《さ》藤《とう》？　加《か》藤《とう》？　伊《い》藤《とう》？　そんな感じ。

「相原さんって、婚約者の人と同棲《どうせい》してるって本当ですか？」

急に若菜ちゃんが、大きな目で僕の顔を覗きこむから驚いた。「ああ、うん」と、ちょっとひいて答えてしまった。

「あー、本当だったんですね。うちの女の子たちで噂してたんですよ。なんだ、彼女いるんだって、みんな残念がってました」

僕は仕方なく、愛想笑いを返した。こういうことを言われたときに、愛想笑いをする以外の方法ってないんだろうか。

「婚約者さん、なにしてる方なんですか？」

唇についたトマトソースを指で拭《ぬぐ》いながら、若菜ちゃんが言う。

「あっちで」

顔だけ左に向けて、僕は東フロアのほうを指差した。タイニー・タイニー・ハッピー、略してタニハピは弓なりに曲がっていて、ここは西フロアの一番端なので、左を見ると、対称に東フロアの二階テラスが見える。

「東フロアで働いてる」

「えー、そうだったんですか」

若菜ちゃんは、僕と同じように左に顔を向けながら、感嘆の声を上げた。

「なんのお店ですか？」

僕は黙った。別に隠しているわけではないけれど、積極的に教えたくもない。どうしようか。

「やっぱりいいです、教えなくても」

迷っている間に、また若菜ちゃんのほうが口を開いた。

「どんな人だろう？　って、見に行っちゃいそうだから。失礼ですもんね」

首を竦《すく》める。ちょっと大げさな仕草に見えなくもなかったが、一方でかわいらしかった。

「相原さんって、お幾つでしたっけ？」

返事に困っている僕に、若菜ちゃんはまた質問をする。

「もうすぐ二十五。見られないけど」

「でしょうね。相原さん、大学生でも通じそう。私も歳相応に見られない仲間ですけど」

「幾つなんだっけ？」

今のところ、なんとか苗字を言わなくても会話がつながっている。

「二十三になったばっかり。でも絶対見えないって言われます」

そうだろうなぁと思う。女子高生の制服を着ていても違和感はないだろう。童顔だけじゃなく、肌も張っているし体も健康そうに細い。溌剌《はつらつ》とした雰囲気が全体に漂っている。

「童顔って、若く見られていいじゃないって言われるけど、結構苦労もありますよね」

ええ、ええ。と心の底から深く同意する。この童顔と華奢《きゃしゃ》な体つきのせいで、これまでどれだけ嫌な思いをしてきたか。上下関係のないはずの相手から、当然のように上から目線で扱われたり、望んでもいないのにいじられキャラに仕立てあげられたり。

「でも、二十四歳で店長って若いですよね」

「アパレルの店舗って結構どこもそうじゃない？　正社員が少ないし。そっちの菊池《きくち》さんだって、僕の一年先輩なだけだよ」

菊池さんは、若菜ちゃんのいるカジュアル版の店長の女性だ。

「でもほら、菊池店長は、相原さんと違って貫禄《かんろく》があるから」

笑ってしまった。確かに彼女は美人だけど、悪く言えば老け顔だ。

「内緒ですよ」と、若菜ちゃんは口をすぼめる。そしてパニーニに元気よくかぶりついた。

その表情も仕草も、いちいちかわいらしい。でもどこか作られた感がある。「苦労もある」とさっき言っていたけれど、君はその苦労を楽しんでいないか？　と、意地悪なことを考えてしまう。

「相原さん、婚約者の方はお幾つなんですか？　年上？　年下？」

「……二つ上」

答えるのに少し迷ってしまった。そのあと来るだろう反応が嫌で。

「あ、じゃあ私のお姉ちゃんと同い年だ」

でも若菜ちゃんは、それしか言わなかった。予想外だ。めずらしい。

「うちの女の子たちに教えてもいいですか？　相原さんに彼女がいるって聞いて、残念がってた子たちに。タニハピの人だってことは言いませんから。婚約者さんと同棲してるのは、本当らしいよってことと、年上の方らしいよってことだけ」

「別にいいけど」

でもきっと、その子たちには言われるのだろう。彼女年上なんだ、わかる。いかにも年上のお姉さんにかわいがられるタイプだもんね、と。過去に何度となく言われてきた。

「じゃあ僕はそろそろ」

席を立った。もうすぐ休憩が終わる。

「私もその一人なんですけどね」

若菜ちゃんの声が背中にぶつかった。振り返る。彼女はにっこりと笑っていた。

「相原さんに彼女がいるって聞いて、残念がってた一人」

そう言って、パニーニにかぶりつきながら、また生意気そうに笑った。

動揺させられるだろう、大概の男は。ほら、やっぱり苦労じゃなくて、楽しんでないか？　自分が今、どれだけかわいい顔、仕草をしているか熟知していないか？

「お先です」とだけ言って、僕は歩き出した。男として動揺させられてはいない、多分。ただ、こんなに堂々とこういうことをする彼女に、驚きはした。全ての男にやっているんだろうか。ご苦労なことだ。

「お疲れさまでーす」

彼女の明るい声が背後から聞こえた。

結局、最後まで苗字は思い出せなかった。


家に帰ると、今日は休みだった香織ちゃんが、寝室のベッドで惰眠していた。

「惰眠する」とは、僕と香織ちゃんの間でよく使う言葉だ。出かけて帰ってきて、疲れてちょっとソファで――とか、お腹いっぱい食べちゃったから、少しだけ横になって――とか。本格的に眠るのではなくて「ちょっとだけ」と、だらけて浅く眠る。これが最高に心地いい。

部屋着ではあるけれどパジャマではなく、夏掛けのタオルケットもかけずに、足も少しベッドからはみ出した状態だから、これは間違いなく惰眠だろう。

起こそうかどうしようか迷ったけれど、とりあえず僕も部屋着になろうと、ウォークインクローゼットを開けた。朝とかなり配置が変わっていて、随分とすっきりしていた。香織ちゃんが片付けてくれたらしい。

春にタニハピに異動になるにあたって、二人で一緒に住むことを決めて、結婚を前提だからと双方の親に挨拶《あいさつ》に行き、引っ越し先を探し、やっと見つけて引っ越して——というのを、お互い仕事をしながらやっていたから、夏も終わろうとしている今になっても、まだ部屋はちゃんと片付いてない。

キッチン、お風呂《ふろ》、洗面所など、毎日の生活に必要不可欠な場所の片付けはさすがにもう終わっているけれど、服とか、雑貨小物とか、昔の写真とか、そういうものの配置は、休みの日で気が向いたときに——と、ずるずる後回しになっていた。元々お互いあんまりマメではない。

キッチンの冷蔵庫を覗《のぞ》いてみた。中にある少ない食材の組み合わせから、僕の作れるレシピは浮かんで来なかった。どちらかが休みだったら休みのほうが、二人とも仕事だったら早く帰って来たほうが夕食を作るという、なんとなくのルールが我が家にはある。僕よりは香織ちゃんの方が多少レシピのレパートリーが多いとは言え、この食材からじゃ、香織ちゃんも作れないいんじゃないだろうか。後で買い物に行くつもりで、ちょっとその前に少しだけ惰眠と思って、今に至るのかもしれない。

ドアポケットにいつも入れてある袋詰めのチョコを一個取って、冷蔵庫を閉めた。袋を剝《む》いて口に放る。

寝室に戻って、香織ちゃんを起こした。

「もうこんな時間？」

寝ぼけた顔で、香織ちゃんは時計を見上げた。

「夕食の買い物に行こうと思ってたのに」

長い髪を垂らして、うなだれる。すぐそこのスーパーはもう閉まっている時間だ。

「いいよ、たまには外食しようよ。クローゼット、片付けてくれたんでしょう」

「カズのおごり？」

急に顔を上げた香織ちゃんは、さっきと打って変わって明るい表情になっていた。

「なんでだよ。こっちは働いてきたのに」

おでこを小突いてやった。「痛い」と、香織ちゃんは大げさな声を出す。

香織ちゃんが身支度を整えている間に、冷蔵庫から、ペットボトルのお茶を出して飲んだ。もう一個、チョコも食べた。

「あ、チョコ食べたでしょ」

わざわざ化粧の手を止めて、香織ちゃんが僕のほうを見て言う。

「ううん」と、口を開かずに言ってやった。

「うそ。顔見ればわかるんだからね」

今度は鬼の首を取ったかのように、得意気な顔と声で言われた。まったく意地悪だ。

香織ちゃんのお勧めだというカフェに、歩いて行くことにした。昼間はまだ残暑が厳しいけれど、夜になればだいぶ涼しさを感じるようになった。散歩するのにちょうどいい。

「この間の休みにランチで入ったんだけどね。感じいいし、おいしかったから」

香織ちゃんがそう言うなら、いい店に間違いないだろう。香織ちゃんは、タニハピの東フロアの二階にあるイタリアンレストランで、ウェイトレスをしている。だから自分が客として飲食店に入るときも、評価が厳しい。

「夜はバーになるって聞いたから、行ってみたかったんだ。なんかね、マスター夫婦がいかにもでカッコいいのよ」

香織ちゃんのローヒールのサンダルの音が、夜道に静かに響く。

「いかにもって？」

「二人の店を持つのが夢だったんです、みたいな感じ」

アメリカンテイストの外観の店だった。店内に入るなり、「いかにも」の意味がわかって、「なるほど」と呟《つぶや》いてしまいそうになった。四十前ぐらいの無精髭《ぶしょうひげ》の男の人と、無造作に髪をまとめたおしゃれメガネの女の人が、「いらっしゃいませ」と僕らを見て優しく笑ってくれた。

「飲んでいいのよね？」

席に着いて、メニューを手にするなり香織ちゃんが言った。

「明日《あした》、早番？　ちゃんと自分で起きられるならいいよ。僕、遅番だから」

「うん、軽くにする。とりあえずビール……あ、でもカクテルがいっぱいあるから、そっちにしようかな。せっかくこういう店だし」

カウンターの棚には、確かに沢山のお酒の壜《びん》が並べられている。アルコール全般がまったく飲めない僕には、種類も名前もまったくわからないけれど。

「私、セックスオンザビーチにしよう。リキュールだよね、確か」

飲み屋のメニューで見かけるたびに、「すごい名前だな」と思っていたカクテルを、香織ちゃんは指名した。

「カズは？　ノンアルコールカクテルも沢山あるみたいよ」

香織ちゃんがメニューを、僕のほうに向けてくれた。いつもはコーラかウーロン茶だけれど、せっかくだからじゃあ僕もノンアルコールカクテルにしよう。

「じゃあ、プッシーキャットってのにする」

品名の下に説明書きがあったので、それを読んでオレンジベースのものを選んだ。

つまみにアンチョビポテトフライと、シーザーサラダ。それからタコライスとドライカレーを注文した。タコライスとドライカレーは、半分ずつにすることにした。

「セックスオンザビーチはわかるけど。プッシーキャットってどういう意味なんだろう？　キャットだから猫だよね」

香織ちゃんがそう言ったとき、ちょうど奥さんが飲みものを運んできた。

「かわいい子猫ちゃん、とかいう意味らしいですよ。女の人に対して」

テーブルにグラスを置きながら、奥さんは品よく笑って言った。適度な距離感が心地いい。香織ちゃんが気に入ったのもわかる。

「へー、かわいい名前。ね？」

香織ちゃんが意味ありげに言いながら、意地悪そうに笑いかけてきた。そのあとの言動が予想できてしまった。自分のグラスを持って僕のほうに向けながら、「子猫ちゃん」と、わざとらしい上目遣いで乾杯を促してくる。やっぱり。

昼休みの若菜ちゃんを思い出した。喋《しゃべ》っている間中、彼女は終始上目遣いだったけれど、香織ちゃんみたいにわざとらしくなく、板についていた。

「僕が子猫ちゃんなら、飼い主がペットにおごらせるのはおかしいよね。じゃあ、ここは飼い主様のおごりだね。よろしく」

乾杯には一応応えながら、僕はそう反撃をした。

「うそ、本当におごってくれるつもりだったの？　じゃあ撤回するわ、子猫ちゃんを」

プッシーキャットを一口飲んでみた。柑橘《かんきつ》の風味が、舌にも喉《のど》にも気持ちよい。

「うちの店のカジュアル版のほうにね、子猫ちゃんって言葉が似合いそうな子がいる。目が大きくて生意気そうで」

「ふーん。猫顔の女の子ってかわいいよね。カズはどっちかっていうと犬顔かな。小型犬っぽい」

香織ちゃんが、楽しそうに僕の顔を覗きこんだ。

「さっき、子猫ちゃんって言ったくせに」

「それかオコジョだっけ？　雪の中からひょこっと顔出す小さい動物。あれっぽいよね」

なんにしても小動物らしい。「香織ちゃんは爬虫類《はちゅう》系だよね」と言ってやろうかと思ったけれど、やめておいた。ほんのちょこっとだけなのだが、本人は目が離れていることを気にしている。

結局、僕がおごった。まあたまにはいいだろう。クローゼットの整理もしてくれたし。

帰り道の香織ちゃんのサンダルの音は、不規則なリズムを刻んでいた。

「涼しくて気持ちいいな。いい具合に酔いが醒《さ》めそう」

赤くなっていた香織ちゃんのほっぺたを触ってやった。少しほてっている。

そのまま手を下に持っていって、香織ちゃんの手とつないだ。手もあたたかい。

「カズの手、ひんやりしてる。やっぱりお酒飲んでないからかな」

香織ちゃんはそう言いながら、指を僕の指に絡ませてきた。

去年の夏は、こんな風に二人で歩いたりしなかったな。そう思ったら、触れ合っている指に少し力がこもってしまった。

香織ちゃんはタニハピ、僕は都心のデパートの店で働いていた二年の間に、僕たちはすっかり疎遠になっていた。このままじゃまずいんじゃないかと思いはじめた頃、タニハピにうちの店が入るというのを耳にした。僕は本社の人事に、異動させてくれと直談判しにいった。結果やる気を買われて店長まで任せてもらえた。完全に勢いだったけれど、あのときの自分の行動力を褒めてやりたい。

つないだ手から、香織ちゃんと僕の体温が混ざり合っていくのを感じた。お酒も飲んでいないのに、僕の足音まで不規則なリズムを刻んでしまいそうだ。

次の日、遅番で出勤したら、カジュアル版の店長の菊池さんが僕を待ち構えていた。

「本社から新作の資料が届いたの。展開の仕方についてミーティングしたいんだけど、時間いい？」

ぐるっと店内を見回した。それほど混んでいない。

「大丈夫ですよ。行って来てください」

副店長の倉沢《くらさわ》君も、そう言ってくれた。

「じゃあ、お願いします」

菊池さんと休憩室に向かった。倉沢君は僕より年上なのだが、中途入社なので立場と社歴は僕のほうが上だ。だから妙に気を遣いあってしまって、お互い敬語で喋ってしまう。

資料をめくりながら話す菊池さんと向き合いながら、昨日の香織ちゃんとの会話の名残で、菊池さんを動物にたとえるとなんだろう、なんて考えてしまった。美人だけど目は切れ長で細いから、キツネかな。倉沢君はたれ目だから、対抗してタヌキだろうか。

「じゃあ、そんな感じでよろしく」

菊池さんが急に顔を上げたので、焦った。

「ええ。こちらこそお願いします」

急いで相槌《あいづち》を打つ。

「あとね、うちの持田《もちだ》が今月いっぱいで辞めるんだ。イギリスに留学するんだって」

持田さんって、どの子だっけか。カジュアル版の女の子たちの顔を順番に思い浮かべる。

「おとなしそうな子ですよね？ 色白で」

目が丸くてくりっとしていて、若菜ちゃんの猫顔に対抗して犬顔っぽい子だ。

「そうそう。見かけによらずアクティブなのよ。昔もアメリカに留学してたらしいんだけど、今度はイギリスだって。それで水曜の夜、送別会やりたいんだけど、そっちの子たちもみんな来てくれるって言ってるから、相原君もぜひ」

「わかりました。でも僕、全くお酒飲めないんで。そこは勘弁してくださいね」

「へえ、相原君も飲めないんだ。うちの江藤《えとう》もまったくダメなんだよね」

江藤さんはどの子だっけ？ また女の子たちの顔が頭をめぐる。

「ねえ、江藤で思い出したけど」

菊池さんが急に声を潜めた。

「持田がね、この間休憩のとき、テラスで江藤が相原君に話しかけてたの見たって言ってたんだけど」

ああ、若菜ちゃんの苗字は江藤だったか。

「ええ、この間、一緒になりましたよ」

「相原君、かわいいから気をつけてね。江藤は要注意だよ。男の人惚《ほ》れさせるのが趣味みたいな女だから」

「なんですか、その趣味」

苦笑いしながらも、この間の「私もその一人」というセリフと、板についた上目遣いと、生意気そうな笑顔を思い出した。

「本当なんだって。去年うちにいたバイトの男の子にもね、さんざん気持たせておいて、向こうがその気になったらあっさりかわして、その子二ヶ月で辞めちゃったのよ。いい子だったから期待してたのに」

うちのシック版がタニハピに入ったのは今年の春だが、カジュアル版のほうはタニハピオープン時から入っている。

「それは、男の子が勝手に期待したわけじゃなくてですか？」

この間の感じからすると、「気を持たせておいて、あっさりかわす」もあり得そうだったけれど、一応聞いてみた。

「ううん、周りから見ててもそれは彼も期待するでしょう、って感じだった。その男の子、江藤が誘惑しだす前は、持田といい感じになりかけてたの。だから、そのあたりも絡んで大変だったよ」

誘惑とはまた大げさな。でも確かに状況は面倒くさそうだ。

「でも僕は婚約中、同棲《どうせい》中だし。……江藤さんもそれ知ってるし、そんなことしないと思いますけど」

危うく若菜ちゃんと呼んでしまうところだった。

「甘い！　うちの妹が江藤と短大一緒だったんだけど、当時から有名だったらしいよ。彼女がいようがなんだろうが、気に入った男の人に近寄って、かわいがられるのは天才的にうまいって」

菊池さんの迫力に圧倒されて、「はあ」と間抜けな返事しかできなかった。そういう状況でへらへらかわいがる男のほうにも問題があるんじゃないのか、と思ったけれど言うのは止めておいた。それでもやっぱりそういう子は同性の反感を買うだろうし、これ以上菊池さんに反論されるのも面倒くさい。

「まぁでも、相原君が相手にしなければ何も問題ない話だから。とにかく気をつけてねって言いたかったの」

知らない人にはついて行っちゃダメよ、と子供に言って聞かせる母親のような顔を菊池さんはする。仕方がないので僕は、「わかりました」と返事しておいた。


ドライヤーの音が止んだのを見計らって、洗面所の香織ちゃんに話しかけた。

「水曜日、帰り遅くなるから。カジュアル版のほうで辞める子がいるから、送別会で」

「うそー」と声を弾ませて、香織ちゃんはキッチンに入ってきた。今日は香織ちゃんが夕食を作ってくれたので、僕は洗い物をしていた。

「すごい偶然。私も水曜日みぃちゃんの家に泊まりに行きたかったの。旦那《だんな》さんが泊まりの出張で、次の日は私もみぃちゃんも休みだから、そんなチャンス滅多にないよねって言ってたの」

みぃちゃんとは、香織ちゃんのレストランの斜め向かいのメガネ店の女の人だ。香織ちゃんより二つ年上で、結婚しているらしいけれど、すごく仲がいいらしく、よく話を聞く。

「じゃあ、ちょうどよかったね」

「うん。第一回、夜通し旦那の悪口言い合おう会なのよ」

香織ちゃんは、にやっと笑う。

「みぃちゃんの旦那さん、可哀相だね。夜通し二人に悪口言われるんだ」

僕はそう反撃してみた。僕たちはまだ籍を入れていない。

「さっき省略しちゃった。夜通し旦那と未来の旦那の悪口言い合おう会だった」

香織ちゃんは、今度はそう返してきた。全くくだらない。

「じゃあ、その日はカズも泊まってきたら？　かわいい子猫ちゃんいるんでしょ？」

あくびを噛《か》み殺しながら、香織ちゃんが言う。

「そうだね。未来の奥さんのお許しが出るなら」

そう言ってやったが、香織ちゃんはもう寝室に向かっていて、聞いていなかった。

送別会は、シネコンの裏通りにある、無国籍風の居酒屋で行われた。

決してわざとではなかったのだけれど、気が付いたら僕は若菜ちゃんと隣同士の席になっていた。斜め向かいの席にいる菊池さんが、渋い顔をしているのが視界に入る。目線を逸《そ》らした。もしかしたら、若菜ちゃんの方はわざとだったりして。——なんて思うのは、自惚《うぬぼ》れだろうか。

菊池さんが仕切って、持田さんが挨拶《あいさつ》をして、とりあえずグラスに注がれたビールで全員で乾杯をした。舐《な》める程度に一口だけ飲んで、僕はこそこそとドリンクメニューを開く。

「ノンアルコールとかソフトドリンクなら、最後のページだったよ」

菊池さんが世話をやいてくれた。

「え、店長飲まないんですか？」

うちの店のバイトの女の子から、声が上がる。

「うん、ごめん。全く飲めないんだ」

「酔ったら僕、面倒みますよ。せっかくだから盛り上がりましょうよ」

今度は倉沢君が言う。場を白けさせてしまうのは心苦しかったが、「ありがとう。でも本当にまずいから」と断らせてもらった。

今年の正月明け、まだタニハピに来る前だ。大学の同級生主催の飲み会に参加して、断るのが忍びなくて飲んだら、見事につぶれてしまい、もう二度と飲むまいと固く決心した。

なにせ朝目を覚ましたら、知らない部屋の床に転がっていたのだ。隣には昨日の飲み会で一緒だったけれど、名前も覚えていない女の子が寝転がっていた。僕も彼女もかろうじて服は着ていたが、かなり乱れていた。やってしまったのかどうか、全く記憶がなかった。これっぽっちも覚えていないのだからやっていないのではと思いたいけれど、ベルトは外れていたしジーンズのボタンも開いていたから、我ながら怪しい。彼女が目を覚まさないうちに、こそこそと僕はその部屋を出てきた。

情けなさ過ぎて申し訳なさ過ぎて、それからしばらく香織ちゃんには連絡を取れなかった。タニハピに異動希望を出したのは、それから一ヶ月ほど後だ。

「相原さんも飲めないんですか？　私もなんですよ。私もノンアルコール頼もう」

気がつくと、若菜ちゃんが僕が開いているメニューを覗《のぞ》き込んでいた。かなり顔が近い。ますます菊池さんの顔が見づらくなる。

この間のプッシーキャットがおいしかったけれど、メニューに載っていない。若菜ちゃんの隣で飲むのも面白いと思ったのに。

よく似た名前で、プッシーフットというものを見つけた。

「このプッシーフットって、どんな味ですか？　プッシーキャットとは違うんですか」

通りかかった男の店員さんに訊《たず》ねてみた。この間のようにメニューに説明が書かれていない。

「オレンジがベースなのは一緒ですよ。プッシーフットには卵黄が入ってますけど」

「じゃあ、それを一つ」

「あ、二つで。私も相原さんと同じの飲んでみたい」

若菜ちゃんが隣で手を上げる。そして店員さんにも僕にも、にっこりと笑いかけた。店員さんは照れ笑いを浮かべていた。もちろん僕は苦笑いだったけれど。

「プッシーフットって、どういう意味なんでしょうね」

若菜ちゃんは、尚《なお》も僕に笑いかける。

「『子猫の足』って意味。しなやかに、そろそろと歩く。そんな感じかな」

真ん中辺りの席から声がした。持田さんだった。

「『禁酒主義者』って意味もあったかも。だからノンアルコールの名前になってるんじゃない？　あとは、『煮え切らない態度』とか」

「おおー」「さすがですね」と、みんなから声が上がる。

「持田さん、すごーい。私、英語まったくわかんない」

若菜ちゃんも、僕の隣で驚いている。

「でも江藤さんには、プッシーキャットの方が似合ってるかな」

さっきよりもゆっくりとした口調で、持田さんは若菜ちゃんを意味ありげに見ながら言った。

「そうですか？　前にも言われたことあります。男の人に」

若菜ちゃんも、ゆっくりとした口調で返した。持田さんは少し顔を強張《こわば》らせたあと、無言のまま薄く笑った。

僕はそれを見ながら、体を強張らせていた。今の発言からすると、若菜ちゃんはプッシーキャットの方の意味は知っているのだろう。かわいい子猫ちゃん。

女の子は怖い。こんなところで冷戦を繰り広げるのは止めてくれ。みんなそれぞれ近くの席の人と話したりして平静を装っているけれど、明らかにテーブルには緊張した空気が漂っている。

やがて僕と若菜ちゃんの前にプッシーフットが運ばれてきた。柑橘《かんきつ》の風味を味わったら、ようやく僕の緊張は少しだけ解けた。


店を出たあと、みんなは当然のようにカラオケに流れるようだった。僕はそれを機に、菊池さんや倉沢君にだけ声をかけて、フェードアウトすることにした。カラオケが嫌いなわけではないが、飲んでいる人たちとは、やっぱりちょっとノリが違う。

駅に向かって一人歩いていると、後ろから「相原さーん」と、女の子の声に呼ばれた。振り返ると、若菜ちゃんが小走りで駆け寄ってきていた。

「どうしたの？」

「私も逃げてきちゃった。酔ってないからテンション違うし」

少し息を切らしながら、若菜ちゃんは言った。最後に、いつもの顔でにっこりと笑うことも忘れなかった。

「相原さん、婚約者の方の門限厳しいですか？　すぐ帰らなきゃいけないです？」

「気をつけてね」と言った菊池さんの顔が頭をよぎる。

あまりに自然な動作だった。

「じゃあ、二人でもう一軒行きません？」

若菜ちゃんは、軽く僕の腕に手を添えてきた。あまりに自然な動作だった。

「二人でって、二人とも飲めないのに？」

「それもそうですね。じゃあ駅まで一緒に散歩しましょう、とりあえず」

「ああ、うん」と、曖昧《あいまい》な返事をした。どのみち駅には向かう。

ほとんど電気の消えたタニハピの横の道を、二人で歩いた。若菜ちゃんは、僕の腕に手を添えたままである。そして、会話のペースも完全に向こうに取られてしまった。会話というより、「相原さんって、出身どこでしたっけ」とか、「婚約者さんとは、どれぐらい付き合ってるんですか？」とか、やたら僕に質問をぶつけてくる。

「そんなに長く付き合ってるんですか？　だったらもう束縛とかヤキモチとか、あんまりないんじゃないですか？　お互い信用しあってて。うちのお姉ちゃんも彼氏と長いんですけど、そんなようなこと言ってました」

「うん、そうだね。今日も朝帰りしてきたらって冗談で言われたもんな。向こうも友達の家に泊まってるし」

思わずそう言ってしまってから、しまったと思う。案の定、若菜ちゃんは「そうなんですかー？」と上目遣いで、僕の顔を嬉《うれ》しそうに見た。

「じゃあ、まだまだ時間たっぷりあるじゃないですか。お酒は飲めないし、コーヒー飲みませんか？」

僕は黙ってしまった。

「私、一人暮らしなんですよ。相原さん、明日《あした》遅番ですか？　私の淹《い》れるコーヒーおいしいですよ。飲みにきません？」

さりげなさを装うなんてことは全くせずに、堂々と若菜ちゃんはそんなことを言ってのける。どう返していいのかまったく見当がつかず、僕は黙ったままでいた。その間も若菜ちゃんは、余裕の笑みを浮かべていた。

「ここまでダイレクトに誘われたの、初めてだな」

やっと出た僕の言葉は、かなりの本音だった。

「うそー。相原さんなら、誘われたことぐらいいくらでもあるでしょう？」

それでもまだ、若菜ちゃんは余裕だ。僕もなんだか麻痺《まひ》してしまって、謙遜《けんそん》せずに「なくはないけどね」などと答えてしまった。

「だけど、ここまでダイレクトには初めて。悪いけどコーヒー飲めないんだよね、僕」

なんとか僕は、体勢を立て直した。

「紅茶もありますよ。アールグレーとセイロンと。紅茶も嫌いですか？」

「いや、紅茶は好きだけど」

「私のことは？」

いきなり予想外のところからパンチが飛んできて、危うく崩れ落ちそうになった。でも必死にまた体勢を立て直して、僕はなんとか次の手を考えた。

「わかった。じゃあ紅茶飲みに行こう」

若菜ちゃんの顔が明るくなった。僕はそれを無視して、来た道に進行方向を変えて早足で歩き出した。

「え、どこ行くんですか？」

若菜ちゃんが追いかけてくる。さっきタニハピの横を通ったとき、中央フロア一階のコーヒーショップとティールームだけはまだ電気が点《つ》いていた。確か二十四時までの営業のはずだ。


「私の紅茶のほうが、おいしいのに」

向かいの席で、若菜ちゃんは口を尖《とが》らせている。その顔も、両手でティーカップを持つ仕草も、くやしいけれどかわいかった。

「飲んだら、帰ります」

なぜか僕は敬語になってしまった。動揺させられているみたいで、自分で戸惑う。そんな僕の様子を感じ取ったのか、若菜ちゃんは気を取り直してといった感じで、また生意気な笑顔を向けてきた。

「でも半分ぐらいは、帰りたくないって思ってるでしょう」

また崩れ落ちそうになる。危ない。もう一回ぐらい次の手で来られたら、本当に危ないかもしれない。

「プッシーフットでいいよ、僕は」

自分に向かってなのか、若菜ちゃんに向かってなのか、僕はそう呟《つぶや》いた。

若菜ちゃんは一瞬不思議そうな顔をしたけれど、すぐに「ああ『煮え切らない態度』、なるほど」と、頷《うなず》いた。

「でも、プッシーキャットも似合いますよ、相原さんに」

「え？」と、僕は顔を上げて聞き返した。

「男の人に対して使うと、『女々しい男』って意味もあるんですって。プッシーキャット」

僕は笑った。若菜ちゃんにも、自分にも。どれだけ強《したた》かなんだ君は、という意味で若菜ちゃんに。据《す》え膳《ぜん》を食わないのは女々しいぞ確かに、という意味で自分に。

「飲んだら、本当に帰ります？」

若菜ちゃんは、まだ僕を上目遣いで眺めてくる。

「帰ります」

また敬語になってしまう。帰らなきゃいけない。煮え切らないとか女々しいとか言われても、絶対に。また香織ちゃんを裏切るわけにはいかない。

アパートの前の一本道を歩いていると、後ろから青い車が走ってきて、僕を追い越した。僕のアパートの前で停まる。後部座席の扉が開いて、女の人が降りてきた。あれっと思ったら、やっぱり香織ちゃんだった。

「あ、やっぱりカズだ」

香織ちゃんも僕を振り返る。

「どうしたの？　泊まりじゃなかったの？」

そう聞いたとき、運転席と助手席から、男の人と女の人が降りてきた。みぃちゃん夫婦だと、香織ちゃんに紹介された。

泊まりの出張のはずだった旦那《だんな》さんが、タニハピで書類トラブルがあったので、早めに切り上げて日帰りで帰ってきたらしい。旦那さんはタニハピを経営する会社に勤めていて、タニハピの名付け親でもあると、香織ちゃんから聞いたことがある。

それでも泊まっていけばと二人は勧めてくれたらしいが、さすがに遠慮して香織ちゃんは帰ることにしたという。でも電車がもうなくなっていたので、二人がここまで送ってくれたということだった。

優しそうな印象の夫婦だった。

「それはご迷惑おかけしました」

僕が頭を下げると、旦那さんが、

「こちらこそ。こっちの都合ですみません。せっかく遊びに来てもらってたのに」

と、丁寧に頭を下げ返してくれた。

「お茶ぐらい飲んでってよ。ねえカズ、上がってもらおう」

香織ちゃんがはしゃぐ。飲んでいるのだろうか。少し顔が赤い。

「いえ、今日は遅いんで。またそのうちゆっくり食事でもご一緒しましょうよ」

旦那さんが遠慮した。

「そうね、今度四人でご飯食べよう。私作るから、二人で食べにきて」

奥さんが弾んだ声を出す。よく見ると香織ちゃん同様、顔を赤くしていた。

「でもカズ君に会えて嬉しいな。写真よりずっとかわいい、実物のほうが」

奥さんの言葉に、僕は愛想笑いをしたつもりだったのだが、疲れていたからだろうか。

「ふっ」と声が漏れて、鼻で笑ったような雰囲気を出してしまった。「ミサキ」と、旦那さんが奥さんをたしなめる。奥さんも、「ごめんなさい。男の人にかわいいは失礼だったかな」と焦っている。

「いえ」と慌てて訂正しかけたら、「いいのいいの」と香織ちゃんが先に口を開いた。

「慣れてるから。ねえ？　ほら、あれに似てない？　雪の中からひょこっと顔出す動物」

「オコジョ？　似てるかも。かわいい！」

奥さんの声がまた弾んだ。旦那さんも笑っている。場の空気が和んだのはよかったが、僕はちょっと後悔した。やっぱりこの間、「香織ちゃんは爬虫類《はちゅう》顔」と言ってやればよかった。

部屋に上がるなり香織ちゃんは寝室に直行して、服のままベッドにだらしなく横になった。

た。

「今日、みぃちゃんがカクテル作ってくれたんだ。最近、家でお酒作るのに凝ってるんだって。私もやってみようかなぁ。道具、買い揃えてさ。無趣味だし、私。ビールが好きだけど、カクテルも最近いいなって思うし。この間のお店で飲んだのもおいしかったよね」

やっぱり酔っていたらしい。

「いいんじゃない？」

返事をしながら、僕はシャワーを浴びに風呂《ふろ》場に向かった。

上がってきても、香織ちゃんはまだ服のままベッドに寝転がっていた。惰眠態勢に入っている。でも意識ははっきりとあるらしい。僕が隣で横になると、体をくっつけてきた。

「服しわになるし、そのまま寝ちゃうよ。シャワー浴びておいでよ」

「うーん、もうちょっとだけ」

香織ちゃんの髪が一筋、僕の顔の上に落ちてきた。よけて、寝グセがつかないように他の髪と添わせてあげようと思ったら、香織ちゃんは撫《な》でられたと思ったのか、ますます僕に体を寄せてきた。香織ちゃんは、髪を撫でられるのが好きなのだ。

「そのまま寝ちゃうってば。化粧も落とさないと。シャワー浴びておいでって」

ちょっと強めの口調で言った。

「わかったわよぉ」

香織ちゃんは渋々起き上がって、お風呂に向かった。部屋を出て行くとき、「カズ、お母さんみたい」と、口を尖らせて言われた。

香織ちゃんのシャワーの音を聞きながら、僕はかたく目をつぶって、眠ろうと努力した。しかし眠ろうと思えば思うほど、絶対に眠ってしまわないといけない。香織ちゃんが戻ってくる前に、絶対に眠ってしまわないといけない。


しかし眠ろうと思えば思うほど、かえって眠れなくなるのが僕のパターンだ。やがてシャワーの音は止み、代わりにドライヤーの音が響き始めた。その頃には僕の目はすっかり冴《さ》えてしまっていた。

寝室の扉が開く音がして、慌てて目を閉じた。「寝たの？」と香織ちゃんに聞かれたが、返事をしなかった。

「なによ、寝ちゃったの」

そう言いながら、香織ちゃんはベッドに入ってきた。体が少しだけ触れ合った。激しく反応しそうになったけれど、頑張って眠ったふりをした。

本当は、めちゃくちゃと言っていいほどしたかった。でも、今日の僕のそういう気分は香織ちゃんのせいじゃなくて、間違いなく若菜ちゃんの上目遣いのせいだ。だから僕は、今日香織ちゃんを抱いてはいけない。絶対に。

そのうちに、隣から香織ちゃんの静かな寝息が聞こえてきた。ホッとしたけれど、それからもまだ長い時間、僕は眠りにつけなかった。

次の日は、僕が遅番、香織ちゃんは休みだったので、二人して遅く起きた。

「今度休みがかぶったら、カクテルの道具でも買いに行ってみる?」

着替えをしながら、キッチンの香織ちゃんに声をかけた。

「行きたい! タニハピ内のホームセンターで買ったって言ってたよ、みぃちゃんは」

琺瑯《ほうろう》のポットを持ち上げながら、香織ちゃんが言う。お湯がしゅんしゅん言っている。

「じゃあ、休みじゃなくてもいいか。休憩中に買ってきたら?」

「えー、せっかくだから一緒に行こうよ。カズも、ノンアルコールのカクテル作ればいいじゃない。この間のプッシーキャットとか」

コーヒーと紅茶のいい匂いが、部屋中に漂い始めた。コーヒーは飲まないが、匂いは嫌いじゃない。

「そうだね。そうそうプッシーキャットってさ、男の人に使うと『女々しい男』って意味もあるらしいよ。知ってた?」

昨日、不本意ながら若菜ちゃんから得た知識を披露すると、「うん」と香織ちゃんは頷いた。

「みぃちゃん、カクテル事典ってのまで買ったんだって。それに書いてあった。女性にも『かわいい子猫ちゃん』以外にも意味があるらしいよ。知ってる?」

「知らない。なに?」

「『性交対象の女』だって。すごいよね」

背中に、なにか嫌なものが走った。持田さんの薄い笑い顔が頭をよぎったのだ。

「それはびっくりだけど、そういう名前の意味知ると面白いよね。昨日私が気に入ったのはね、琥珀《こはく》色のカクテルで、アフィニティって名前で」

香織ちゃんがそこまで言ったとき、僕の携帯が鳴った。店からだった。「ごめん」と香織ちゃんに言いながら出る。

「すみません、店長。今から来てもらえませんか？」

倉沢君の、焦った声が聞こえてきた。

「カジュアル版のほうにクレームのお客さんが。全く収まりそうにないんです。菊池店長、今日休みなんですよ」

「クレーム？　わかった。すぐ出るよ」

電話を切って、香織ちゃんに説明をした。

「ごめんね。行かなきゃ」

「うん、仕方ないけど……。これ、どうしよう」

僕に差し出そうとしていた紅茶のカップを見て、香織ちゃんは残念そうな顔をした。確かにせっかく淹《い》れてもらったのに、もったいない。香織ちゃんは紅茶は飲まないし。

急いで飲んで行こうかとも思ったけれど、まだ湯気が立っている。猫舌の僕には無理だろう。「ごめん」ともう一回言って、部屋を出た。口を尖《とが》らせながらも、「はーい、行ってらっしゃい」と、香織ちゃんは見送ってくれた。

店に到着すると、もう事態は収まったのか、それらしいお客さんはいなかった。カジュアル版のカウンターのところで、倉沢君とカジュアル版の社員の女の子が、深刻そうに話をしていた。

「店長、すいません。早く来てもらって。一応何とか収まりました」

倉沢君が申し訳なさそうに僕の顔を見る。

「なんだったの？」

二人の顔を交互に見た。女の子が、説明をしてくれた。

クレームのお客さんは、いつも彼氏と一緒に買い物に来る常連さんで、若菜ちゃんが接客をすることが多かった。それがこの間、若菜ちゃんと自分の彼氏が外でデートしているのを見てしまった。お宅の従業員は客の彼氏を誘惑するのかと、開店と同時に怒鳴り込んで来たということだった。

「江藤さんは？　いたの？」

「いたんですけど、つかみかかられそうな勢いだったから、外に行ってるように言いました。まだ帰ってきてません」

「お客さんは、後日上から連絡しますって言ったら、なんとか今日は帰ってくれました」

倉沢君が説明を足す。僕は二人に「ありがとう。ご苦労様でした」と言った。まだ緊張していた二人の顔が、少しだけほころんだ。

「彼氏のほう、責めればいいのにな」

つい呟《つぶや》いてしまった僕に、「えー」と女の子が不満気な声を出した。

「相手が江藤さんだもん。そっち責めたくなる気持ちもわかりますよ」

倉沢君は隣で、複雑そうな表情をしている。

「ごめん、朝ご飯食べずに来たんだ。出勤前に、腹ごしらえしてきていいかな」

あとで三人で、菊池さんと本社への報告書を作ろうと約束して、店を出させてもらった。


紅茶を飲めなかったからと思い、昨日の夜若菜ちゃんと入ったばかりの中央フロアのティールームにまた入った。フロアに面したカウンター席に、一人所在無さげに座っている女の子がいた。若菜ちゃんだ。

「従業員休憩室のほうがよかったんじゃない。まだお客さん店内にいるかもしれないのに」

近付いていって後ろから声をかけると、若菜ちゃんは驚いた顔で振り返った。

「本当ですね。気が回りませんでした、すみません」

そして、うなだれて視線を床に落とした。僕が事態を知っていることを、一瞬で察知したらしい。頭の悪い子ではないのだと思う。それにしても。彼女の目線が下を向いたところも、余裕のない顔をしたのもはじめて見た。

僕は若菜ちゃんの隣の席に腰を下ろした。やってきた店員さんに、アッサムティーとホットサンドのセットを頼む。

「ツリーが見たくなって、つい」

若菜ちゃんはそう呟いて、フロアのシンボルツリーを見上げた。上目遣いではあるけれど、いつもの生意気そうな顔ではなくて、眩《まぶ》しそうに仰いでいる感じだった。

ツリーはいつの間にか、秋仕様に衣替えされていた。深い橙《だいだい》色、臙脂《えんじ》、焦げ茶色と、秋を思わせる色をした葉っぱが枝から沢山垂れ下がっていて、根元には半透明の薄い茶色がゼリー状に敷きつめられていた。樹液を表しているのだろう。コオロギやスズムシなどの虫のオブジェがその上を這《は》っている。

「仕事は、プライド持ってやってるつもりなんですよ」

若菜ちゃんが呟いた。僕は「うん」と頷《うなず》いて、先を促した。

「休みの日に、家の近くの店でご飯食べてたら、あの人の彼が声かけて来たんです。『タニハピの服屋の人ですよね、ご一緒していいですか？』って。もう座りかけちゃってたから、断れなくて。携帯番号聞かれたけど、教えてませんよ。お客さんだもの。でも、一緒に食事してるところを、彼女見ちゃったみたいですね」

小さく若菜ちゃんは溜《た》め息《いき》をついた。

「でも菊池店長や本社には、信じてもらえないだろうな。……相原さんにもかな。狼少年ですよね。昨日も私、相原さんにああいうこと言ったし」

僕の前に、ティーポットとホットサンドが載ったお皿が運ばれてきた。若菜ちゃんは、まだ喋《しゃべ》り続ける。

「処世術って必要だと思いません？　私、子供の頃から人より得意なものなんて、なんにもなくて。でも、あるとき気付いちゃったんですよ。適当に愛想よくして、上目遣いでかわいく笑っておけば、私、男の人にはかわいがってもらえるみたいって。他に才能もないし、じゃあそれ使って生きてくかって」

ポットのお茶をカップに注いだ。まだ早かったみたいだ。色が薄い。ツリーの根元とよく似た色が出た。

「江藤さんのそういう潔さは、好きだし面白いと思うけど、僕は」

若菜ちゃんは僕の顔を見た。上目遣いではなくて、真っ直ぐに。

「前から不思議だったんですよ。相原さんもそういう手、使える容姿なのに。どうして使わないのかなーって」

「だから、プッシーフットなんじゃない僕は。潔くないよね。それに付随してくる、面倒なのが嫌なんだよね」

「付随してくるもの——。私みたいに、同性に嫌われたり、今回みたいなときに信じてもらえなかったり。そういうことですか？」

若菜ちゃんは笑った。いつもの生意気そうな顔ではなく、淋《さび》しげな顔で。

「プッシーキャットって、女性に対して使った場合『かわいい子猫ちゃん』以外にも意味があるんだって。知ってる？」

追い討ちをかけることもないかと迷ったけれど、でも僕は言うことにした。若菜ちゃんは首を傾げる。

『性交対象の女性』って意味もあるんだってさ。処世術は大事だと思うよ。でも、そういうこと言われるリスクも負うってことだよね。僕にはないな、そんなリスクを負う覚悟」

若菜ちゃんは、しばらく固まったまま黙っていた。でもやがて、「持田さん、そっちの意味知ってたんですかね」と独り言のように言った。

「知らないわけないか」

そして、僕の返事を待たずに顔を上げた。

「面白いな。いいですよ、受けて立ちますよ。そういうことも言われるの、覚悟の上で」

途中から声が張ってきていた。目も輝いている。なんて強《したた》かで、逞《たくま》しい子なんだろう。

「ねえ、相原さん。私があそこまでダイレクトに誘って、乗ってこなかったの相原さんが初めてですよ。だから昨日は本当に悔しかった。強いですね。相原さんがどうして私と同じ手使わないか知りたくて、前からずっと仲良くなりたかったのにな。負けたって思った」

ホットサンドを持ち上げかけた手を止めた。笑ってしまう。

「だったら、ああいうやり方じゃなくて、友達として近付いて来てくれたらよかったのに」

僕の言葉に、若菜ちゃんはバツが悪そうな顔をした。

「男の人への近付き方、ああいうやり方しか知らないんです。男友達なんていないし」

そしてまた、床へ視線を落とした。

「女友達もいないけど」

気がついたら、僕は若菜ちゃんに向かって手を出していた。笑いながら。

若菜ちゃんは戸惑っていたが、握手を求められているというのはわかったらしく、おずおずと手を差し出してきた。僕はその手をできるだけ優しく、でもがっちりと摑《つか》んだ。この子とだったら、友達というより戦友という表現が合いそうだ。

恥ずかしそうな顔をして握手に応じる若菜ちゃんは、かわいかった。今まで見た彼女の中で一番。


「おはようございます」

冷めかけたホットサンドに齧《かじ》り付いたとき、後ろから声をかけられた。持田さんだった。

「おはよう。休憩中？　じゃないよね」

「遅番で今から出勤です。その前にお昼ご飯と思って。隣いいですか？」

持田さんは、さっきまで若菜ちゃんが座っていた席に腰を下ろした。

「昨日はカッコよかったよ。カクテルの名前に詳しくて。バーテンでもやってたの？」

「いえ、そんなんじゃ」と、持田さんは首を振る。

「アメリカにいるとき、バーテンの男の人にハマって。詳しいふりしたくて、必死に覚えたんです。全然カッコよくないです」

犬顔と猫顔でまったく似ていない二人なのに、そう言って笑った持田さんの顔は、さっきの若菜ちゃんの笑い顔とよく似ていた。

女の子はよくわからない。怖かったり、かわいかったり、逞しかったり。脆《もろ》かったり、淋しげで。

「わー、きれい。琥珀色《こはく》」

ツリーの根元を見て、持田さんが言った。そうか、あの色は琥珀色と言うんだったか。

琥珀色――。なにかを思い出しかけた。今朝の香織ちゃんとの会話だ。電話がかかってきて中断された。

「持田さん、琥珀色のカクテルで、アフィ、アフェ？　なんか、そんなような語呂《ごろ》からはじまるカクテル、知らない？」

「アフィニティですか？」

持田さんは即答した。

「ウィスキーベースのですね。意味は『密接な関係』とか、『婚姻関係』とか」

僕は、ティーカップを持ち上げた。

今度香織ちゃんと休みが被《かぶ》ったら、道具を一緒に買いに行って、最初にそのアフィニティを作って乾杯をしよう。お酒が飲めない僕にウィスキーはきついかもしれないけれど、家で二人でなら、多少酔っ払っても構わない。

すっかり冷めてしまった琥珀色に似た紅茶を、僕はゆっくりと味わった。ツリーを見上げながら。

フェードアウト

もう一年近くも住んでいる部屋なのに、今日も私は違和感を覚えながら目を覚ました。どうして慣れることができないんだろう。天井の木目模様にも、ベッドから上体を起こしたときに光が差し込む窓の位置にも。洗面台の鏡の曇り止めスイッチも、いまだにいつも探してしまう。今の部屋には付いていないのに。

顔を洗った水が冷たくて、体に力が入った。昨日までは薄手のジャケットで出かけていたけれど、そろそろ本格的なコートを出してもいいかもしれない。歯を磨きながら、今日の出勤コーディネートを考える。

テレビの前のテーブルの上に、電話の子機が転がっていた。昨日の夜、姉と長電話をしてそのまま放ったらかしにしてしまっている。

「原因なんて明白じゃない。寛人《ひろと》君がいないから淋《さび》しいんでしょ」

昨夜の姉の言葉が甦《よみがえ》って、一人の部屋で顔をしかめた。「最近、どう?」と聞かれたから、「いまだに慣れないんだよね、こっちの生活に」と言ったら、そう返ってきた。

子機を定位置に戻して、さっさと着替えを済ませて部屋を出た。コートは防虫剤の匂いがしたので、今日はまだ着ずに一日干しておくことにした。ほんの少しだけだったから私は気にしないが、職場のめざとい上司、大原さんに気が付かれたら色々言われそうだった。

職場のタイニー・タイニー・ハッピーの一階のコーヒーショップで、トマトの入ったサンドイッチとブレンドコーヒーを買った。毎朝の日課である。この時間のレジは、丸顔の女の子と、喋《しゃべ》り方にしまりがない男の子の日替わりだ。今日は男の子のほうだった。

「お召し上がりですか？　お持ち帰りですか？」

聞かれて、「持ち帰りで」と答える。女の子の日は店内で「お召し上がり」で、男の子の日は「お持ち帰り」して事務室で食べると決めている。

「おしぼりのほうはお付けしますか？」

「はい、ください」

答えながら、「おしぼり」に「ほう」を付けるのは敬語じゃないわよと、いつも通り心の中で男の子をたしなめる。

商品を受け取ってレジに背中を向けたとき、後ろから「ふわぁ」と、男の子のあくびの音が聞こえた。昼休憩の時間にはこの子はいなくなっているので、深夜アルバイトの帰りに短時間シフトで入っているのだろうと踏んでいる。いくらアルバイトとは言っても接客なのだから、もうちょっとちゃんとしたほうがいいわよと、毎回会うたびに思う。

でももう、慣れた。彼のおかしな敬語や失礼な接客態度にも、大原さんにやんわり小言を言われることにも。寝具売り場のパートのおばさんたちの芸能人の噂話に、興味があるふりをすることや、買う気がないのにやってきてお喋りだけして帰っていく近所のお婆さんに愛想よくすることさえ、ちゃんと私の日常になりつつある。

「違うわよ」と、昨日姉に言ってやればよかった。「慣れないのは部屋だけなの」と。

西フロア脇の、立体駐車場の入口近くにある従業員通用口に向かう。前に、坂本《さかもと》さんの後ろ姿を見つけた。私より一年後輩の、管理部門の女の子だ。

「おはよう」

早足で近付いていって、声をかけた。

「あ、小山さん。おはようございます。早いですね。びっくりしちゃった」

大げさに肩をびくっとさせて、坂本さんは振り返った。

「私、いつもこの時間なの」

関西支店から、ここに異動してきたのは約十ヶ月前。最初のうちは仕事を早く覚えるために早く来て勉強していたのだけれど、今でもすっかりこの時間に出勤するのがクセになっている。早起きは嫌いじゃないし、電車も空いているからこのほうがいい。

「坂本さんこそ今日は早いね。いつもギリギリなのに」

そう言うと、坂本さんは口許《くちもと》を妙な形に歪《ゆが》ませて笑った。

「あはは、ギリギリって言われちゃった」

二人で従業員専用エレベーターに乗り込んだ。なんだか今日の坂本さんは、まだ寝ぼけたような顔をしている。血色も悪い。

「具合悪いの？」

二階のボタンを押しながら訊《たず》ねた。

「え？　なんでですか？」

「顔色悪い気がして」

「あ、ノーメイクなんですよ。だから早めに来て、化粧しようと思って」

なんだ、化粧をしていなかったからか。

「内緒にしてもらえますか？」

一から二に上がっていく階数ランプの表示を見上げながら、坂本さんは決まり悪そうに言った。

「え？　なにを？」

「あの、朝帰りで来たこと。他の人には」

「朝帰りなの？」

エレベーターが止まった。私は「開」ボタンを押した。

「え、ええ、まあ」

「内緒って言われるなら、言わないけど？」

「じゃあ内緒でお願いします」

坂本さんは、急に早口になってきっぱりと言った。エレベーターも早足で降りて、廊下も私より一歩前を足音を響かせながら歩いた。なんだか苛立《いらだ》っているように見える。

事務室は、いつも私が一番乗りだから、まだしんとしていて、坂本さんと私の二人きりだった。坂本さんはコートを脱いで、大きなバッグから、化粧ポーチをそそくさと取り出した。

「あ、坂本さん」

ジャケットを脱ぎながら、私は話しかけた。

「はい？」と、やっぱり苛立っているような顔と声で、坂本さんは私のほうを見る。

「あと五分ぐらいで大原さんが出勤してくるよ。見られたくないならトイレ行ったら？」

「ありがとうございます。そうします」

彼女はまた早口にそう言って、乱暴な仕草で、机に広げかけていた手鏡や化粧道具をポーチにしまって、バタバタと事務室を出て行った。

なにを怒っているのだろう。せっかく親切に教えてあげたのに。


昼休み、フードコートでハンバーガーを買って、バックヤードの従業員休憩室に向かった。めずらしく正午過ぎから休憩に入れたので、混んでいる。私は売り場担当なのでいつも休憩はもっと遅めだ。

窓際の列の後ろのほうで、北川さんと川野さんが向かい合って座っているのが見えた。こちらに顔を向けている北川さんと目が合った。北川さんの左隣が空いていて、「どうぞ」と目で合図してくれたので、お邪魔することにした。

川野さんの隣には、紳士服売り場の後輩社員、原田君もいた。さっきの角度だと川野さんの体に隠れて見えなかった。

「あれ、それコロッケバーガー？　さっき俺が買いに行ったときなかったのに」

川野さんが、私の袋を見て言った。

「え、店員さんに、季節限定商品ですって勧められましたよ」

「時間差でまた入荷したのかな。タイミング悪かったな、俺」

川野さんは悔しそうに、舌打ちをする。

異動してきたばかりの頃、川野さんは私によく話しかけてくれて、食事にも誘ってくれた。あるとき食事のあと、「うちでコーヒーでも飲んでく？」と言ってくれて、その頃私はまだこちらの生活に慣れておらず、一人の部屋に帰ると落ち込み気味になることが多かったので、あまり深く考えずお邪魔させてもらうことにした。

ところが部屋にあがってしばらくしたところで、キスされそうになったので、びっくりして彼を引っぱたいてしまった。悪かったと思う。悪かったと思ったので、次の日すぐに謝った。

でも川野さんは怒っていたのか、しばらくあまり話してくれず、目も合わせてくれない日々が続いた。それでも同期なので、なんとか仲良しの状態に戻りたくて、頑張って私は変わらず川野さんに話しかけ続けた。

その甲斐《かい》あってか、夏頃からまた普通に話ができるようになった。今も時々、食事に誘ってくれたりする。諦《あきら》めないでよかった。

「聞きました？　今度の女子会、僕と川野さんが発見した鶏鍋《なべ》の店でやるらしいですよ」

私の向かいの原田君が、そう言ってコーヒーを啜《すす》った。北川さんはお弁当を広げているが、川野さんと原田君はもう食べ終わったらしく、コーヒーを飲んでいる。

「そうなんだ。明後日《あさって》って言ってたっけ。よし、紹介料取立てに行くぞ、原田」

川野さんが笑う。

「男子禁制！　って、つまみ出されちゃいますよ。小山さん、あそこの鶏鍋マジでおいしいですから。堪能《たんのう》してきてください」

原田君が私の顔を見た。

「女子会？」

わけがわからなくて、私は訊ねた。

「まだ連絡来てないですか？　今回は確か明後日って、酒井さんが言ってたけど」

「酒井さん？　女子会？」

もう一回聞き返すと、隣から北川さんが口を挟んだ。

「まだ連絡行ってないんじゃないの、小山さんには。大原さんが幹事って言ってたから。あの人、最近度忘れ多いんだよね。やっぱり歳かな？　あのね、小山さん。うちの女の人たちだけで、たまーに飲み会やってるんだよ。男は絶対に入れてくれないの。女の人だけで、普段できない話とか、僕らのグチとか言い合うんだってさ」

北川さんは笑いながら説明をした。私に喋っているはずなのに、なぜか途中から、原田君の顔をじっと見ていた。

「小山さんがこっちに来てからは、一度もやってなかったかもね。人数多いし、日程合わせるのも大変らしいから。それにしても、そんなにその鶏鍋おいしかったの？　川野」

北川さんが、川野さんの顔を覗《のぞ》き込んだ。川野さんは返事をしなかった。さっきまで笑っていたのに、今は強張《こわば》った顔をしている。

「おいしかったですよ、今度北川さんも行きましょうよ」

代わりに原田君が返事した。妙に上ずった声だった。川野さんは黙ったまま、コーヒーを啜っている。

「おう、じゃあ今度連れてってくれよ」

北川さんが原田君に笑いかけたのと同時に、川野さんが「じゃあ、俺はそろそろ」と席を立った。原田君もあとに続いた。休憩が終わるらしい。

「その女子会のこと、大原さんに聞いてみたほうがいいですか？　私」

二人を見送ってから、北川さんに聞いてみた。

「うん、多分伝えたつもりで忘れちゃってるんだと思うから、帰りにでも聞いてみて。僕も自分が参加しないから、よくわかんないんだけどさ」

北川さんはお弁当箱の蓋《ふた》を閉めた。

「わかりました、ありがとうございます」

川野さんを叩《たた》いてしまった次の日。私は焦ってしまって、みんなの前で川野さんに謝ってしまった。そうしたら、北川さんに怒られた。「川野の気持ちも考えろ」とか、そんな風に。北川さんと川野さんは、プライベートでも仲良しのようである。

怒られて、その通りだと反省したので、川野さんに改めて謝りに行ったあと、北川さんにも謝った。それ以来、北川さんはなにかと私のことを気にかけてくれている気がする。すごくありがたい。

「ごめんね、ちょっとメール」

北川さんが携帯を取り出した。それをきっかけに私は立ち上がった。

「コーヒーもらってきます。北川さんも飲みますか？」

休憩室には無料のコーヒーメーカーがあるので、わざとバーガーにドリンクはつけなかった。

「あ、じゃあお願い」

戻って来ても、北川さんはまだ携帯を触っていた。「置いておきますね」と、私は後ろからコーヒーを差し出した。「ありがとう」と、北川さんは携帯の角度を変える。

でも、少しだけ画面が見えてしまった。メール作成画面で、宛先《あてさき》には「大原さん」と書かれていた。

閉店作業を終えて事務所に戻ると、「小山さん」と、大原さんが近寄ってきた。

「私って、明後日の女子会のこと、小山さんに言ったっけ？」

私の斜め向かいの席で帰り支度をしていた酒井さんが、顔を上げた。一瞬だけ目が合った。

「聞いてなかったんですけど、昼に北川さんたちから聞きました」

「ごめんね。人数多いから誰に言ったかわからなくなるのよね。急だけど来られる?」

「はい。明後日の夜ならヒマです」

「よかった。じゃあ業務後、シネコン横のロータリーに集合だから、よろしく」

「わかりました。楽しみにしてます」

外に出ると、冷たい空気に体を包まれた。やっぱりもうコートじゃないと寒かったようだ。明後日の鶏鍋も、この気温なら尚更《なおさら》楽しみである。

従業員通用口から出て、一旦《いったん》タニハピの正面に回りこんでから、西フロアの屋外エレベーターに向かった。

エレベーターの下に、姉はもう着いていた。昨日の電話で「話があるから、明日《あした》夕食でもどう?」と言われたので、私の終業時間に合わせて、ここで待ち合わせた。二、三階の飲食店はまだやっている店が多いので、そのどこかで食事をすることにしている。

「はじめて来たけど、ここ本当に広いね。何度も迷っちゃった」

姉が言う。

「私も最初はかなり迷った」

頷《うなず》きながら、私はエレベーターのボタンを押した。

「なに食べる？　前に同僚の人に連れてってもらったイタリアン、おいしかったよ。あ、でもその店だったら東側だ」

　夏のはじめに、割引券があるからと川野さんが誘ってくれた店だ。そのときは都心の店舗に行ったけれど、タニハピ二階の東フロアにも同じ店がある。

「イタリアンかぁ。そんなこってりした気分じゃないな、ごめん。蕎麦《そば》屋とかない？」

「フードコートにはあるけど、もうやってない。どうしようね」

　結局、西フロアの二階にある、オーガニック料理のバイキングの店に入った。私もはじめて入る店だ。

　姉はあまり食欲がないのか、サラダとか野菜の煮物とか、あっさりしたものばかりお皿に載せていた。

「昨日の電話ではごめんね、ちょっと言い過ぎたわ。寛人君のこと」

　食べはじめるなり、姉は言った。

「ああ、別に気にしてないよ」

　そう返事すると、姉はふうっと溜《た》め息《いき》を吐きながら笑った。

「気にしてないんだ。プラス思考、真っ直ぐ、細かいこと気にしないは、理恵の三大いいところよね、昔から。でもね、だから心配になるときもあるのよ。寛人君、怪しいでしょ、どう考えても」

　うんざりした。姉とは顔は似ていると言われるけれど、性格は真逆だ。いつもこうやってすれ違う。引きずらないように、気にしていないとこちらから言ってあげたのに、どうしてまた説教されなきゃいけないのか。昨日の電話でだって、十分された。「話があるから」会う約束をする電話で、こんなに話すのならもう会わなくてもいいじゃないかと思うほどに。私は意味のない長電話が嫌いなのに。

「なにが怪しいのよ」

そんなことより、姉のほうの話とやらを早く聞きたい。昨日から気になっている。

「だって最近全く会ってないんでしょ。理恵がこっちに来てからも、夏頃まではお互い何度か行き来してたのに。クリスマスまで会えないって言うんでしょ。おかしいじゃない」

彼氏の寛人とは、私がこちらに異動になってからの期間も含めると、もう三年近く付き合っている。でも確かに最近会っていないし、電話やメールも減っている。

「部署が変わって忙しくなったんだってば。昨日も言ったじゃない。それに私、クリスマスとかそういうの、別にこだわらないし」

「あそこの部署が、そんな忙しいとは思えないんだけどなぁ」

姉はぼやく。寛人は姉の後輩である。同じ不動産会社の姉は東京本社、寛人は関西支店勤務。私は今の会社に入ったとき、最初関西支店に配属になって、四年近く大阪に住んでいた。姉が出張でやって来たとき、ご飯を食べようと呼ばれたので出かけていったら、「こっちの後輩」と寛人を紹介された。それ以来付き合っている。

「寛人が仕事だって言うんだから、そうなんでしょ。もういいよ、私の話は」

「本当に仕事なの？」と疑うようなバカなことはしたくないし、「私と仕事とどっちが大事？」なんて、みっともないことも言いたくない。

「自分が紹介しただけに、私だって気になるのよ。寛人君ってさ、優しくていい子なんだけど、ちょっと優しさの出し方間違えるっていうか、ベクトルが違うようなところあるじゃない？　そう思うとね」

もう止めようと言ったのに、姉は聞いちゃいない。まったく。

「そう思うと？」

「遠距離になっちゃって、もう理恵とは無理かもと思いかけてて、でも優しいからそれを言えなくて。それで、フェードアウトしようとしてるんじゃないかな。理恵から」

「そんな卑怯《ひきよう》なこと、するわけないでしょ」

「わざとではないけど、結果そうしちゃうって意味。あの子、そういうところありそう」

確かに付き合い出した頃の寛人は、そういういい加減というか、曖昧《あいまい》なところがあった。でも今は違う。私ははっきりしないことが嫌いだから、そういう態度を見せられる度に、寛人に怒りを表してきた。だから、今では私にはなんでもはっきりと言うはずだ。

「お姉ちゃん、本当に不快だからもう止めて。これ以上寛人の話するなら、私帰るよ」

私の言葉に、姉が表情を曇らせて黙った。強く言いすぎただろうか。でも本当に嫌だった。

しばらく無言のままでの食事が続いた。もう少し経ったら「お姉ちゃんの話ってなんだったの？」と聞こうと思っていたら、その前に姉に電話がかかってきた。会社の上司からで、なにか問題が起こったのか、電話口の姉の口調は焦っていた。そして電話を切ったら「ごめん、行かなきゃ」と、止める間もなくあっさり帰ってしまった。

最悪だ。ただ昨日と同じく寛人のことでうるさく言われただけの、楽しくもなんともない食事になってしまった。

帰り道で冷えてしまった体をさすりながら、部屋の鍵《かぎ》を開けた。違和感のある部屋の。お風呂《ふろ》をわかした。仕事のあとに意味のない姉との食事で、いつもの倍は疲れている。今日はもうお風呂に入って、寝てしまおう。

そう思ったのに。あたたまった体でベッドに入ったら、なんだか目が冴《さ》えてしまって寝付けなかった。

木目の天井を眺めながら、寛人に電話をしてみようかと考えた。寝転んだまま携帯を取って、番号を呼び出す。でもつながる直前で急いで切った。もう遅いし、寛人も寝ているだろう。それか、残業して疲れて帰ってきて、ちょうど一息ついたところか。そんなときに、用事もないのにかけたら悪い。

自分が十ヶ月前まで住んでいた部屋の天井を思い浮かべて、さらにその下で寝ている寛人の顔を頭に描いた。

私が急に東京に異動になると決まったとき、「じゃあ俺、この部屋に引っ越してこようかな」と、寛人は言った。私はそれを、「ここで一緒に住もう」という意味だと勘違いした。そして、結婚してしばらく会社を辞めて家でゆっくりするのもいいかもしれないなんて、一瞬とはいえ考えてしまった。高校や大学の同級生たちが、周りが結婚ラッシュだからと言って目の色を変えているのを見て、「みっともない」と思っていたのに。自分も同じところに降りてきてしまったようで、恥ずかしかった。

実際は、寛人は自分が住んでいた部屋より私の部屋のほうが会社に近いから、私がいなくなるなら自分がそこを借りると言っただけだった。今は現実にそうしている。

だから私は、東京で仕事も生活も頑張ることに決めたのだ。弱音は吐きたくない。私が恋人と離れてまでここに来たことは、決して意味のないことじゃない。そう思いたい。

女子会の鶏鍋《なべ》は、川野さんと原田君が言っていたとおり、とてもおいしかった。女の子たちは、普段会社にいるときよりも、かなり大きな声で、騒いで、笑って、飲んで、盛り上がっていた。北川さんが言っていたように、仕事のグチや、職場の男の人の悪口も無礼講らしい。ただ、普段は仲良さそうにしているパートさんの悪口などを言う人もいて、そういうのには、私はつい顔をしかめてしまう。

近くに座った先輩たちの、常連のお客さんの容姿を揶揄《やゆ》する話がなかなか終わりそうにないので、私は途中で席を立った。部屋を見回して、坂本さんの姿を探したが見当たらない。

この間の朝一緒になって以来、彼女の私へのよそよそしい態度が気になっていたので、話をしてみたかったのに。

坂本さんと同じ、管理部門の女の子を見つけたので聞いてみた。

「坂本さんは、今日は来てないの？」

管理部門の女の子は、隣に座っていた経理の女の子と顔を見合わせて、にやっと笑った。

「樋口《ひぐち》課長と会ってるんじゃないですか？」

「絶対そうよ。バレバレだよね」

営業課の樋口課長は、タニハピ事務室で大原さんと並ぶ二本柱の人だ。四十代半ばだけれど若々しくて仕事もできる。でも、確か奥さんも子供もいたはずだ。

「付き合ってるの？」課長と坂本さん」

聞くと、また二人は顔を見合わせて笑った。

「少し前からそうみたいですよ。坂本さん急に付き合い悪くなったし。二人でよく廊下でコソコソ話してるし」

管理部門の子は、意地悪そうに言った。普段は一番坂本さんと仲良くしている子なのに。

この間の朝、「朝帰りなの？」と聞いたあとから、坂本さんが苛立《いらだ》っていたのは、そういうわけか。察して気を遣って欲しかったらしい。でも私は課長と付き合ってるなんて知らなかったんだから、仕方がない。

「隠せるわけなんてないのにね」

やないですか？」

「だよね。ねえ小山さんって、潔癖そうだから、不倫なんて有り得ない！　ってタイプじゃないですか？」

二人は私の顔を見た。

「よくないことだとは思うけど。好きになるのは不可抗力だから、仕方ないときもあるんじゃない」

私は経験はないけれど、高校のときの友達が、数年前に不倫で悩んでいた。すごく真面目な子で、奥さんに悪いと思いながら、でも相手の男の人のことが好きで仕方ないと、苦しそうだった。

「意外。小山さんは絶対反対派だと思った」「でもさ、課長って見た目はいいけど、いかにも遊び慣れてるのは見ればわかるのにね。きっとすぐ捨てられるよ、坂本さん」

「だよね。カッコいいけど、いい加減そうだもんね。なんで引っかかっちゃったんだか」

そんなことを言ったあと、二人は楽しそうに笑い声を上げた。気分が悪い。

「その人のいいところなんて、好きになった人にしかわからないんじゃないの？　坂本さんは課長の良さがわかってるから付き合ってるんでしょ。無関係の人がとやかく言うことじゃないんじゃないかな」

そう言うと、さっきまで盛り上がっていた二人が顔を引きつらせて、固まった。

「まあね、確かに課長は遊んでそうだけどね。でも仕事はできるし、話は面白いし。好きになるのもわかんないでもないわ」

少し離れた席にいたはずなのに話を聞いていたのか、大原さんがそんなことを言いながら、こちらにやって来た。自分の取り皿を持って、「ここの鍋、まだ具残ってる。もらっちゃおう」とはしゃぎながら、私の向かいに座って、鍋に箸《はし》を入れる。

「私も課長に口説かれたら落ちちゃうかも。なんて、こんなこと言ったらダンナに捨てられちゃうかな。バツ二は痛いよねぇ」

しばらく固まっていた二人が、「そうですよ」「年下の旦那様《だんな》、逃げちゃいますよ」と、やっと笑いながら口を開いた。

「そうよねえ。がっつり摑《つか》まえておかないとね。今度は」

大原さんはバツ一であることを、よく自分でネタにしている。二人はまた楽しそうな笑い声をあげた。私も笑った。

一通り、笑いが収まったときだった。

「前から聞きたかったんですけど。小山さんって、川野さんといい感じなんですか？」

経理の女の子が、そんなことを聞いてきた。

「川野さんと？　たまに食事に誘ってくれたりはするけど、別にそんなんじゃないけど」

「えー、でも食事には行くんですよね。どんなお店ですか？　デートっぽいところ？」

「デートっぽい店ってどんなの？　前はイタリアンのお店に連れてってくれたけど。川野さんの、妹さんの婚約者がそこに勤めてて」

そこまで言うと、二人は「きゃあ」と甲高い声を上げた。

「やっぱりそういうことじゃないんですか？　身内関係の人がいる店に小山さんのこと連れてくって。紹介されたんですか？」

「妹さんの婚約者が川野さんに挨拶《あいさつ》してたから、私もついでに挨拶させてもらったけど。会社の同僚って言われただけよ」

「えー、でも川野さんはそういうつもりなんじゃないですか？」

二人は同時に笑い声を上げた。私が笑われているようで、不愉快だった。

「そんなことないんじゃない？　だって、私、彼氏いるし」

だから、つい勢いよくそんなことを言ってしまった。また「きゃあ」と騒がれるかとすぐに後悔したけれど、そんなことにはならなかった。二人はまた固まっていた。

「彼氏いるんですか、小山さん」

管理部門の子が、真顔で私の顔を覗《のぞ》き込む。

「遠距離だけどね。私、異動になったから」

「ああ、関西支店の頃の人なんですか？」

「そう。最近はなかなか会えないけど」

私の返事を聞いて、二人は何故か隣の大原さんの顔を見た。あとを託すかのように。

「川野君、それ知ってるの？」

大原さんが、ゆっくりとした口調で私に聞いた。

「知らないと思いますけど。言ってないし」

「……ふーん」

変な沈黙が流れた。なんだって言うのだ。

「すいません、そろそろお時間なんで。幹事さん、お会計を」

店員のお兄さんが、その沈黙を助けてくれた。時間制で予約していたらしい。一番隅の席に座っていた酒井さんが、「はーい」と手を挙げた。

「お兄さん、お会計、こっちでーす」

お兄さんが酒井さんのほうに移動しはじめたのと同時に、大原さんが立ち上がった。そしてみんなに向かって、大きな声で言った。

「今回、会計は酒井さんに任せたから。みんな、明後日《あさって》までにお釣りがないように酒井さんに渡してね」

店員さんにお札を数えながら渡していた酒井さんは、それを聞いて一瞬妙な顔をした。でもすぐに大原さんと同じように、みんなに向かって声を張り上げた。

「そうそう今回会計係は、私でーす」

一昨日《おととい》の記憶が、私の頭の中をゆっくりと巡った。昼休みの休憩室での、原田君と川野さんと北川さんの会話。北川さんが、あのあと大原さんにメールを送っていたこと。事務室で大原さんが私を誘ったとき、酒井さんと目が合ったのに、すぐに逸《そ》らされたこと。

「おいしかったねー」

「ねー。来月はなにがいいかな」

どこかから、そんな会話が聞こえてきた。

記憶とその会話が、ストンと頭の中のどこかに落ち着いた。

帰りは、大原さんと同じ電車に乗ることにした。いつもの路線より駅から少し歩くことになるけれど、わざと合わせた。大原さんと話がしたかった。

私は今日はコートを着ているけれど、大原さんは薄いニットカーディガンを羽織っているだけで、駅のホームで寒そうに体を縮こませていた。私はそんな大原さんに、思い切って訊《たず》ねた。

「本当は幹事は酒井さんだったんですか？　それと、本当は毎月やってるんですか？」

「……なんで？」

大原さんは、向こう側のホームに目をやったまま、ゆっくりと聞いた。私は休憩室での北川さんたちの会話や、さっき聞こえた「来月はなにがいい」という言葉について説明をした。大原さんは、黙って聞いていた。

「私、なんでもはっきり言うから、みんなにひかれちゃうときあるんですよね。さっきの、課長と坂本さんの話のときも、あの二人固まっちゃったし。そういうので、今まで呼ばれてなかったんですね。原田君は知らなくて、北川さんが気が付いて、気を遣ってくれて」

「私は女子会の幹事はやらないから、はっきり知らないけど。毎月、順番に幹事まわしてるみたいよ、あの子たち。好きにさせてるわ、あの子たちが始めたことだから。呼ばれたらお邪魔してるけど、いつか私も呼ばれないときがくるかもしれないなぁって思ってる」

電車が、音を立ててホームに入ってきた。風がひゅっと吹いて、冷気が体を襲う。大原さんは背中を丸くして、また体を縮こませた。私は逆に、背中を張った。体中に力を入れた。

電車の扉付近に、二人で乗り込んだ。大原さんの横顔に聞いてみた。

「坂本さんはいつもは来てるんですか？　今回はわざと呼ばなかったんですか？」

電車がゆっくりと動き出す。夜の街も、ゆっくりと動き出す。

「だから、知らない。呼ばなかったのか、来なかったのか」

「どっちにしても、坂本さんがいないから、今日はああやって坂本さんの悪口言って、私がいないときはきっと私の悪口言ってて、で、例えば大原さんがいないときは、大原さんの悪口言って……。そういうことですよね」

「そうだろうね。小山さんは、毛嫌いしそうね、そういうの」

大原さんは私のほうを見た。笑っていた。どうして笑うのだろう、こんなときに。

「ええ、嫌いです。大嫌い」

強く言い切って、私は大原さんから顔を背けた。大原さんは、今度は「ふふっ」と声を出してまで笑った。

「小山さんの、そういうはっきりしたところとか裏表のないところ、私は好きよ。でもあの子たちの、人の悪口を裏で言うとか、そういうところも嫌いじゃない、むしろ好き」

「なんですか、それ。矛盾してますよ」

「だって楽しいじゃない、人の陰口とか噂話。私も大好き。普通でしょ、それぐらいの汚れ方。それに、いつ自分が言われる側にまわるか分からないことだって、ちゃんと知った上でやってるのよ、あの子たち。だから、それぐらいいいじゃない。みんなストレス抱えて生活してるんだから」

「私は嫌いです。そういうの」

さっきよりも更に強い口調になった。

「関西支店の奥村《おくむら》課長にも、そうやって、真っ直ぐなこと意見したの？」

動揺した。次の言葉が出てこなかった。

「知ってたんですか？」

やっと絞り出した声は、情けないぐらい弱々しかった。

「短大出てから、ずっとこの会社にいるのよ、私。もう十六年も。嫌でも情報通になるわよ。嫌でもお局《つぼね》様だし、お母さん役だし、寮母さん役だしね」

関西支店のときの私の上司だった奥村課長は、典型的な私の嫌いなタイプだった。部下には自分の上司のグチをこぼして八つ当たりして、上司には、普段は言っている悪口などおくびにも出さず機嫌を取る。上司がいなくなると、また私たち部下にグチを言う。あまりに酷《ひど》いから、一度言ってしまったのだ。

「そう思ってらっしゃるなら、私たちじゃなく直接部長に仰《おっしゃ》ったらどうですか？　ここでグチってても、なんの前進もしませんよ」と。

向こうもずっと私を煙たがっていたのは、わかっていた。だから次の異動の時期には、違う部署への異動希望を出そうかと思っていたぐらいだ。でもその前に、希望がかなった。ただし関西支店の違う部署ではなく、東京本社経営のタイニー・タイニー・ハッピーに。しかも未経験の売り場担当。寛人とも離れてしまった。

でも泣き言は言いたくない。私が課長に言ったことは、絶対に正しい。間違っていなかった。今でもそう思っている。

「嫌いじゃないってば。小山さんのそういうところ。でも川野君に、彼氏いること言ってないのは、ちょっとどうかと思うな」

大原さんが、急に川野さんの名前を出すからびっくりした。

「あの子、好きでしょ、小山さんのこと。で、誘われたら行くんでしょ、小山さんも。それなのに、彼氏のこと言ってないのはどうよ」

なぜ急に、課長との話から川野さんの話になったのかわからない。

「だって別に好きとか、付き合ってくれとか言われてないですし」

キスされそうになったことが、一瞬頭をよぎった。でもあれは違う。川野さんも私も酔っていた。

「中学生じゃないんだからさ。好きになったら、すぐ告白、付き合ってください、ってこともないでしょうに。タイミングとかあるし、見てればわかるでしょう。自分が好かれてることぐらい」

「……好かれてませんよ」

「そう？　一昨日、昼休みのあと、酒井さんだけじゃなくて、女の子たちみんなに川野君が怒っちゃって大変だったのよ。『なんで今まで、小山さんだけのけものにしてたんだ。子供かよ』ってね。職場で本気で怒っちゃって、あんたも子供よって話なんだけど、まったく」

休憩室で、顔を強張《こわば》らせていた川野さんを思い出した。どうしていいかわからない。

「大人ってさ、そういう駆け引きとかずるいところとかないとやっていけないじゃない？私は、だから嫌いじゃない、うちの女の子たちのこと。きつい言い方になるけど、上司に言ってもいいことかどうか見極められなかったり、自分のことこの人は好きかどうかとか、この歳になってわからなかったり。そういう人の方が社会性には欠けると思うな。理屈では、確かにそっちの方が正しいんだけどね」

前に、同じようなことを誰かに言われた気がした。北川さんだ。みんなの前で川野さんに謝ってしまったあと。コーヒーショップに向かった私を、北川さんが追いかけてきて、

「正しくても、それが正解じゃないときもある。大人の世界では」

そんなようなことを言われた。

本当にどうしたらいいのか、なんて言ったらいいのかわからなかった。お酒なんてそれほど飲んでいないはずなのに、頭の中が揺れているような感覚に襲われた。

「ごめん、言い過ぎたかな。川野君のことも好きだからさ、私。ちょっと可哀相になっちゃって。何度も言うけど、小山さんのことも好きなんだからね」

車内に次の駅名を告げるアナウンスが流れた。手すりにもたれていた大原さんが、体を起こす。次で降りるらしい。

「川野さんが怒ったのを抑えたのも、大原さんなんですか？」

やっとの思いで、私はそれだけ聞いた。

「だってそういう役目でしょ、私。寮母さんだもん。おやすみなさい。酒井さんにお金、忘れず渡しておいてね」

電車が停まって、大原さんは笑顔で降りて行った。

私の目の前で、また夜の街がゆっくりと動き出した。

部屋に帰って、服のままベッドに横になった。木目の天井を見ながら、ここ数日間の出来事について考えた。川野さんや北川さんの取ってくれた行動。女子会での女の子たちとの会話。姉や大原さんから言われたこと。

頭が割れそうに痛くなってきた。風邪でもひいただろうか。今日はちゃんとコートを着ていったのに。明日《あした》が休みで助かった。

携帯の着信音で、目が覚めた。電話は姉からだった。出るときに時間を見たら、もう昼近くになっていた。

「もしもし?」

　まだ頭が痛い。日差しが眩《まぶ》しくて、目を伏せた。もったいない。こんな天気がいい日に昼まで寝てしまった。

「理恵、ごめん」

　電話の向こうで、姉は低い声でいきなりそんなことを言った。

「なにが?」

「私ね、この間あんたに話せなかったんだけど、ちょっと今おかしいんだ。いっぱいいっぱいなの。それで、あんたのことも放っておけなくて、つい。でも、どう考えても余計なことしちゃった。本当にごめん」

「なに? なんなの?」

　訳がわからなくて、苛立《いらだ》つ。

「昨日、寛人君に電話してみたの。理恵のこと、どういうつもりなのって言ってやろうと思って。携帯にかけたら、鳴るけど出てくれないから、自宅にもかけたの。そうしたら」

「……そうしたら?」

「女の人が出た。びっくりして、すぐ切っちゃったから、事情はわかんないんだけど。ごめん、理恵」

　頭がまた、割れそうに痛んだ。さっきは眩しかった日差しが、今は鬱陶《うっとう》しく思えた。どうしてこんなに天気がいいの、今日は。

「お姉ちゃん、ごめん。私、昨日から頭が痛いの。今日は寝かせて。また連絡する」

そう言って電話を切りかけてから、ふと気が付いた。

「ねえ、いっぱいいっぱいとか、今おかしいとかって、なに？　この間しようとしてた話って、なんだったの？　なにがあったの？」

電話の向こうで、姉はしばらく黙った。私も黙って、姉が喋《しゃべ》り出すのを待った。やがて姉は、押し殺したような声で言った。

「康弘《やすひろ》と別れたの。二週間ぐらい前」

「は？……え？」

康弘さんは姉の彼氏だ。もう五年以上も付き合っている。私も両親も、何度も会っている。「早く結婚してくれないかしらね」と、母親は実家に帰るたびに私に言っている。

「別れたっていうか、振られたっていうか」

絶句している私に、姉は続ける。

「他に好きな人がいるって。その人のお腹に自分の子供がいるって。だから、結婚するんだって」

「ごめん、寝かせて。また連絡する」

申し訳ないとは思いつつも、一方的に電話を切った。昨夜の服のまま、化粧もしたままだったので、シャワーを浴びてパジャマに着替えた。それから食欲はなかったけれど、パンを無理矢理お腹に入れて、頭痛薬を飲んだ。とにかくこの割れるような痛みを、なんとかしたい。

ベッドに入って、しばらくまた天井を眺めていたけれど、落ち着かなかった。何度も携帯が鳴った。全部姉からのメールで、「ごめん」とか「大丈夫？」とか「どうするの？」といった内容だった。

「そっちこそどうするのよ」と、メールを読みながら呟《つぶや》いた。でももう、どうしようもないのか。新しい恋人に子供までいるなら、姉の入り込む余地は既になさそうだ。私はどうなんだろう。私も、もうどうしようもないのだろうか。

姉にメールは返さなかった。返せなかった。

そのうちに薬が効いてきたのか、あれだけ寝たのに、また眠気が襲ってきた。

次に起きたのは、夕方だった。また携帯の着信音で目が覚めた。開けっ放しになっていたカーテンの向こうが薄暗くなっていた。日が差し込んでこないことに、何故だか私はホッとした。

「もしもし」

電話は寛人からだった。

「理恵？　この間、電話くれてたよな。ごめん、着信に気が付いたのが遅くて」

寛人の声が聞こえてきた。なんだかすごく遠くから響いてくるようだった。

「つながる前に切ったつもりだったんだけど、着信残ってた？　ごめん」

私は言った。「いや、こっちこそ」と寛人が呟く。やっぱり声が遠い。

「昨日、自宅の電話に無言電話がなかった？　出たの、寛人じゃないと思うけど」

かなりの沈黙があった。

「理恵だったの？」

「私じゃない。お姉ちゃん」

「友理《ゆり》先輩……、ああ、そうか携帯にも着信あったな。そっか。先輩か」

以前と変わらない、寛人の柔らかい声が聞こえる。でも遠い。すごく遠い。

「彼女？」

「まだ、違う」

まだ。まだ。まだ。何度もその二文字が、頭の中でリフレインした。

「理恵にはちゃんと言わなきゃって思ってたんだけど。でもまだ彼女じゃないのに言うのもとか、いや、ちゃんと彼女になる前に言わないととか、よくわかんなくなっちゃってた。ごめん」

どうしてそんなことを、正直にはっきりと説明するのだろう。もっと違う言葉で取り繕うとか——。ああ、そうか。私のせいか。私が今まで、寛人に本音を言わないことを怒り続けてきたからか。

「ねえ、寛人。私、風邪ひいてるのかな？　頭がすごく痛くて。寝たいの。切っていい？　ただ、一つだけ聞かせて」

本当はもう大して頭痛はしなかった。でも、電話を切りたかった。

「うん。なに？」

「フェードアウトしようとしてた？　私から」

「できたら楽かな、と思っちゃってるところはあった。正直に言うと」

よくわかった。これだ。大原さんや北川さんが言っていたこと。正直に、本当のことを真っ直ぐに言われると、たとえそれが真実でも、人はこんなに傷つく。よくわかった。

フェードアウトできたらなんて思わずに、きっちりと新しい恋人ができたことを話してくれたらよかったのに。そう一瞬思いかけたけれど、寛人がそうしなかった理由には、すぐに気が付いたから言わなかった。寛人はキャパシティの大きい人じゃない。もう寛人にとって、一番に「その人のために」と考えなければいけない相手は、私じゃなくなったということだ。

「わかった。ありがとう」

そう言って、一方的に私は電話を切った。

次の日のコーヒーショップのレジは、丸顔の女の子のほうだった。「お召し上がりですか？」と聞かれたので、「はい」と答える。この子は仕事ができるので、私がいつも「お召し上がり」なことを覚えている。「持ち帰り」のほうの選択肢は訊《たず》ねない。

「ツリーの模様替えらしいですよ、今日は」

コーヒーとサンドイッチを待っているとき、いきなり彼女にそう話しかけられて、びっくりした。

「ああ、ツリーの。そうなんですか」

中央フロアに面している窓のほうに目をやった。まだタニハピは開館していないので薄暗いが、枝にかけられている橙《だいだい》や茶色の葉っぱや、ツリーの根元に敷かれた琥珀《こはく》色はちゃんと見える。

「次はどんなのになるんでしょうね」

女の子が笑った。私も愛想笑いを返した。シンボルツリーのデザインは、川野さんの仕事だ。模様替えのときにも立ち会うと聞いたことがある。

いつもより、ゆっくり時間をかけてコーヒーを飲んだ。飲み終わっても、なかなか体も気持ちも立ち上がらない。

携帯を取った。事務室の番号を呼び出す。今の時間なら、まだ大原さんしか出勤していないはずだ。

案の定、電話に出たのは大原さんだった。

「小山です」

「あら、今日は遅いなと思ってたの。どうしたの？」

「あの、有休って、後からでも申請できるでしょうか。私、使ったことなくて」

早口で喋った。「え？」と、大原さんが聞き返す。

「今日、休みたいんです。どうしても行きたいところがあって。後から、有休にしてもらうことってできるでしょうか」

今日は水曜日だ。不動産会社の寛人は休みである。

「どこかに出かけるための休暇なら、そりゃ先に申請だけど。ねえ、熱でもあるとか言って休んで、後から申請すればいいじゃない。病欠のときは仕方ないから、後からでも」

なるほど。思いつかなかった。「ああ」と言うと、「ふっ」と大原さんは鼻で笑った。

「そういう手、使ったことないの？　ズル休みとか仮病とか」

「ないです」

「人生で一回も？　会社だけじゃなくて、学校でも？」

「ええ、ないです」

「小山さんらしいね。いいわよ。この間言い過ぎたお詫《わ》びに協力してあげる。熱で休むって電話があったってことにしておくわ。どこ行くのか知らないけど」

「ありがとうございます。あ、それと。酒井さんに謝っておいてください。女子会のお金、明日《あした》必ず払いますからって」

大原さんは一瞬黙ったあと、「わかった。じゃあお大事に」と笑いながら言った。

電話を切って、急いで店を出た。女の子が「ありがとうございました」と、感じのよい声で送り出してくれた。

自分が住んでいた部屋のインターホンを押すというのも、おかしな感じだ。ちょっと指が震えてしまった。押してしまってから、「まだ彼女じゃない人」がいたらどうしようと思ったけれど、もう遅い。

「はい」と、寛人の声がインターホンから聞こえてきた。直後、「理恵？」と驚いている声。カメラが付いているから、向こうは私の顔が見えている。

ドアが開いて、部屋着の寛人が現れた。私がここに住んでいたときから、自分用に常に置いていた部屋着だ。もういい加減よれよれになっている。新しいのを買えばいいのに。

「どうしたの？　びっくりした」

「言いたいことがあったから、来たの」

「来たって、いつから？　え、仕事は？」

寛人は動揺していた。でも部屋の中を気にしている様子はない。「まだ彼女じゃない人」はいないらしい。

「今朝、新幹線で。仕事は休んだ」

「いきなりなことするなぁ、相変わらず」

俯《うつむ》き加減になって、寛人は髪をくしゃくしゃっと触った。私とケンカしたときにも、いつもしていた仕草だ。

「昨日の電話のあとは、私もこのままフェードアウトでもいいかもって少し思ったんだけど。今朝、やっぱり嫌だなって思い返して。だから、お別れを言いに来ました」

姿勢を正して、寛人に真っ直ぐに向き合って、私は言った。寛人は黙っている。

「お別れしましょう。今までありがとう」

困っている寛人の顔の向こうに、見慣れた壁、見慣れた天井が見えた。感慨に浸るのが嫌で、私は「じゃあ」と言って、勢いよくドアを閉めた。

歩き出しながら、考えた。あの部屋の天井と壁。白くてよく見ると細かい斜線が入っていて、好きじゃなかった。じっと見ていると、斜線が小さな虫が沢山並んでいるように見えてきて、気持ち悪かった。ただ、長く住んでいたから、慣れてしまっていただけ。違和感がそのまま不快感につながるとは限らない。今の部屋の木目の方が私、本当は好きなんじゃないか。

そう思い出したら、そう思えるような気がしてきた。大丈夫だ。私は今の部屋で、この十ヶ月間、頑張ってきた。これからだって頑張れる。

大通りに出た。真上からの太陽の光に目を細める。今日は天気がいい。気持ちがいい。

タニハピに戻り、回転扉のガラスに顔を寄せて、中を覗《のぞ》いた。作業服を着た、業者の職人さんらしき人が、私に気が付いて妙な顔をする。そして、近くにいたスーツ姿の背の高い男性に話しかけに行った。川野さんだ。隣には北川さんもいる。

川野さんと北川さんが、扉の鍵《かぎ》を開けにきてくれた。「ありがとうございます」と言って中に入った。「どうしたの」「風邪じゃなかったの？」と、二人は不思議そうな顔をして、私を見る。

「いえ、今日はズル休みだったんです」

私は言った。この二人になら言ってもいいだろうと思った。二人は顔を見合わせている。

「卒業旅行、してきました。人生で初めて」

寛人と別れて、新大阪の駅に向かう途中、旅行代理店の前で「卒業旅行」と書かれたポスターを目にした。まだ昼になったところだったので、せっかく休みを取ったんだからと、すぐに東京に戻るのは止めて、大阪観光をすることにした。住んでいたときも、忙しさからゆっくり観光をしたことはなかった。

卒業旅行は初めてだった。大学を卒業するとき、ゼミで一緒だった女の子二人と行こうという話が出たけれど、免税店でブランド物を安く買う計画が目的の旅行で、私だけ行くのを止めた。

「そんなことにお金使う意味がわからない」

そんなようなことを言った。あのときも固まったっけ、二人とも。彼女たちとは、卒業してからだんだんと付き合いが薄れていって、今はもう、どこでなにをしているのかも知らない状態だ。自然に付き合いがなくなったと思っていたけれど、もしかして向こうは故意的だったかもしれない。

「それで、帰り道で今日ツリーの模様替えだったってこと思い出して。旅行の締めに見たいなって思ったんです。見学させてもらっていいですか？」

川野さんの顔を見上げて聞いた。

「いいけど」と川野さんは、まだ不思議そうな顔をしながら呟《つぶや》いて、それから突然「ぶっ」と吹き出して、笑い出した。それが合図だったかのように、隣で北川さんも笑い出す。なにかおかしなことを言っただろうか。

川野さんは作業に戻っていった。北川さんと私は、邪魔にならないようにコーヒーショップの壁にもたれて見学した。北川さんも、「一度、模様替え作業が見てみたくて」と、今日は見学に来たという。

ツリーは、葉っぱや、根元の琥珀《こはく》色のゼリー状だったものが剝《は》がされて、丸裸の状態だった。なにも飾りがない状態のツリーを初めて見たけれど、これはこれでカッコいい。すっくとした、堂々たる佇《たたず》まい。つられて、私の背筋もぴんと伸びた。

「どんなのになるんでしょうね」

隣の北川さんに言うと、「うん」と北川さんは嬉《うれ》しそうに頷《うなず》いた。

「時期的にクリスマス仕様だろうね。でも川野のことだから、単純にサンタや靴下ぶらさげるだけってことはないだろうな」

職人さんたちにてきぱきと指示を出す、川野さんの姿を見つめた。帰りの新幹線では、ずっと川野さんのことを考えていた。

「あの子、好きでしょ、小山さんのこと」

大原さんに言われたことを、思い出しながら。でも好きだとか、付き合ってくれとかは言われていない。

そして私は、どうなんだろう。好きなんだろうか、川野さんのこと。

考えて、出した結論は「まあ、いいか」だ。タイミングとか、駆け引きとか。そういうのを楽しんでみるのもありなのかもしれない。だんだん川野さんにフェードインするということも、きっと許されるのだろう、大人の世界では。

今度、同僚の女の子たちに「大原さんって怖いよね」とか、おしゃべり好きのお客さんのグチなんかを話してみようか。悪口ではなくて、世間話として。少しは彼女たちの輪に入れるかもしれないし、それぐらいの力の抜き方をしたほうが、私もここでの生活を楽しめるのかもしれない。

職人さんたちが、ツリーの幹にはしごをかけた。上のほうで、葉がさわさわっと揺れた。その様子は少し、女の子たちが楽しそうに笑い声を上げるのに似ていた。

チャコールグレイ

意識のどこか遠くのほうで聞こえていた人の話し声が、突然音楽に変わった。なんだろうと思っていたら、次の瞬間、見るともなしに見ていたベージュの壁が突然揺れた。めまいを起こしたのかと思ったが、すぐに違うと気がついた。メガネを外されたのだ。

「なにするの、急に」

メガネを外した犯人、笑ちゃんの顔が目の前にあった。目が四つ、いや三つに見える。メガネがないとなにも見えないというほど視力は悪くないのだが、乱視が少し入っているので、焦点を合わすまでに時間がかかる。

「メガネしたまま寝てたら、壊しちゃうよ。メガネ屋さんがメガネ壊しちゃダメでしょ」

やっと笑ちゃんの目が二つに戻った。

「寝てないよ」

ソファから上体を起こしながら言った。本当にまだかろうじて寝てはいなかったが、寝そべったまましばらく会話をしていなかったので、ちょっと後ろめたい。

テレビとソファの間のローテーブルの上に、みかんの入ったカゴと、俺のメガネが置かれていた。

「メガネないと、テレビ見えないよ」

手を伸ばしながら言うと、カーペットに座ってみかんの皮を剝《む》いていた笑ちゃんが、手を止めた。

「テレビ、見てなかったでしょ。チャンネル替えても気付かなかったもん、純一君」

さっきの、話し声が音楽に変わったのは、チャンネルを替えたからだったらしい。

「みかん、ちょうだい。俺にも」

言い訳ができなくなって、笑ちゃんの背中を後ろから抱きしめながら、テーブルのみかんに手を伸ばした。

「いやだ、くすぐったい」

笑ちゃんは体をよじらせた。首筋のあたりに顔を持っていったから、息でもかかったか。いやだと言いながら、嬉しそうだ。かわいいな、と思う。俺も並んでカーペットに座った。ついでにさりげなくメガネもはめた。

「私はこれで最後にしよう。三つも食べちゃった。みかんだって、カロリーないわけじゃないもんね」

みかんの筋を剝きながら、笑ちゃんが言う。以前は俺の家に泊まりにくるときは、お菓子かおつまみを必ず持参してきた笑ちゃんだが、夏にマンゴを持ってきて以来、お土産は果物が定番になった。「太ったから」というのが一番の理由だ。

「そんなに太った？　全然わからないけど」

みかんを一房、口の中に放り込んだ。俺は面倒くさいから筋剝きはしない。

「太ったよ。下っ腹なんてつかめちゃうもん。服着てるとわからないかもしれないけど」

「服着てない笑ちゃん、俺知ってるけど。別に太ったって思わないけどな」

別にいやらしい意味を持たせたつもりはなかったのだが、笑ちゃんは顔を赤くした。

「そういうときって、細かいところまで見てないでしょ。暗いし」

「細かいところまで見てない、うん、そうかな。……でも、そういうときに細かいところまで見てるほうがいやらしくない？」

つられてこっちまで照れてしまう。

「とにかく、そんなに太ったって思わないから。無理に痩《や》せたりするのはよくないと思うよ」

話の方向を変えた。

「うん、それはそうだね。体にも悪いし。健康的に痩せられるといいんだけどな。加奈子みたいにウエストきゅっとさせて、腹筋にも少しぐらい筋入れたいな」

加奈子ちゃんは、笑ちゃんの高校時代からの親友だ。俺も一緒に家にお邪魔して、三人で鍋《なべ》を食べたこともある。夏のマンゴも、加奈子ちゃん家からのお裾《すそ》分《わ》けだった。きりっとした顔立ちで、ちょっと宝塚の男役みたいな印象の子だ。確かに体つきも、健康的に締まっていたかもしれない。

「うん、でもほどほどがいいと思うよ。もともとの骨格もあるだろうし」

柔らかめに、俺はダイエットはあまり勧めないということを伝えておいた。加奈子ちゃんは確かに雰囲気があって魅力的な子ではあるけれど、俺は女の子は少しぽっちゃりしているぐらいのほうがかわいいと思うし、そのほうが笑ちゃんのキャラにも合っている。少なくても、腹筋に筋は入れて欲しくない。

「さ、もう寝ようか」

笑ちゃんがみかんの最後の一房を食べ終わるのを見届けて、立ち上がった。ベッドに移動する。

ベッドに入るなり、「おやすみなさい」と笑ちゃんは俺に背中を向けて睡眠態勢に入ってしまった。体を引っ付けてみたけれど、反応しない。付き合ってそろそろ一年になるので、確かに最近は会うたびに必ずするということもないけれど、さっきの会話の余韻で、俺のほうはすっかりそういう気分になってしまっていた。

仕方がないので、笑ちゃんと反対方向に寝返りを打って、俺も睡眠態勢に入った。しかし、なかなか寝付けなかった。何度か寝返りを繰り返し、最終的に仰向けになって、意味もなく暗い天井を眺めてみた。

北ちゃんはもう寝ただろうか。気が付いたら、そんなことを考えていた。寝付けない日の俺はいつもこうだ。

北ちゃんは、職場の同僚である。年齢と社歴は俺より一つ上だけれど、今の店舗、タイニー・タイニー・ハッピーでの勤務は、俺のほうが一年先輩だ。

北ちゃんがうちの店舗に入ってきて、同僚として仲良くなって、自分は彼女に好意を持っているということをしっかりと自覚したあとに、既婚者であることを知った。大学生だと言われても信じてしまいそうな童顔に、華奢《きゃしゃ》な体つき。主婦の生活感など全く出ていなかったので、独身だと信じて疑いもしなかった。

でも、「結婚してるんだ。じゃあいいや」と、あっさり興味を失くせるほど俺は器用ではなく、かと言って、人妻を堂々と口説いたり誘ったりできるような勇気もなく。結果、好意は持ち続けたまま、でもなにもせず仲のよい同僚として接しているという状態が、もう二年以上も続いている。いい歳して片思いだなんて、我ながらちょっとどうかと思う。

隣で笑ちゃんが、「こほっ」と咳《せき》をした。飛び上がりそうなぐらい驚いた。そして、激しい罪悪感に駆られた。

笑ちゃんとは、一年ぐらい前から付き合っている。北ちゃんへの不毛な想いを、そろそろなんとかしないとと思っていたところに笑ちゃんが近付いてきてくれたので、言い方は悪いが、利用させてもらうことにした。優しくていい子だし、きっと楽しく付き合えて、北ちゃんへの想いはそのうち薄れていくだろうと思った。

でもダメだった。いや、笑ちゃんのことはちゃんと「好き」だと思うのだが、そう思うようになったことで、北ちゃんへの気持ちが薄れるということはなかった。その二つはまったくの別問題だったというか、心の中の置き場所が違ったというか。

それでは笑ちゃんに申し訳ないので、本当のことを告白しようと考えたこともある。でも、どうしてかはわからないけれど、笑ちゃんがあまりに俺のことを好いてくれていることをわかっていたので、できなかった。きっと笑ちゃんはそれでもいいと、それでも俺と別れたくないと言うだろう。だとしたらその告白は、俺のためにしかならない。無駄に笑ちゃんを傷つけて、自分は「きちんと懺悔《ざんげ》した」とすっきり自己満足するためだけのものになってしまう。「別れたい」と言っても同じことだろうし、笑ちゃんを嫌いなわけではないから、別れたい理由を説明もできない。

そんなわけで結局なにもできず、今もこうやって付き合っている。

自分のことを、最低だとは思う。特に今日みたいに、笑ちゃんと一緒にいるのに北ちゃんのことを考えてしまうような日は。

天井に向かって溜《た》め息《いき》を吐く。それから強く目を閉じた。もう眠ってしまえ。

次の日は二人とも休みだったので、昼近くになってから起きだした。

「どこか出かけない？」

着替えをしながら、笑ちゃんが言った。

「どこか行きたいところあった？」

めずらしく俺が日曜日に休みが取れたので、特になにも決めないまま、とりあえず昨日から会っていた。寒いし、家でダラダラすればいいかと思っていたけれど。

「特にはないけど……。でも、家にいるのももったいないかなぁって」

着替えを終えた笑ちゃんを見て、その意味を理解した。鮮やかな緑色のセーターを着ている。どう見てもよそ行きだ。

二人でしばらく考えたけれど、ことという場所は浮かんでこなかった。共通の趣味がない、というか、お互い取り立てて趣味自体がない俺たちのデートはいつも、テレビで紹介されたアミューズメント施設や、そのときかかっている話題の映画なんかだ。そして大抵、「ま、こんなもんか」という感想で帰ってくる。

とりあえず朝昼兼用で、近くの店にご飯を食べに行くことにした。笑ちゃんが化粧を終えるのを待ってから、出発した。俺は濃紺の、笑ちゃんは薄いグレーのコートを羽織る。

笑ちゃんの緑色のセーターは、コートを着たら見えなくなった。この冬は、いつもこの濃紺とグレーの組み合わせで、二人で歩いている。いや、この冬だけじゃない。一年前、付き合いはじめた頃もきっとそうだった。

「なんか、冬の間はいつも同じ格好で歩いてるよね、私たち」

店でコートを脱ぎながら、笑ちゃんが言った。

「俺もさっきまったく同じこと考えてた。でも笑ちゃんの今日のその中の服、いいよね。色がきれいだし、似合ってるよ」

「本当?」と、笑ちゃんは弾んだ声を出す。「加奈子が、この間一緒に買い物したときに勧めてくれたんだ。笑子は色白だから、こういう鮮やかな色も似合うんじゃない？って。ちょっと私には派手かと思ったんだけど、似合ってる？よかった、嬉《うれ》しい」

満面の笑顔になった笑ちゃんを見て、俺はちょっと苦笑いした。

女の子同士の友情が、普通どういうものなのかわからないけれど、笑ちゃんは、ちょっと加奈子ちゃんのことを好き過ぎ、憧《あこが》れ過ぎな気がしてしまう。崇拝しているというのは、さすがに大げさだろうか。でも、二言目にはいつも「加奈子が」「加奈子は」で、正直たまに辟易《へきえき》する。

仲のいい友達がいるのはいいことだと思うし、俺も加奈子ちゃんのことは、決して嫌いなわけではないのだけれど。

「俺はしばらく服買ってないな。特に行きたいところないなら、買い物はどう？　そろそろ春物も出てきてるし、冬服はバーゲンで安くなってるよね」

カレーライスにスプーンを入れながら、誘ってみた。

「冬服のバーゲンなんて、お正月でもう終わってるんじゃないの？」

笑ちゃんは、ハヤシライスをふうふう冷ましている。

「バーゲンのさらに売れ残りがとんでもなく安くなってると思うよ、今の時期は。タニハピの服屋もみんな、『冬物大処分』ってポスター貼ってあるし」

ショッピングセンター勤務なので、一応そういうことには詳しい。

「あ、タニハピに行くの？」

笑ちゃんは、口に運びかけていたスプーンを止めた。

「ん？　タニハピでもいいけど……。でも、服限定で見るなら、違うところのほうがいいかな、やっぱり」

俺はここから数駅のところにある、ファッションビルの名前を挙げてみた。休みの日にまで職場に行きたくないというのもあるけれど、彼女連れで行って、顔見知りの店員に見つかるのが面倒だ。

以前、妹がメガネを買うのに付き添って、笑ちゃんは俺の店にやって来たことがある。そのときは北ちゃんと笑ちゃんが鉢合わせてしまって、俺は一人でなんとも言えない気分になっていた。

「うん、そうだよね。そこにしよう。私はスプリングコート見ようかな」

笑ちゃんが、笑いながら頷《うなず》いた。なんだか、安心しているようにもがっかりしているようにも見える、それこそ「なんとも言えない」笑顔だった。

しかし、買い物は不発に終わった。

冬物はいくら安くても、今年のうちにあと何回着るかと考えると、買う決心がつかなかった。春物は、さすがに華やかな色合いの物が多くて、二人とも気後れしてしまった。

笑ちゃんは何度も店員に、「今着てらっしゃるのもお似合いですし、これもきっと似合いますよ」と明るい色のものを勧められていた。俺もその都度、「いいんじゃないの」と言ってあげたが、悩んだ末に結局どれも買わなかった。加奈子ちゃんの後押しがないとダメらしい。

春物でも、たまには紺色とかベージュとか、それほど思い切らなくても買えるものもあ

ったのだが、

「これなら、似たようなの持ってるかも」

「うん、俺も」

の繰り返しで、夕方まで合計三軒のファッションビルを歩き回ったというのに、二人とも収穫はなしだった。いや、収穫するべきものはあったかもしれないのに、自分たちが怖がって獲《と》らなかったと言うべきだろうか。

「映画でも行けばよかったね」

最後に入ったビルの一階に向かってエスカレーターを降りているときに、笑ちゃんが言った。確かに。休みが合うことなんてめずらしいのに、一日無駄にしてしまった。

「観たい映画あった？」

「ううん、別になかったんだけどね」

笑ちゃんは苦笑いする。

一階の入口付近のフロアにはツリーがあって、周りは沢山の人で溢《あふ》れかえっていた。既に一日人ごみにまみれて疲れていたので、今からあそこを通るのかと思ったら、うんざりした。

「タニハピのツリーのほうがカッコいいね」

はぐれないように、笑ちゃんと手をつなぎながらフロアを通り抜けようとしたときだった。ツリーを見上げながら、笑ちゃんが言った。

「ここは一階分の高さしかないからね。タニハピは三階まであるから、やっぱり迫力が違うんじゃない？」

「高さもだけど、飾りつけもタニハピのほうがオシャレ。これぐらいなら私でも考えられそう」

笑ちゃんが、いたずらっぽく笑う。ツリーには羽子板や凧《たこ》など、わかりやすく正月っぽいものが飾られていた。もう一月も終わるのに正月飾りというのも、確かにあまり気合が入っているとも思えない。

「タニハピのは凝ってるな、確かにいつも」

「だよね。この間までの、クリスマスバージョンのもよかったよね。絵本みたいで……」

笑ちゃんが言葉を途中で止めたのと、俺が笑ちゃんの顔を覗《のぞ》きこんでしまったのが同時だった。

「クリスマスの頃に来たの？　タニハピに」

笑ちゃんがタニハピに来たのは、俺は夏の妹の付き添いのときしか知らない。

「あ、うん。加奈子の家に行くときに、たまに寄る。ほら、通り道だから」

笑ちゃんは決まり悪そうに返事した。確実に俺のせいだった。さっきの俺の訊《たず》ねかたが、嫌な感じになってしまったから。どうして俺の職場に来てるの？　とでも責めるようなな。ショッピングセンターなんだから、買い物に来ていたってまったくおかしなことじゃないのに。

「タニハピのツリーのクリスマスバージョン、どんなんだったの？　俺、見逃しちゃったんだよね。東フロアの端っこしかウロウロしてないからさ、いつも」

変な感じになってしまった空気を戻そうと、俺は明るい声を作って訊ねた。本当はクリスマスバージョンは見ていた。昼ご飯をほぼ毎日西フロアのフードコートで食べているので、東から西に移動するとき、上からだけれどツリーは見える。

「えーっとね、ツリーの後ろに大きなスクリーンがあって、ツリーには雪が積もってて。それであちこちからツリーをライトで照らしてるから、スクリーンにはツリーの影がいっぱい映ってて、森みたいに見えるの。それで森の向こうにソリに乗ったサンタさんの影が見えて……。わかる？　ごめん、説明が下手で」

笑ちゃんの声は、まだちょっと緊張していた。さっきの空気を引きずっている。

「なんとなくわかったよ。へぇ、面白いね。見ればよかったな。来年は別のになっちゃうよなぁ、きっと」

頑張って、また明るい声で俺は返した。

駅前の安い居酒屋で夕食を済ませて、笑ちゃんとは別れた。一人の部屋に帰ってきて、とりあえずソファに横になった。一日中人ごみの中を歩き回ったことと、それなのになにも買わなかったということ、それから、笑ちゃんと気まずい空気になってしまったことで、肉体的にも精神的にも酷《ひど》く疲れていた。

シャワーを浴びて、もう一杯ビールでもひっかけて、さっさと寝るか。そう思ってソファから起き上がろうとしたときだった。バランスを崩して、床に落下してしまった。全身に鈍い痛みが走る。顔もテーブルの端に軽くぶつけた。

なにやってるんだか——。舌打ちをしながら、起き上がろうとしたそのとき。耳の辺りでパキッと妙な音がした。嫌な予感がする。

ゆっくり起き上がって、それからそっとメガネを外してみた。予感は的中していた。俺たちメガネ屋の人間は、テンプルと呼ぶ部分、耳にかける柄の、左側の方が、きれいに折れてしまっている。

「メガネ屋さんがメガネ壊しちゃダメでしょ」

笑ちゃんの言葉がよみがえった。昨日の今日で嘘だろう。

「マジかよ」

一人で声に出して呟《つぶや》いてしまった。折れてしまったメガネをそっと持って、改めて見る。ダメだ。これを売る仕事をしているのだから、はっきりとわかる。修理不能レベルだ。ボンドなどでなんとかなる折れ方でもない。

諦《あきら》めて、テーブルの上に壊れたメガネを置いた。

次の日は早番で、タニハピ開館と同時の出勤だった。バックヤードのロッカールームを出て店に向かう途中、前を歩いている北ちゃんを見つけた。

「おはよう」

声をかけると、「あージュンジュン、おはよう」と北ちゃんは振り返った。けれど、俺の顔を見た瞬間、驚いた顔をした。

「やだー知らないお兄さんがいる。どなたですか？　まだ開店前なので従業員以外は立ち入り禁止ですよ」

緑色の縁のメガネの奥で、目を細ませながら、北ちゃんは楽しそうに言った。そして言い終わった直後に笑い転げた。まったく。

「どうしたの？　壊した？」

「うん、テンプルがきれいに折れた」

「あらら。ジュンジュンって、見える派だっけ？」

うちの会社は規則で、売り場に立つ人間は必ずメガネをしなければいけないことになっている。だから実際は目が悪くない店員は伊達《だて》メガネをしていて、店員同士の間では、見える派、見えない派と呼んで区別している。

「まったく見えないってこともないんだけど、乱視だから焦点合わせるのに時間かかっちゃうんだよな。つい目細めちゃうから、目つき悪くなっちゃうんだ」

「大変だね。でも確かに、印象違う。メガネしてるほうが、柔らかく見えるね」

優しい北ちゃんは、言葉を選んでくれた。子供の頃から、確かに切れ長の目だとよく言われた。この言い回しでもまだいいほうだ。遠慮しない人ははっきりと、「目つきが悪い」なんて言う。

　店に到着した。早番は二人だから、俺たちしかいない。

「急いで新しいの作っちゃうよ。あるよね？　俺の使ってたやつの在庫」

　予想外の出費は痛いけれど仕方がない。社割も利くし。二人で在庫棚の前に移動した。

在庫管理は北ちゃんの仕事だ。

「同じのがいいの？　ちょっと待ってね。あれ、色はチャコールグレイだったよね？　ないなぁ。同じ型のはあるけど、違う色になっちゃう」

「え、本当に？　何色？」

「えーとね、残ってるのは、パステルブルー、サーモンピンク、ブライトイエロー」

　思わず苦笑いした。昨日、収穫を見合わせたような色ばかりだ。

「いや、それはちょっと買う勇気ないな。チャコールグレイ、発注したらどれぐらいで来るかな？」

　北ちゃんはパソコンを立ち上げて、物流センターの在庫を見てくれた。

「センターにも、もうないみたい。あれ、かなり古い型でしょう？　もう生産してないんだよ」

「本当に？　まいったな。フィットしてて使いやすかったし、あれがいいんだけど」

「確かにフィットしないと怖いよね。あれ、ジュンジュンに似合ってもいたしなぁ」

　北ちゃんが似合うと思ってくれていたなら、尚更《なおさら》あれがいいと思ってしまう。でもそれを抜きにしても、本当に。メガネを甘くみてはいけないのだ。フレームのカーブ具合がほんの少し違うだけで、その人の顔に似合う、似合わないは変わってくるし、フィットするかどうかはかなり慎重に見極めないと、頭痛や肩凝りを起こしたりもする。

「チャコールグレイじゃなくても、黒とかシルバーとか無難な辺りは？　残ってない？」

「無難って。お客さんの前でそれ言っちゃダメよ。スタンダードって言わないと。……ないね、うちと同じようなラインナップしか」

どうしようか。もう開店時間が近付いている。

「今日は店長休みだし、とりあえずそのまま仕事しちゃえば？　見えないわけじゃないんでしょ。手が空いたときに、ゆっくり気に入るの探しなよ」

北ちゃんはそう言って、開店準備に取り掛かった。そうするしかなさそうだ。お客さんの顔を目を細めて見ないように、気をつけなければいけない。


こんな日に限って、店はいつもより忙しかった。結局昼休みまで自分のメガネを選ぶことはできず、仕方なく新作のカタログを持って休憩に入った。今日も西フロアのフードコートに向かう。

途中で中央フロアのツリーを見下ろして、昨日の笑ちゃんへの罪悪感に駆られた。ツリーは、クリスマスの次の日から今のバージョンになっているが、笑ちゃんはもう見ただろうか。

鴨南蛮蕎麦《そば》を啜《すす》りながらカタログをめくっていたら、「お兄さん、ご一緒していいですか？」と、後ろから声をかけられた。ゆうちゃんだ。うちの店の斜め向かいの、イタリアンレストランのウェイトレスである。

俺の返事も聞かず、ゆうちゃんはさっさと向かいの席に回りこんできて、腰を下ろした。

しかし俺が顔を上げると、北ちゃん同様、驚いた顔をした。

「ごめんなさい、人違いでした。やだー知らないお兄さんだった」

そしてそんなことを言って、笑い転げる。長身で気の強いゆうちゃんと、小柄で穏やかな北ちゃん。外見の雰囲気も性格も全然違うが、こういうノリは同じだ。俺のジュンジュンという呼び名も、仲良くなりかけのときに「女子高生みたいなかわいいあだ名、考えようよ」と、二人できゃっきゃと笑い合いながらつけていた。

「壊したの？」

「うん、折っちゃった」

「へー、それで新しいの作るんだ」

ゆうちゃんが、俺の見ていたカタログに手を伸ばす。俺は今までと同じものが無かった経緯を説明した。

「同じのじゃないと嫌だって、小さい男だなぁ。どうせなら、ド派手なやつにしてイメチェンしちゃえばいいのに。この和風シリーズとかカッコいいんじゃない？　琥珀《こはく》、真紅、紫水晶、紺碧《こんぺき》だって。どう？」

「それの漆黒ならありだなと思ったんだけど。テンプルに飾りのリングが付いてるのが余計なんだよな」

真紅や紫水晶については無視して、俺は言った。

「余計だって。お客さんには、このリングがワンポイントでオシャレでいいですよーとか言ってるくせに」

「それが仕事でしょうが。自分だってよくわかってないのに、このワインは何年ものだから香りが違いますよ、とか言ってるでしょ」

机に置いていた俺の携帯が震えた。笑ちゃんからメールだった。

『今週、早番の日ある？　映画観に行かない？』

とあった。昨日は特に観たいものはないと言っていたのに、急にどうしたんだろう。

携帯を閉じて、ゆうちゃんに向き直った。返事はあとでいいだろう。今週は早番の日が多い。

「いいの？　彼女じゃないの？」

ゆうちゃんがカタログから顔を上げた。

「大丈夫。食べなよ、固まっちゃうよ」

俺はゆうちゃんのトレーを目で指した。かた焼きそばが乗っているが、もうだいぶ冷めてしまったんじゃないだろうか。

「同じメガネがいいってなにか理由があるの？　それじゃないといけない思い入れとか」

箸《はし》を持ち上げながら、ゆうちゃんが聞く。

「別に。ただフィット感がよかったし、服にも合わせやすいから」

「なんだ。みぃちゃんは、自分の使ってるやつに思い入れがあるって言ってたから、メガネ屋さんの店員は、みんな使ってるメガネにエピソードがあるのかと思った」

ゆうちゃんは、北ちゃんのことをみぃちゃんと呼ぶ。

「なにそれ、知らない。北ちゃん、あの緑のメガネになにか思い入れあるの？」

「……教えない」

しばらく考えた末に、ゆうちゃんはそう言った。そしてわざとらしく音を立てて、焼きそばを啜る。

「なんでだよ。今のはいいだろ、そっちから振ったんだから」

いつも三人で飲みにいくから無理もないかも知れないが、ゆうちゃんだけは俺の北ちゃんへの想いに気が付いている。そして、俺が北ちゃんのことを知りたがるような素振りを見せると、こうやって冷たい態度を取る。以前、ふっ切れないなら彼女とは別れるべきだと説教されたこともある。その通りだったので、なにも言い返せなかった。

「自分で聞けばいいじゃなーい。でも私はその話聞いて、やっぱりみぃちゃんは強いんだなぁって思った」

「やっぱりって？　もともと北ちゃんが強いキャラみたいだよ、それじゃ」

「え、みぃちゃんって強いキャラじゃないの？　私、自分の友達の中で一番みぃちゃんが強い子って思ってるんだけど」

ゆうちゃんが首を傾げた。

「えーだって、華奢《きゃしゃ》だし、のんびりしてるのに？　ゆうちゃんのほうが強いって。キツいこといっぱい言うしさ」

からかいながらそう言ってやると、「ああ」と、ゆうちゃんは呟《つぶや》いた。

「確かに、外見とか雰囲気はね。でもみぃちゃん、しっかりしてるじゃない。たまに人に気遣い過ぎるところあるけど」

「仕事はできる子だけど。そういうこと？」

いまいち、ゆうちゃんの言っていることがピンと来ない。なんだか前にも同じようなことがあった。笑ちゃんが加奈子ちゃんの話をしたときだ。料理が上手な女の子のほうが、しっかりしてると思うとかなんとか。北ちゃんが毎日手の込んだお弁当を作っていることは、うちの店で有名である。あのときも、なんだか腑《ふ》に落ちないままだった。

「うん。あと、なんて言うのかな。芯《しん》があるって言うか……」

再び俺の携帯が鳴った。休憩終了五分前にセットしてあるアラームだ。

「ごめん、俺もう行かなきゃ」

席を立った。結局「これ」と思えるメガネは見つけられなかった。

店はさっきよりだいぶ落ち着いていた。北ちゃんがバックヤードから、「ジュンジュン」と俺に手招きをする。

「手が空いたから、近くの店の在庫も調べてみたの。あれのチャコールグレイがある店、何軒かあるよ」

北ちゃんは、パソコン画面のリストを見せてくれた。電車で数駅の、一番近所の店も入っていた。定時で上がればあちらの閉店時間までに間に合うだろう。しかもその店には同期がいる。

「ありがとう、助かった。電話して取っておいてもらうよ」

俺の言葉に、北ちゃんはにっこりと微笑んだ。手には大事そうにお弁当箱を抱えている。俺と交代で休憩に行くのだ。

「なに？」

北ちゃんに言われて、我に返った。

「ああ、ごめん。なんでも」

慌てて首を振る。つい、北ちゃんの顔を長い時間じっと見つめてしまっていた。子供みたいなかわいらしい笑顔に見とれたというのもあるが、緑のメガネにも注目していた。なんなんだろう、思い入れって。

予定通り仕事を定時で終わらせて、同期のいる店に向かった。デパートの四階に入っている店だ。

店内は混んでいて、同期も含めて店員はみな接客に付いていた。しばらく待ってみたが、誰も空きそうにない。

同期が目配せとジェスチャーで、「バックヤードから持っていってくれ」と訴えてきたので、そうさせてもらうことにした。昼に電話で度数など商品に必要な情報は全部伝えたし、クレジットカードの番号も教えて会計も終えてもらっている。

在庫棚の目に付きやすい場所に、「森崎用」と書かれた袋が置かれていた。本当は掛け心地など店で確かめていきたかったのだが、忙しそうなので長居するのはためらわれた。

同期に目でお礼を伝えて、店を出た。明日《あした》にでも、改めてお礼の電話をかけよう。

デパートのフロア内を歩いているときだった。

「純一君じゃない？」

と、どこかから声をかけられた。

服屋の店先に立っている女の人が俺を見ていたが、誰だかわからない。睨《にら》んでいるようにならないように、俺はゆっくりと焦点を女の人に合わせた。

「加奈子ちゃん？　びっくりした。こんなところで」

「あ、よかった、やっぱり純一君だった。メガネしてないから自信なかったんだけど」

「加奈子ちゃんこそ。なんか印象違って見えた」

「あ、髪型変えたからかな。パーマかけて、色も明るくしたの。少しだけだけどね」

すぐにわからなかったのは、裸眼だったせいだけではないらしい。

「どう？　こんな感じ？」

後ろから声がした。服屋のカウンターにいた男が、こちらに向かって歩いてくる。加奈子ちゃんの連れだろうか。銀色に近い明るいグレーのジャケットに、赤いネクタイをしていた。昼間、ゆうちゃんが勧めてきた「真紅」と同じぐらい、濃い赤だ。

「本当だ。思ったほど派手じゃないね。ワンポイントになっていいかも」

「ね？　言ったでしょ」

男は加奈子ちゃんと言葉を交わしたあと、俺の存在に気が付いた。

「あれ？　お友達？」

「うん。笑子の彼氏」

「笑子ちゃんって、サンダルの子だよね。どうも、こんにちは」

男は俺に笑顔を向けてきた。「こんにちは」と、俺も返す。前に笑ちゃんが、加奈子ちゃんには「絶対彼氏だと思うのに、彼氏じゃない」という状態の男がいると言っていたが、そいつだろうか。だとしたら、笑ちゃんが言っていた印象よりも随分爽《さわ》やかで、感じもいい。

「ごめん、俺、行かなきゃ」

「うん、行ってらっしゃい」

男はまた加奈子ちゃんと言葉を交わし、俺にも再び爽やかな笑顔で会釈をして、エスカレーターのほうに去って行った。

「ごめんなさい、バタバタしてて」

俺は加奈子ちゃんと二人、その場に残された。

十分後、俺と加奈子ちゃんは、デパートの上の階の中華料理の店で向かい合っていた。このあと特に予定はないと加奈子ちゃんが言ったので、俺が夕食に誘った。マンゴと鍋《なべ》のお礼をしていないのが気になっていたので、ここをおごらせてもらえばちょうどいい。店は加奈子ちゃんに決めてもらった。料理上手な子なので、俺が選ぶより外さないはずだ。

さっきの男は、

「今から友達の結婚パーティーなんだって。その前にお茶でも飲まない？　って言われたから出てきたんだけど。途中で格好が地味過ぎた！　って、言い出して。ネクタイだけでも替えていくって言うから、買い物に付き合ってたの」

ということだった。それであの真っ赤なネクタイを買ったのか。俺には絶対手が出せない色だけれど、加奈子ちゃんの言うとおり、ワンポイントになっていていてオシャレではあった。少なくとも、あの男にはよく似合っていた。

「やっと、私の知ってる純一君になった」

注文を終えて、新しいメガネをかけた俺を見て、加奈子ちゃんがそう言って笑った。

「笑ちゃんに、メガネしながら寝てたら壊しちゃうよって怒られた次の日、本当に壊したんだよ。カッコ悪いのなんのって」

決して話しづらい子ではないけれど、二人で話すのは初めてなので、俺はちょっとテンションを高めに設定した。沈黙が流れたりしないように。

「笑子に『ほらぁ』って得意気な顔されませんでした？」

俺より一つ年下なのを気遣ってくれているのか、俺と話すときの加奈子ちゃんは、たまに敬語が混じる。

「笑ちゃんには壊したこと、まだ言ってないんだよね。でも全く同じのなんだから、黙ってればバレないな。加奈子ちゃんさえ内緒にしてくれたら」

「わー、私にかかってるんだ」

青菜炒《いた》めと卵スープが運ばれてきた。「色々頼んで取り分けましょうか」と加奈子ちゃんに言われたので、全部お任せした。

「あの、じゃあ交換条件にしません？　メガネ壊したこと笑子に言わないから、私もさっきの男の人と一緒にいたこと、笑子に内緒にしてもらえませんか？」

卵スープを取り分けながら、ちょっと決まり悪そうに加奈子ちゃんが言った。

「最近よくお茶とか映画とか誘ってくれるんで、たまに会ってるんですけど。まだ付き合ってるとかそういうんじゃないんで、笑子にちゃんと話してなくて。そういうことになったら言わないと、とは思ってるんだけど」

ということは、以前話を聞いた男ではないということか。

「うん、わかった。じゃあ言わない」

加奈子ちゃんが安心した顔になる。

「でもさっきの人、笑ちゃんのこと知ってる風じゃなかった?」

「笑子が夏に、私に誕生日プレゼントでサンダルを買ってくれたんですけど。あの人、その店の人なんです。タニハピにあるお店」

加奈子ちゃんは、ブランドの名前を口にした。西フロアの三階にある店だ。一回だけ行ったことがある。夏の終わりに、バーゲンでTシャツを買った。

「へえ。でもあのお店って、モノトーンとかでシックなイメージだったけど。さっきの彼、明るい色着てたね。あ、向かいに同じブランドのカジュアル版があったかな。そっちの人?」

「ううん、彼はシックのほうなんですけど。仕事のとき黒ばっかり着てるから、反動で普段は明るい色が着たくなるんですって。そうしないと、自分がくすんでいっちゃうって」

加奈子ちゃんは笑う。俺も「なるほど」と笑っておいたが、内心耳が痛かった。「くすんでいく」か。

「あの人がよく明るい色着てて似合ってたから、この間、笑子にも勧めてみたんだけど。色白でたれ目で、ちょっと顔の造り似てませんか? あの人と笑子」

「ああ、着てたね。明るい緑のセーター。加奈子ちゃんが勧めてくれたって、嬉《うれ》しそうだったよ」

続いて油淋鶏《ユーリンチー》と海鮮炒飯《チャーハン》が運ばれてきた。さっき加奈子ちゃんが取り分けてくれたので、今度は俺が率先して箸《はし》と取り皿を持った。

「先週、あの人とタニハピのシネコンに行ったんですけど。あそこ広いしきれいだし、いいですね。面白い企画も色々やってるみたい。今は、昔のフランス映画特集をやってて」

初めて二人で話すので緊張しているのは、お互いさまなのか。加奈子ちゃんも、鍋をしたときよりよく喋《しゃべ》ってくれる。

「そうなんだ。実は行ったことないんだよね、うちのシネコン」

「そうなんですか？　笑子が純一君とはよく映画に行くって言ってたから、タニハピのシネコンなんだと思ってた」

再び耳が痛い。そうか、さっきの男は堂々と自分の職場で加奈子ちゃんと会っているわけか。俺はこれまでの映画も、なんとなく別のところで観るように誘導してしまっていた。映画だけじゃない。この間服を買いに行こうという話になったときも。そしてそのあと、笑ちゃんがタニハピに来ていることを、責めるような言い方までしてしまった。

油淋鶏を分けた皿を加奈子ちゃんに差し出した。「どうも」と言いながら、加奈子ちゃんが受け取る。

「フランス映画を観たの？　すごいね、カッコいい。俺、一つも観たことないや、多分」

後ろめたかったので、俺は話の方向を変えた。

「えー、そうですか。フランス映画が好きって、気取ってる人の代名詞みたいじゃないですか？　私は、父親がとにかく映画好きで、この間観たのも子供の頃に好きだったから、懐かしくてもう一回観たくて。あの人は、服飾系の学校出てて、パリに留学してたことがあるらしくて、それで」

加奈子ちゃんは観た映画のタイトルを教えてくれた。聞いたことがあるような気もするものだったが、もちろん観たことはない。なので「へぇ」とだけ呟《つぶや》いておいた。

ふと思いついて、炒飯を取り分ける手を一瞬止めてしまった。

「その映画観た話、笑ちゃんにした？」

加奈子ちゃんに訊《たず》ねてみる。

「しましたよ」と、加奈子ちゃんは頷《うなず》いた。「昨日電話で。話しはじめてから、『誰と行ったの？』って聞かれたら気まずいと思って、私、映画の内容ばっかり熱く語っちゃって」

顔を赤らめながら、加奈子ちゃんは言う。やっぱり。昼の『映画観に行かない？』のメールは、そういうことか。

笑ちゃんに映画に誘われた話を、加奈子ちゃんにした。

「なにが観たいのか、まだ聞いてないけど。きっとそれだよね」

「そうなのかな。早速興味持ってくれたんだ。笑子のそういうところは尊敬しちゃうな」

「尊敬？　なにが？」

加奈子ちゃんの反応に驚いて、大きな声を出してしまった。

「人に勧められて、興味持ったらどんどん挑戦したり取り入れていくじゃないですか。すごいなぁって思って。この間の服も、ちょっと勧めてみたら『買ってみる』って即決してたし。この年齢になると、自分の好きなこととか好きなものって大抵決まってるから、なかなか新しいものに手、出せないですよね」

そう言って、加奈子ちゃんはスープのお椀《わん》を手に取った。

俺は言葉に詰まってしまった。服を即決したのは加奈子ちゃんが勧めたからだよ。俺や店員のときは買わなかったよ――と、心の中で独りごちる。

「そんな発想なかったな。悪口なわけではないけど……。笑ちゃんは自分がないって言うか、人に影響されやすいって言うか。そういう風に思ってたんだけど。自分がないっていうのは俺もなんだけどね」

「あー、そういう考え方もあるかぁ」

目線を宙に向けて、加奈子ちゃんはしばらく考え込む顔をした。

「でも自分があり過ぎるって言うか、そこに縛られ過ぎてる人って、そこを責められたり、土台に自信が無くなったとき、びっくりするぐらい脆《もろ》かったりするんですよね。そういう意味で、変わることを怖がらない笑子は強いなぁと思っちゃうんですよ、私は」

目線は俺に戻ってきたが、加奈子ちゃんはまだどこか遠くを見ているようだった。目が合っているのに、合っていない。

笑ちゃんが、強い――。なんだか、昼にしたゆうちゃんとの会話と同じような感じになってきた。俺の中ではやっぱり「強い」というのは、ゆうちゃんみたいに元気で気が強い人のことだ。笑ちゃんは優しくていい子だけれど、あまり自己主張をしないし、「強い」というイメージには結びつかない。

「でも、本当に強い人ってのは」

加奈子ちゃんが呟いた。俺は顔を上げる。

「個性って言うか、自分の芯《しん》がちゃんとあって。それで、さらにそこに色んな新しいものを取り入れていける人かもしれないですね。土台を責められても、脆く崩れちゃうんじゃなくて、それをバネにして、どんどん芯を強くしていけるような」

言い終えて、加奈子ちゃんは水をくいっと飲んだ。

「なんか語っちゃった。恥ずかしいな。でもそうすると、まだまだ笑子も最強ではないですねー。もちろん、私もだけど」

そして笑った。俺も、愛想笑いを返しておいた。

帰り支度をしているとき、加奈子ちゃんのコートに目が行った。真っ黒でスリムな型で、いかにも加奈子ちゃんらしいのだが、腰にリボンベルトが付いていた。女の子っぽくて、それはちょっと意外だった。でも明るい色にふんわりしたパーマの髪型も相俟《あいま》って、案外似合っている。

「かわいいね、それ」と言うと、「ありがとうございます」と、恥ずかしそうに加奈子ちゃんは笑った。

「さっきの人に、うちの新作のコート似合いそうだよって言われて。本当は真っ白を勧められたんですけどね。でもさすがにコートで真っ白は勇気出なかった。だから、あんな鮮やかなやつ買った笑子に、おおーカッコいいって思って」

カッコいい。笑ちゃんが加奈子ちゃんのことを話すときに、一番よく使う言葉だ。

仲が良すぎるんじゃないか、と少し閉口していたけれど。笑ちゃんと加奈子ちゃんの関係には――。

本当にいい友達同士なんだろう。お互いがお互いのいいところを、こんなに的確に見つけ合って褒め合っている。

「真っ黒もカッコいいと思うよ」

俺は言った。

「潔くて」

加奈子ちゃんは、ちょっと不思議そうな顔をした。

無個性な自分を恥じてなのか、笑ちゃんは少しずつでも変わろうとしている。個性的でカッコいい自慢の友達、加奈子ちゃんに勧められて、鮮やかな色のセーターを買ってみて、加奈子ちゃんのように締まった体になりたいとダイエットをして、加奈子ちゃんが面白いと言った、馴染《なじ》みのないフランス映画を観てみようとしている。

そして加奈子ちゃんは、それを強さだという。変わろうとすることは、強さだと。

家に帰ってきて、濃紺のコートをクローゼットにしまった。隣には、暗めのカーキのジャケットがかかっている。その隣には、焦げ茶色のジャンパー。

生成り色のソファに寝転がって、ベージュのテーブルの上に、メガネを外して置いた。

チャコールグレイのメガネ。

チャコールグレイは、限りなく黒に近い色だ。でも黒ではない。黒になれない、曖昧《あいまい》な色。この部屋には「チャコールグレイ」が溢《あふ》れている。黒にも白にもなりきれない、曖昧なものばかり。

そりゃそうだ。だって部屋の主がそうなんだから。


「ねえ、北ちゃん」

開店準備をしながら、北ちゃんに話しかけた。今日も二人で早番である。

カウンターにカタログを並べながら、「なに?」と北ちゃんは顔を上げた。

「北ちゃん、そのメガネになにか思い入れあるんだって? なに?」

北ちゃんは作業の手を止めた。

「ゆうだな。またあの子は余計なことを。別に、そんな大した話じゃないのに」

「教えてよ。ゆうちゃん、振るだけ振っといて、教えてくれないんだもん」

ふざけて、甘えた声を出してみた。

「本当に大した話じゃないんだけど……」

再び手を動かしながら、北ちゃんは呟いた。口を尖《とが》らせながらも、話をはじめる。

「高校生のとき、はじめてアルバイトしたのね。家の近くの洋食屋さんでウェイトレス。自分で言うのもなんだけど、私、接客業に向いてると思ったの。愛想悪くないし」

「うん、そう思うよ」

頷いて、俺は先を促した。

「実際、働きはじめたら、常連のお客さんが沢山話しかけてくれて、すごくいい感じだったんだよ。でも、そこの店長が厳しくてね。なにも問題起こしてないのに、私、叱られてばっかりだったの」

「え、なんで？」

「お客さんと和やかなのはいい。でも最終的には客と店員なんだから、ラインは引かなきゃいけない。そのラインの位置が、君は微妙にずれてるって言われて」

いつも穏やかな北ちゃんの口調が、ちょっと強くなってきた。キツいと言うのではなく、声に張りがあるとでも言うか。ゆうちゃんや加奈子ちゃんの言い回しを借りると、芯がある。

「そんな曖昧なこと言われたってわかんないって思って、私、嫌になってすぐ辞めちゃったの。でも、あとからだんだん後悔して。店長、褒めるところはちゃんと褒めてくれる人だったから。人当たりがいいのは君の長所だから、そこを芯にして、そこからもっといい仕事の仕方にしていこうとか、言ってくれてたのにな。私、逃げちゃったんだ」

ふうっと、北ちゃんは溜め息《たいき》を吐いた。

「それに、今なら店長の言うとおりだってわかるもん。去年あのお婆さんに、私、悪いことしちゃったしね」

北ちゃんは、同意を求めるように俺の顔を見た。なんだっけ。ああ、北ちゃんのことを気に入って、プレゼントを持ってきてしまったお婆さんのことか。そういえば、そんなこともあった。あの日、飲んで荒れた北ちゃんを送って行って、そのあと旦那《だんな》さんに会ってしまったから、そっちの印象ばかり強く残っていて忘れていたけど。

「それで、メガネの話は？」

なかなか話が見えてこない。

「ああ、このメガネの商品名『エバーグリーン』なんだ。その洋食屋さんと同じ名前。そこから自分が逃げたことと忘れないために、会社に入ってメガネ作るときこれにしたの。でも、まだまだだよね。もっと頑張らないと」

そう言って北ちゃんは、メガネの奥で目を細めた。いつもの、幼いかわいらしい顔で笑ったのではない。どこか遠くを見据える目だった。強く、真っ直ぐに。

俺の周りで一番「強い」人は、北ちゃんだった。それなのに俺は彼女のことを、ただ童顔で穏やかでかわいらしい女の子だと思っていた。実はどこかで「守ってやりたい」なんて考えたりもしていた。バカじゃないだろうか。俺よりずっと強い子なのに。

ずっと好きだったのに——。俺は長い間、この子のなにを見ていたんだろう。

仕事を終えて、東フロアの廊下を歩きながら、笑ちゃんに電話をかけた。

「もしもし？　今どこ？」

「今、タニハピの正面駐車場。直接シネコンで待ち合わせのほうがいいよね？」

電話の向こうで笑ちゃんが言う。すごく気を遣った声で。

笑ちゃんと付き合ってみてもいいかなと思ったのは、初めて会ったとき、俺にすごく緊張しながら「連絡先、教えてもらえませんか」と言ってきたからだ。明らかにそういうことをしなれていない、でも一生懸命勇気を出しているということが感じとれて、かわいい、微笑ましいと思った。

でももう付き合って一年も経つのに、相変わらず俺は彼女に気を遣わせて、勇気を出させてばかりいる。昨日の夜の電話では、「観たい映画、タニハピのシネコンでやってるやつなんだけど。いい？」と、やっぱり遠慮がちな声で、笑ちゃんは俺に聞いてきた。自分なんかに敵《かな》う相手じゃない北ちゃんにばかり気を取られて、決して強くはないけれど、でもいつも頑張って勇気を出している笑ちゃんをないがしろにして――。

「いや、中央フロアのシンボルツリーの下にしようよ。そのほうがわかりやすいし」

俺の言葉に、笑ちゃんは一瞬黙ってから、「いいの？」と言った。

「……いいの？　って、なにが？　待ってて、すぐ行くから」

電話を切って、エスカレーターに向かった。

笑ちゃんはフロアに先に到着していた。眩《まぶ》しそうな顔で、ツリーを見上げている。

「このバージョン、見るのはじめて。きれいだね」

俺を見つけると、嬉《うれ》しそうに声を上げた。

ツリーには、クリスマスのときと同様、雪を表した白いモールが施されている。でもクリスマスのときは葉や枝に横向きに這《は》わされていたのが、今は縦にぶら下がるような状態だ。雪解けである。

今回も後ろにスクリーンがあって、白い画面一杯に、オレンジがかった黄色い丸い光が映っている。太陽だ。初日の出。でもこの間のファッションビルのように正月飾りがあるわけじゃないので、二月も近くなった今でも十分に楽しめる。

「今日観たい映画ね、フランス映画なんだ。加奈子が面白いって言ってたんだけど、私たちに合うかどうかわかんない。ごめんね、外したら」

「いいよ」と、俺は呟《つぶや》いた。

「外したら、次はインド映画でも観てみようよ。それでダメだったら香港映画とか」

笑ちゃんは、驚いた顔をして俺を見た。でもやがて、「うん、そうだね」と頷《うなず》いた。

「その服、買ったの？」

笑ちゃんはコートの前を開けて着ていた。中のシャツが見える。明るい、鮮やかな黄色いシャツ。この間の買い物で店員に勧められて、一番買おうかどうしようか悩んでいたものだ。

「うん。やっぱり買えばよかったかなぁってあとから思って。昨日仕事が終わったあと、買いに行った。おかしくない？」

「うん、似合ってるよ」

偉いなあと、俺は心の中で彼女を称《たた》えた。俺は全く同じ、チャコールグレイを買ってしまったのに。

「似てるね、あれの色と」

スクリーンの太陽を指差して言った。「本当だ」と笑ちゃんが笑う。

鮮やかな黄色い太陽が、ツリーと、笑ちゃんの笑顔を照らしていた。

「行こう」と、俺は笑ちゃんの手を取った。この子と一緒に、少しずつ強くなってみよう、俺も。

ワイルドフラワー

これ、明日《あした》のお弁当に少し取っておけばよかったかも。里芋とイカの煮物に箸《はし》を入れながら、そんなことを考えた。汁気さえ切れば、おかずにちょうどいい。

「どうしたの？」

向かいに座るゆうが、私の顔を見ている。

「うん、これ明日のお弁当に取っておけばよかったなぁって……」

言い終わる前に気がついた。ゆうは、隣のカズ君と顔を見合わせている。

「なに言ってるの、みぃちゃん。明日はお弁当いらないんでしょ。冷蔵庫の中身片付けるの手伝ってって、自分で言ったんじゃない」

そうだった。私は明日は休みで、夫の徹は出張中なのだ。「おかず私一人じゃ食べきれないから、今晩うちに食べに来ない？　よかったらカズ君も一緒に」と今日の昼休みに、自分でゆうを誘いに行ったのに。

「ちょっと香織ちゃん。ご馳走《ちそう》してもらってるのに、そんな言いかた」

カズ君が、焦ってゆうをたしなめる。「いいのいいの」と、私はカズ君に笑った。

「なにボーっとしてたんだろう、私」

あまり時間がなく急いで料理を作ったので、疲れてしまったのかもしれない。午前中はそうでもなかったのに、昼休み以降お店が忙しくなって、定時で上がることができなかった。

「仕事して帰ってきて、こんなにちゃんとした料理作れちゃうんだからすごいよね。うちは、先に帰ってきたほうが作るんだけどね。カズの日は、カレーとヤキソバばっかりなんだよ」

ゆうが、大げさに肩を竦《すく》めて言う。

「もうちょっとレパートリーありますよ、いくらなんでも。オムライスとかパスタとか」

カズ君が身を乗り出して反論する。

「パスタはミートソースばっかりよね」

「香織ちゃんだって、僕のに回鍋肉《ホイコーロー》と麻婆豆腐と足したぐらいしかレパートリーないよね。実咲さんみたいに、こんな煮物とか作れないでしょう」

「この間、肉じゃが作ったじゃないの」

二人の掛け合いを笑いながら眺めた。親友のゆうは私より二つ年下だ。歳の差なんて関係なく仲がいいつもりだけれど、ときどき私はお姉さん目線で彼女を見てしまう。ゆうの婚約者で同棲《どうせい》中のカズ君は、更にゆうより二つ年下なので、二人一緒のときは尚更《なおさら》だ。お姉さんどころか、親目線かもしれない。小さな子供がじゃれ合っているように、二人の仲がいいせいもある。

お皿がだいぶ片付いてきた。「お茶淹《い》れるね」と私は立ち上がった。ケトルを火にかけて、緑茶の葉を急須《きゅうす》に入れる。

「じゃあ、ケーキも食べようよ」

ゆうが言う。そうだった。お土産に二人がケーキを買ってきてくれて、冷蔵庫に入れてあるのだった。

「やだ、緑茶淹れかけちゃった。いいか、これは私があとで飲めば。コーヒーにするね」

「え、いいよ」「いいですよ」

二人が声を被《かぶ》せて言う。

「僕らそういうの、こだわらないので」

「そうそう。カズ、コーヒー飲めないし」

それならと二人の言葉に甘えて、そのまま緑茶を淹れさせてもらうことにした。

「こっちこそ、買いに行く時間なかったから、タニハピで買ったやつだけどごめんね」

「ううん。だって私が急に誘ったんだし」

タニハピとは、私の働くメガネ屋が入っているショッピングセンター、タイニー・タイニー・ハッピーのことだ。ゆうはその中のイタリアンレストランのウェイトレス、カズ君は洋服屋さんの店長である。そして私の夫の徹は、タニハピの事務室で働いている。

自分の大事な人たちが、全員同じ場所にいるなんて、我ながら狭い世界で生きているなぁと思う。でもその分、とても愛着のある場所でもある。

ケーキは、中央フロアにあるティールームのものだった。ショートケーキとガトーショコラとチーズケーキだ。

「みぃちゃんから選んで。どれがいい？」

ゆうに言われて「じゃあ、ショートケーキ」と指差した。「ほらね」とゆうがカズ君の顔を見る。

「みぃちゃんは絶対ショートケーキって言ったでしょ」

得意気に笑うゆうに、「はいはい」とカズ君が呆《あき》れ気味に頷いた。

ゆうはチーズケーキ、カズ君はガトーショコラを取った。三人で声を合わせて「いただきます」をする。

「ねぇ、みぃちゃん」

フォークを手に持ったときだった。ゆうが改まった声を出した。

「今日、誘ってくれてちょうどよかったんだ。話したいことがあったから。あのね、私たち正式に結婚することになって。来月、婚姻届を出してこようと思ってるの」

「そうなの？　わー、おめでとう」

ゆうは恥ずかしそうに、目線をケーキに落とした。カズ君はその隣で、私に笑顔を向ける。

「ジュンジュンには、もう言ったの？」

「ううん、まだ。内緒にしておいて。ちゃんと自分で言いたいから」

ジュンジュンは私の同僚だ。男の子だけれど特にそんな意識はなく、私たちはいつも三人で仲良くしている。

「うん、わかった。結婚式や披露宴は？　するの？」

「ううん、しないつもり。タイミングがあえば簡単なパーティーぐらいするかもしれないけど、正直、面倒で」

ケーキにフォークを立てながら、ゆうが言う。

「いいんじゃない？　そのほうが、ゆうたちに合ってる気がする。私たちも簡単なレストランウェディングだったよ」

先月、先々月と立て続けに、高校の同級生の結婚式に出た。どちらも大きなホテルでのかしこまったものだった。もちろんお祝い事だから楽しかったのだけれど、続くと疲れてしまうのも事実である。

「ゆう、仕事は？」

そう訊《たず》ねると、ゆうもカズ君も不思議そうな顔をした。

「仕事は、って？」

「あ、そのまま続けるのね。辞めたり、パートにシフトしたりするのかと思って」

「そんな発想なかったな。最近は普通じゃない？　結婚してもそのまま仕事するほうが」

「そうよね、ごめん。最近結婚した友達が、二人とも同時に仕事辞めたから、つい。でも、一人は旦那《だんな》さんが自営業で自分も手伝うってことで、もう一人はできちゃった結婚って言うか、できたら婚？　で、もう妊娠四ヶ月だったから、特別よね」

緑茶を飲んだ。おいしかった。これでも十分ケーキに合う。

「へぇ、できたら婚って聞いたことあるけど、本当にあるんですね。僕の同級生は、できちゃった結婚はちらほら聞くけど」

カズ君が言う。

「カズ君はまだ若いもの。私はもう今年三十だから結構聞くよ、まわりから。結婚はしてないけど長く付き合ってる彼氏がいて、子供ができたらそのタイミングで結婚しようかなって話」

「ふーん」と、二人は同時に頷《うなず》いた。

「うちはまだまだ、子供のこともどっちかが仕事辞めるのも考えられないなぁ。だいたいカズの給料だけじゃやってけないもん。ねぇ？」

ゆうが、意地悪そうな顔をカズ君に向けた。

「すごく安月給みたいな言い方やめてよね。普通ですよ、普通。この年齢だったら」

カズ君が、苦笑いしながら私にフォローを入れる。

「旦那さん、出張いつまで？」

帰り際、玄関でブーツを履きながら、ゆうが聞いた。

「えーと、金曜日には帰ってくるって言ってたから、明日《あした》まで」

「みぃちゃん、明日まだ木曜だよー」

ゆうがこちらを振り返って、笑った。

「あれ、そうだっけ」

「どうしたの、今日はボケボケだね」

カズ君が小声で「こら」と言いながら、ゆうの頭を小突く。

「旦那さんがいないから、淋《さび》しいんですよね」

女の子みたいにかわいい顔で笑いながら、カズ君が私に言った。

「あー、そうなのかな」

適当に愛想笑いを返して、二人を見送った。

ドアが閉まるのを待って、さらに一呼吸置いてから、ふうっと息を吐いた。ゆうの言うとおりだ。今日の私は、なんだかボーっとしている。せっかく二人がおめでたい話を持って遊びに来てくれたのに、申し訳なかった。

キッチンに立って、水道の蛇口を捻《ひね》った。洗い物をしなければ。普段は徹がやってくれているので、久しぶりだ。

昨日の夜、「明日から出張になった」と徹に聞かされて、最初に考えたのが、「じゃあ洗い物自分でやらなきゃ」ということだった。次が、「冷蔵庫の中身どうしよう」だ。

「旦那さんがいないから、淋しいんですよね」

カズ君の言葉を思い出して、複雑な気持ちになった。淋しいなんて思わなかった。だって、たったの三日間だし。

徹とは、うまくいっていないわけじゃない。私の勤務がシフト制なので、帰宅時間はずれることが多いけれど、それでも毎日一緒に夕食を食べているし、本当にたまにだけれど、休みが合えば一緒に外出したりもする。仲は悪くないと思う。

生活に不満だって特にない。家事はお互いの得意なもので分担しているし、二人とも働いているので、経済状態で困ってもいない。

そう、不満なんてないのだ、なにも——。

でも実は、ゆうとカズ君を見ながら「うらやましい」と思ってしまっている自分がいた。あんな風にじゃれ合って、くだらない掛け合いをして笑い合って——。そういう感じは、最近の私と徹にはない気がする。

付き合い始めた頃、一緒に住み始めた頃だったら、私たちもあんな風だっただろうか。そしてその頃なら思っただろうか。たった三日間の出張でも「淋しい」と——。

次の日の朝、寒気と軽い腹痛に襲われて目を覚ました。下腹部が張っている。そういえば、もうすぐ生理が来る。昨日ボーっとしていたのもそのせいかもしれない。

ベッドから這《は》い出て、下着の準備をした。トイレにも一度行っておいた。裸足《はだし》で廊下を歩いたので、体が冷えた。最近、日中はだいぶ暖かくなってきたけれど、朝と夜はまだ冷える。

寝室に戻ると、携帯のアラームが鳴っていた。普段、お弁当を作るために起きる時間だ。アラームを切って、もう一回ベッドに潜り込んだ。洗濯物も溜《た》まっていないし、部屋も片付いているし、いいだろう。たまにはだらだら眠るのも。

　次に目を覚ましたら、もう昼過ぎだった。下腹部はまだ張っていて、体もだるかった。疲れを取るために二度寝したのに、逆効果だっただろうか。なんだかすっきりしない。

　昨日余って冷凍しておいたご飯を解凍して、お茶漬けにして流し込んだ。あまり食欲もなかったけれど、なにも食べないわけにもいかない。

　迷ったけれど、着替えて外に出かけることにした。天気も良さそうだし、これぐらいの体調の悪さなら、家でゆっくりしているより、外に出て体を動かしたほうが、きっとすっきりする。春物の服でも買いに行こう。

　家から一番近い買い物スポットはタニハピだけれど、休みの日に職場に行くのもなんだから、都心のデパートまで出かけるつもりだった。それなのに、電車に乗って二駅も行かないうちに、気持ちが悪くなってきてしまった。普段は乗り物酔いなんてしないのに。隣に座った女の子の、香水の匂いが強かったせいだろうか。

　仕方なく、次のタニハピの駅で降りた。しばらくホームのベンチで休んだら、気持ち悪さは収まった。でも、今度は急にお腹が減ってきた。吐いたあとのような、胃が空っぽな感じの嫌な空腹感だ。確かに朝からお茶漬けしか食べていないけれど、それにしてもなんでこんな急に――。

　改札を抜けて、児童公園のある南口から外に出た。癪《しゃく》だけれど、タニハピでなにか食べることにしよう。吹きっさらしのホームにいたので、すっかり体も冷えてしまった。マフラーをきつめに巻きなおす。

郵便局の角を曲がったら、赤と青の文字の「Tiny Tiny Happy」の看板が見えてきた。毎朝これを見るとき、ちょっと誇らしい気持ちになる。タイニー・タイニー・ハッピーの名付け親は、徹なのだ。嫌がるのであまり本人には言わないけれど。

中央フロアのコーヒーショップに入った。カフェラテとチキンのサンドイッチを買う。トレーを持って店内を見回したけれど、空いている席が見当たらなかった。昼過ぎのお茶の時間帯なので、混んでいる。先に席を取っておくべきだった。

「安藤《あんどう》さんじゃない？」

二人席の壁側に座った女の人が、私にそう話しかけてきた。髪を一つに結っていて、化粧気のない人だった。

誰だっけ――。必死に記憶をたどる。安藤は私の旧姓だから、古い知り合いのはずだ。

「もしかして、斉藤《さいとう》さん？」

「そうそう。よかった、やっぱり安藤さんだった。人違いしたかと思っちゃったよ」

大学の同級生だ。雰囲気が変わっていたからわからなかった。昔はきっちり化粧をして、ブランド物のバッグを持っていた派手目のタイプだった。

「席ないの？　よかったら座って。一人だから」

そう言ってくれたので、甘えることにした。すごく仲が良かったわけではないけれど、同じ授業を取っていることが多くて、校内で顔を見合わせたら声を掛け合うぐらいには親しかった。話すのは苦ではない。

「久しぶりだね。こんなところでびっくり。この近くに住んでるの？　買い物？」

斉藤さんが聞く。

「家はここから、電車ですぐのところ。今日は仕事が休みだから買い物。斉藤さんは？」

「うちは、ここから歩ける距離。あ、どうぞ食べてね」

斉藤さんが、私のサンドイッチに目をやった。「ありがとう」と言って、手に取る。斉藤さんのトレーには、半分ぐらいの量になったコーヒーが載せられていた。

そんなに近くに住んでいるなら、きっとタニハピの常連だろう。今までもすれ違っていたのかもしれない。

「斉藤さんも買い物？」

「ううん。時間つぶし。ここの四階の英会話教室に、子供が通ってるんだ」

「あ、結婚したのね。英会話教室って、そんな大きなお子さんがいるの？」

「うん、今は鈴木《すずき》って言います。大きいって言っても三歳になったばっかりだけどね」

四階に子供向けの英会話教室や音楽教室があることは知っていたけれど、もっと大きい子向けなのかと思っていた。テレビなんかでもよく、小さい頃から英才教育というのは聞くけれど、本当にそんなに早くから習わせるものなのかと驚いてしまう。

「安藤さんは、結婚は？　ごめんね、私大学時代の友達とほとんど付き合いがないから、そういう情報入ってこないんだ。やっぱり子供がいると、身動きが取れなくて」

気を遣ってくれていることがわかった。独身かどうかを訊《たず》ねるのに、微妙な年齢に私たちはもうなっているのだ。この間の二件の結婚式でも、既婚者の友達が「旦那《だんな》がね」と日常の話をするのにも、いちいち未婚の友達の顔色を見ている節があった。

「私も結婚して、今は北川って言うんだけど。……覚えてないかな？」

徹とは大学の頃からの付き合いだ。徹も同じ学科だったから、斉藤さんも徹の顔と名前ぐらいは知っているはずだ。

「北川さん？　あー、思い出した。北川君ね。すごいね、結婚したんだ。大学のときから付き合ってたよね？」

「うん、なんだかんだで腐れ縁で」

「そうなんだ。でも納得かも。大学の頃から、二人いい感じだったよね。仲がよさそうでいいなぁって思ってたよ」

そんなことを言われて恥ずかしかったけれど、悪い気はしなかった。「ありがとう」と小さな声でお礼を言った。

「あれ？　でもさっき、今日は仕事が休みって言ってなかった？　働いているの？　パート？」

「ううん、正社員。実は、ここの二階のメガネ屋で働いてるんだ。休みの日にまで職場にいて、恥ずかしいんだけど」

さっきは流してしまったけれど、また仕事の話になったので、隠すのもおかしいと思って告白した。タニハピで働いていることを驚かれるかと思ったけれど、斉藤さんは全く違うところに反応した。

「正社員なの？　すごいね、大変じゃない？　家事と両立できる？」

「あ、うん。両立って言うか、家事は二人で分担してるし、まあ」

予想外の質問だったので、妙な返事の仕方になってしまった。

「それでもすごいよ。ストレス溜まらない？　私は結婚した途端、会社辞めちゃったよ。妊娠するまではパートに出てたけど、それでも結構大変だったのに。安藤さんって、のんびりしてておとなしそうだと思ってたけど、辛抱強い頑張り屋さんなんだね。意外だわ」

更に予想外のことを言われて、反応に困ってしまう。のんびりしてるとか、おとなしそうというのは、よく言われる。少し舌足らずだから喋《しゃべ》り方がゆっくりなのと、小さくて細い、子供みたいな体形のせいだと思う。それは慣れているからいい。でも「辛抱強い」というのは初めて言われた。

サンドイッチを齧《かじ》って返事をするのを誤魔化した私に、斉藤さんは今度は「お子さんはいないの？」と聞いてきた。

「うん、子供はまだ」

「だよね。子供いたら正社員で働くなんてできるわけないもんね」

そう言って斉藤さんは、自分の言葉に何度も大きく頷《うなず》いてみせた。

見た目の雰囲気は変わったけれど、斉藤さんはお喋りなところは変わっていなかった。

そのあとは、彼女がどんどん喋ってくれたので、私は聞き役に徹していればよく楽だった。

大学の頃は、おいしいスイーツの店を見つけたとか、新作のコスメがどうとか、そういう話をよくする子だったけれど、今日の話題はまったく違った。ママ友だちとの付き合いが大変だという話や、旦那さんの帰りが遅くて困るという話を聞かされた。「本当に子供がいると大変で」という言葉を、彼女は溜め息混じりに何度も口にした。昔はよく笑う、元気で面白い子だったのに。時間が流れたことを嫌でも実感させられた。

一時間ほど経った頃だろうか。斉藤さんが腕時計を確認した。

「ごめん。そろそろ行かないと」

私も一緒に席を立った。電車に乗っていたときほどではないけれど、また少し気持ち悪さがぶり返してきていたところだったので、助かった。

トレーを返却しようと振り返ったら、黄色い光に照らされた。眩《まぶ》しくて目を細める。シンボルツリーの後ろのスクリーンの太陽の光が、窓から差し込んでいた。年明けからずっとこの初日の出バージョンだから、もうすぐ衣替えだろう。

「ここのツリー、きれいだよね。次はどんなのだろう。季節ごとに変わるの、楽しみにしてるんだ」

斉藤さんにそう言ってみたが、「本当だ、きれい」と早口に返事されただけで、反応は薄かった。あまり興味がないらしい。

「じゃあ、私行くね。話せて楽しかった。北川君にもよろしく。安藤さんも頑張ってね」

早口にそう言って、斉藤さんはそそくさと去って行った。「頑張って」の意味がわからなかったけれど、やがて「仕事と家事の両立を」ということだと気が付いた。

斉藤さんの背中が見えなくなるのを待ってから、コーヒーショップを出た。シンボルツリーの根元に立つ。眩しくて再び目を細めた。

どうしようか。もう夕方だから、都心のデパートには行けそうもない。ここで買い物をして行くか、それとも体調もよくないし、もう帰るか——。

東フロアに続く通路を歩く人の中に、知っている顔を見かけた。うちの店の左隣の雑貨屋の、パートのおばさんだ。慌てて正面出口の回転扉に向かった。苦手な人なわけではないけれど、今日はもう愛想を売ったり、世間話をしたりする気力が残っていない。

帰ろう。そのまま正面駐車場に出て、駅に向かった。外はもう真っ暗になっていた。ツリーの後ろの明るい太陽を見ていたので、その落差に一瞬戸惑った。

夕食はどうしよう。一人だし、簡単なものでいいか。昼ご飯が遅かったから、まだお腹も減っていないし。そんなことを考えながら、玄関の扉に鍵《かぎ》を差し込んだ。感触がおかしい。開けたはずなのに、閉まった感じがした。引っ張ってみたけれど、やっぱり開かない。またボーっとしていて、鍵を閉め忘れて出かけたのだろうか。慌ててもう一度鍵を回して中に入ったら、違ったようだ。玄関に徹の通勤靴がある。リビングの電気も点《つ》いている。

「ああ、おかえりなさい」

リビングに入っていくと、徹がスーツを脱いでいるところだった。

「あれ？　出張、明日《あした》までじゃなかった？」

「うん、昨日と今日と勉強会で、明日の朝帰ってくるつもりだったんだけどさ。今日早めに終わったから、引き上げてきた。川野が、来週打つ広告の準備、まだ終わってないって言うし」

川野君も一緒に行っていたらしい。徹の同僚で親友だ。タニハピの企画や広報の仕事をしていて、ツリーも彼がデザインしているという。

勉強会ってなんのだろう。一昨日《おととい》、徹は残業で深夜に帰宅して、寝る前に「明日から出張だから」と聞かされた。疲れていそうだったので、詳しいことは聞けないまま、次の日送り出していた。

「そうなんだ。夕食食べてないよね？　どうしよう、昨日ゆうたち呼んでおかず片付けちゃったんだよね。電話してくれたらよかったのに」

自分一人だと思ったので、買い物もしていない。

「いや、何度も電話したんだけどね。メールも入れたし。反応ないからどこか出かけてるのかと思って、食べて帰ろうかとも思ったけど、迷ってるうちに家に着いちゃって」

徹は遠慮がちな声を出した。確認したら、本当だ。着信もメールも入っていた。電車に乗るときにマナーモードにして、そのままになっていた。バッグの奥のほうに入れていたから、一度も気がつかなかった。

「ごめん、どうしよう。簡単なものでよかったら、作るけど」

冷蔵庫を開けた私に「いいよ、いいよ」と徹が言った。

「こっちも予定変わって悪かったし。たまには外食でもしようよ」

家と駅の間にある洋食屋まで、歩いて行った。ログハウスみたいな構えで、店内も店の周りも花で埋め尽くされている、カントリー趣味の店だ。一年ぐらい前、二人で京都に旅行に行った帰りに初めて入って、おいしかったので、それからたまに利用している。

「勉強会ってなんのだったの？　急な出張だったよね」

注文を終えてから、徹に訊《たず》ねてみた。

「シネコン前のロータリーのところ、土地が余ってるでしょ？　あそこにフラワーガーデンを作ることになったんだ。園芸ショップも併設して。で、名古屋でうちが併設してるガーデンがあるから、そこに勉強に」

「へぇ、楽しそうね。でもどうして徹が？」

川野君はわかるけれど、徹は商品管理の部署のはずだ。

「そう、急なんだけど俺、異動になるんだよね。勤務はタニハピ事務室のままなんだけど、経営課に。そのガーデンを担当するはずだった女の先輩が妊娠したから、今のうちにスライドするってことで」

「そうなんだ」

「うん、今まで事務的な部署ばっかりだったからちょっと緊張するけど、やりがいはありそうだよね。今から新しいもの作るの」

自分に言い聞かせるように言って、徹は水を一口飲んだ。

「実咲、ワイルドフラワーって知ってる?」

「ワイルドフラワー? 知らない」

「一回種さえ蒔《ま》いちゃえば、手をかけなくても自然に育って咲く花のこと言うんだって。手入れが楽だから、それでガーデンを作ることになるんだけど。水色や黄色の小さな花で、野草みたいでかわいいんだよね。それで、川野がね」

「オムライスとアラビアータ、お待たせしました」

料理が運ばれてきた。徹の前にオムライス、私の前にアラビアータが置かれた。

「私って、ポモドーロ頼みませんでした?」

怒っている口調にならないように気をつけながら、ウェイトレスの女の子に言った。朝から体調が悪かったから、辛いものは避けようと思ったはずだ。

「え、すみません。間違えちゃった。すぐ作り直します」

女の子が泣きそうな顔で言う。「いいですよ」と思わず言ってしまった。水を運んでくるのも、注文を取るのもぎこちなかった。きっと新人アルバイトなのだろう。まだ高校生ぐらいに見える。バイトをすること自体初めてかもしれない。

「え、いいんですか?」

「ええ。アラビアータも好きだから」

女の子は、何度も「すみません」と頭を下げて、戻っていった。

フォークを持って、徹のほうに向き直る。話の途中だった気がするけれど、なんだっけ。

「その妊娠した先輩、仕事は辞めるの？」

徹が話し出す気配も無かったので、聞いてみた。

「いや、産休や育児休暇は取るだろうけど、辞めないと思うよ。聞いてないし」

知らない人の話なのに、ホッとする。

「でも、徹がタニハピに来たのって、育児休暇から復帰した人の休みが多くて、辞めることになったからだったよね、確か」

一年ほど前のことだ。徹はそれまで本社勤務だったけれど、あのときも急に異動になったのだ。

「子育てしながらの仕事って、やっぱり難しいのかな」

斉藤さんはきっぱりと「できるわけない」と言い切っていた。

「簡単ではないだろうけど、そりゃ。辞めた人は、子供産む前から問題のある人だったみたいだよ。どうしたの、急に。やけにこだわるね」

「うん、実は今日ね」

アラビアータをフォークに巻きつけながら、私は話した。今日斉藤さんと会ったことと、そこで話した内容を。

「子供はいないのに、『家事と仕事両立させてるだけですごいよ』って、何度も言われちやって。なんかしっくりこなくて」

自分が共働き家庭で育ったからかもしれないけれど、「すごい」ことをしているなんて意識はまったくなかった。「両立」という言葉もピンと来ない。どちらも当たり前に自分の生活に存在しているものだから、こなしているという感覚を持ったことがない。大体、家事は私だけじゃなく、徹だってやっている。

「家事に専念しないなんて！　って、非難されたわけじゃないんでしょ。すごいねって褒められたんだから、いいんじゃないの」

オムライスをスプーンで口に運びながら、徹が言う。

「まぁ、そうなんだけど。そんな大層なことしてるわけじゃないのに、褒められても心地悪かったって言うか……。辛抱強いなんて言われたりもして。嫌な考え方かもしれないんだけど、なんだか、大変ね、可哀想にって思われてる気がしちゃったのよね」

別れ際には「頑張って」とまで言われた。

オムライスが口に入っているのか、「うーん」と徹はくぐもった声を出した。

「斉藤さんと、連絡先の交換とかしたの？　また会う約束とか」

「え、してないけど。どうして？」

「だったら、いいんじゃない。今までだって会わなかったんだし、そうしょっちゅう会うこともないでしょう。頻繁にそういう価値観の違うこと言われるなら疲れちゃうけど、今日だけだよ。忘れちゃいなよ」

溜《た》め息《いき》を吐きそうになってしまったので、抑えるためにアラビアータを口に入れた。辛みが口の中に広がる。

徹の言うとおりだと思う。もう会わなければまた微妙な気持ちになることもないし、嫌だったことなんて忘れてしまったほうがいい。その通りだけれど、でも違う。私は解決策が欲しかったわけじゃなくて、「今日こんなことがあって、こんなことを思ったの」ということを、ただ徹に聞いて欲しかっただけだ。嫌な思いをした話を意味もなく聞くのは、そりゃ楽しくはないだろう。でも親しい人との会話って、そういうものじゃないだろうか。意味のある会話しかしちゃいけなかったら、夫婦や恋人、友達との会話なんて、ほとんどなくなってしまう。

そう言ってみようかと思ったけれど、止めておいた。出張から疲れて帰ってきたところなのに、ケンカをすることもない。

本社勤めだった頃の徹は、通勤時間が長くて忙しかったせいか、私がなにか話しかけても、はぐらかして聞いてくれないことが多かった。聞いていても、内容をまったく覚えていなかったり。一度それで強く怒ったことがある。私が怒るのはめずらしいから応えたのか、それ以来、話は真剣に聞いてくれるようになった。

「残すの？　それ」

徹が、フォークを置いた私のアラビアータのお皿を目で指した。

「お昼ご飯遅かったから、お腹いっぱい。食べる？」

「残すなら片付けるよ。さっきの女の子が、やっぱり間違えたからかなって、気にしちゃうかもしれないし」

徹はお皿に手を伸ばした。そんなこと、気がつかなかった。こういう徹の優しいところは好きだと思う。

「ごめんね、お願い。ちょっと体調悪くて」

「風邪でも引いた？」

「ううん。生理前なのと、最近忙しかったから疲れてるだけだと思う」

疲れているという言葉を口にしてしまって、なんだかなぁという気分になった。最近、そんな話ばかりしている気がする。先月、先々月の結婚式でも同級生たちが、「残業すると次の日起きられなくて」とか「生理痛が酷《ひど》くて毎月生理休暇取っちゃう」とか、不健康話ばかりしていた。今日の斉藤さんも溜め息を吐いてばかりだった。仕方がないのだけれど、三十歳が迫ってきてからそういう話が増えて、自分も含めて、なんだかなぁと思ってしまう。

「冬でも咲く花って、こんなにあるんだね。季節ごとにちゃんと植え替えてるのかな」

帰り際、店先に並べられている花を見ながら、徹が言った。

「うちのベランダ結構広いのに、こうやって花育てたりしたことなかったよね」

「そうね。でもそのワイルドフラワー？は、自然に育つんでしょ？　大丈夫じゃないの」

頑張ってという意味で、私は言った。「まぁ、そうだね」と徹は曖昧《あいまい》な返事をして、先に歩きかけていた私を、小走りで追いかけてきた。

開店準備のために、カタログをカウンターに並べていたら、ゆうとジュンジュンが店先で話をしているのが見えた。ゆうはよく、開店前にうちの店に来て、私とジュンジュンにちょっかいを出して行く。

「おはよう。ねえ、ゆう。今日昼休み何時？　合わせて一緒に行かない？」

近付いていって、話しかけた。今朝もまだあまり体調がよくなかったので、徹に謝ってお弁当はサボらせてもらった。昨日のもやもやした話を、ゆうに聞いて欲しかった。彼女と話すと気分が晴れる。

「あ、みぃちゃんお弁当じゃないの？　あーじゃあ、みぃちゃんと行こうかなー。ジュンジュンは振って」

ゆうはいつも通りのふざけた声を出したが、ちょっと焦っていた。ジュンジュンを誘っているところだったらしい。

「ごめん、二人で行くんだったのね」

「いいよ、俺譲るよ。振られたみたいだし」

ジュンジュンが笑う。

「だめだめ、私が譲る」

ゆうに「話すのよね？」と耳打ちをした。結婚することを、ちゃんと自分で話したいとこの間言っていた。

「うん。でも、みぃちゃんがお弁当じゃないのもめずらしいし……」

困っているゆうに、ジュンジュンが言った。

「俺に話って、もしかして結婚すること？　実はもう聞いちゃったんだよね」

「え？　なんで？　誰に聞いたの？」

ゆうがジュンジュンの顔を見る。

「ゆうちゃんの店のパートさんたちから。結構もうみんな知ってるんじゃないかな？　隣のバイト君も知ってたし」

「なによ、もう。ジュンジュンにはちゃんと自分から話したかったのに」

ゆうは口を尖《とが》らせた。

「ジュンジュンも、そういうときは知らなかったふりしなよ。気が利かないなぁ、もう」

私は、ゆうの援護射撃をしてあげた。

「うん、そうしようかとも思ったけど。わぁびっくり！　っていう演技、俺下手そうだなぁと思って」

「うん、確かにジュンジュンは下手そう」

ゆうが笑う。

廊下を歩いてくる、中年男性の姿が見えた。うちの店長だ。私たちは目で合図をして、それぞれの持ち場に戻りかけた。店長はいつも口うるさい。

けれども今日の店長はいつもと違い、機嫌がよさそうだった。「おう、おはよう」と私たちに向かって手を上げて、近付いてくる。

「聞いたよー、結城さん結婚するんだって？　洋服屋の店長さんと。おめでたいねぇ」

そして、ゆうにそう話しかけた。

「店長までご存知なんですか？　あっと言う間だなぁ、もう」

ゆうが苦笑いする。

「どうするの？　仕事は辞めるの？　パートになるのかな」

「いえ、このまま続けますよ。今も一緒に住んでるから、別に生活変わらないし」

「そうなの？　家事も仕事もは大変じゃない？　でも、うちのぼんやりさんの北川さんでもやれてるんだから、大丈夫か。結城さんはシャキシャキしてそうだからな」

店長は声を上げて笑った。私はみんなから背を向けて、店の中に入った。

「なに言ってるんですか。北川さんはしっかりしてますよ」

ゆうが私をかばってくれているのが後ろから聞こえた。ジュンジュンが私を追いかけてきて「気にすんなって」と耳打ちをした。

気にしたわけではなかった。けれど、私は返事ができなかった。また気持ちが悪くなってきていたのだ。昨日よりも酷かった。吐きそうだ。

「どうしたの、北ちゃん。顔、青いけど」

ジュンジュンが後ろから体を抱えるようにしてくれたけれど、耐え切れなくて私はその場に座り込んだ。

「ごめん、トイレ行きたい。吐きたい」

「おい、ちょっと、ゆうちゃん！」

「どうしたの？」

みんなの声が飛び交う中、必死に口に両手を当てて、私は耐えた。

絶対に吐くと思ったのに。トイレの個室で、何度も嘔吐《おうと》しようとしてみたけれど、吐くことはできなかった。一体どうしちゃったんだろう。

そういえば、生理もずっと下腹部が張っていて、来そうなのにまだ来ていない。それこそ三十歳が見えてきた頃から周期が乱れることが増えたので、あまり気にしていなかったけれど。でも今日で何日遅れているのか――。

思い立って、立ち上がった。個室のドアを勢いよく開けた。

「わっ、びっくりした！　どう？　大丈夫？」

付き添ってくれていたゆうが、心配そうな顔で私を覗《のぞ》き込む。

「ねえ、今日って何日だっけ？」

吐き気、体のだるさ、下腹部の張り。そして生理の遅れ。どうしてこんな簡単なことに、気が付かなかったのだろう、私は。

夕食は、鍋《なべ》にすることにした。あまり食欲がないから重いものは食べたくなく、でも栄養は取ったほうがいいと思ったから。すべての材料を切って、あとは徹が帰ってきたら鍋に入れるだけの状態にしておいた。

ソファにだらしなく横になった。透明のビニール袋の中に入れた、体温計のような形をした器具をじっと見つめる。赤紫色のラインが、くっきりと浮かび上がっている。そのうちに焦点がおかしくなって、後ろのカーテンのストライプの青い線と、その赤紫のラインとが、どちらが手前にあるのかわからなくなってきた。

徹と一緒に住み始めたのは六年前。結婚したのは三年前。結婚してからは避妊はしていなかったけれど、自然にできたら産もうというぐらいの感覚だったから、これまでそれほど子作りは意識していなかった。そして三年間、一度も「妊娠したかも？」と思う状態にならなかったから、子供について徹ときちんと話し合ったことがない。一体、なんて言うだろう。

他のことを考えようと、さっきから必死に意識を逸《そ》らそうとしているのに。どうしても斉藤さんと話したことが、頭に浮かんできてしまう。

「ただいま」

玄関の扉が開く音がして、徹の声がした。「おかえり」と返事をしながら、急いでビニール袋を、テーブルの上にあった雑誌の間に隠した。それからゆっくりと体を起こす。

「今日は、鍋にしたよ」

「あ、いいね。あたたまりたい」

徹は、コートとスーツの上着を脱いで、腕に引っ掛けた。そのときスーツのポケットから、なにかを落とした。小さな封筒のようなものだ。

「なにか落としたよ」

徹が「あ」と、慌てて拾い上げた。

「なに？」

気まずそうにしている徹に訊《たず》ねた。しばらく徹は黙っていたが、やがて私にその封筒を手渡した。小さな水色の花の絵と、「ワイルドフラワー　ブルー」という文字が書かれていた。振ってみると、中でぱらぱらと音がする。

「花の種？」

「昨日、渡しそびれた。途中で話が逸れちゃったし。でも、あんまり興味なかったかな。ガーデンで指導してくれた人が、よかったらって言うから、もらってきたんだけど」

徹はそう言って、私の顔を見た。

「黄色と水色の花が咲いてたんだけど、川野が水色のほうを見て、『徹ちゃんの奥さんに似てる』って」

「私？」

「うん、多分あれのせい。川野がご飯食べにきたときも、してたでしょ」

テーブルの椅子に、徹は視線をやった。私の水色のエプロンがかかっている。

「見た目はともかく、俺もワイルドフラワーの説明聞いたら、確かに実咲っぽいかなぁと思って。それで、もらってみたんだけど。ベランダでプランターでも育つって言ってたから」

ワイルドフラワー。昨日、徹がしてくれた説明を思い出す。

「種蒔《ま》けば、自然に一人で育って咲くんだっけ？」

「うん。よく、奥さんおとなしそうですねとか、優しそうですねって言われるんだけど、俺。でも怒ると怖いし、なんでも一人でテキパキやるし、意外と逞《たくま》しいんだよって返してるの。サバとかイカとかでも、えいってあっと言う間に捌《さば》いちゃったりするし、キッチンにいるときは怖くて話しかけられないぐらいだよ、って」

早口に言って、徹は最後に声を立てて笑ってみせた。照れている。こんなに照れている徹を見たのは久しぶりだ。

昨日の徹とのやり取りを思い出す。何度も徹は話そうとしていたのだろう。この種を渡すために、今の話を。それを私がずっと遮っていた。私だって、徹のしたい話を聞こうとしていなかった。自分ばかりいつも被害者のように思ってしまっていたけれど。

「これは、一人で育つのよね？」

ゆっくりと私は、口を開いた。

「うん。でも、いいよ。興味なかったら無理には」

「ううん、蒔いてみる。ありがとう。道具、今度買いに行こうよ。タニハピにあるかな？

あ、そういう店を作るのか、今から」

「うん。でもホームセンターにもあると思う。まぁ、蒔くだけならね。やってみてもいいかと思ったんだよね、俺も」

徹は、安心したような顔になっていた。そして「スーツかけてくるよ」と言って、リビングを出て行った。いつもは、よくその辺に出しっぱなしにしているのに。

私はソファに座ったまま、徹が戻ってくるのを待った。さっき隠したビニール袋を雑誌の間から取り出して、それからゆっくり一度深呼吸をした。

部屋着になって戻ってきた徹に、言った。

「子供は、一人では育たないわよね。親が手をかけないと」

「は？」と徹は、私の顔を覗き込む。

さっき徹が私に種の封筒を渡したように、私はビニール袋を、徹にそっと手渡した。

「妊娠検査薬。まだ病院には行ってないけど、一週間近く遅れてて、陽性反応が出たから、多分間違いないと思う。私、妊娠してる」

怖くて目を逸らしてしまいそうになったけれど、頑張って私は徹の顔を見つめた。徹はさっきの私と同じように、ビニール袋の中身をじっと見つめていた。そして、私のほうに視線を向けた。目がしっかりと合う。

「手、かけないと育たないよな、子供は。でも大丈夫だろ、俺らなら。まぁ、お互い完璧《かんぺき》じゃないし、嫌な思いしたりも、たまにはしてるのかもしれないけど。でも、なんだかんだで楽しくやってきたもんな、今まで。大学のときから考えたら、もう九年も一緒にいるんだぜ」

徹が笑った。私の大好きな、とても優しそうな顔で。

「楽しいよ、きっと。子育ても」

すごく、すごく自然に涙が流れた。頬をつたっていかなかったら、自分が泣いていることに気が付かなかったぐらいだ。

徹の腕が伸びてきて、気がついたら抱き寄せられていた。こんな風にされたのも久しぶりだ。徹の胸に顔を埋めて、私は泣いた。思い切り。

聴き慣れた音楽が流れ出した。携帯が鳴っている。すぐに止んで、またしばらくしたら鳴り出した。でもそれもすぐに止んだ。メールだろう。

「二件続けて入ったのかな？」

顔を浮かせて言うと、それが合図だったかのように、徹がお腹をきゅるると鳴らした。吹き出してしまう。

「お腹減った？」

「うん。実はペコペコ」

徹も笑っている。

「もう材料切ってあるの。あとは鍋に入れるだけ」

「じゃあ、俺がやろうか。メール見ておいで。俺だって作れるぞ、鍋ぐらいなら」

徹はキッチンに、私はソファの隅に置いたバッグに向かう。

メールは、ゆうとジュンジュンからだった。

『今、カズと一緒にネットで探してみた。みぃちゃんの家から近い産婦人科。何軒かリンク貼っておくね』と、ゆうから。

『うちの社則の冊子の二十五ページ。妊娠休暇と育児休暇について書いてあるよ』と、ジュンジュンから。

ゆうはあのあと、気持ちが悪くて椅子で休んでいた私の代わりに、ドラッグストアで検査薬を買ってきてくれた。家に帰ってからと思ったけれど落ち着かなくて、タニハピのトイレで使った。結果が出るまで、ずっと付き添ってくれていた。

気分がだいぶ戻ってから店に戻ると、ジュンジュンがすごく安心した顔で出迎えてくれた。それを見たら私も気が抜けてしまって、「ねえ、うちの会社の育児休暇って、どういう仕組みかな？」と、ジュンジュンに一気にまくし立ててしまった。

また涙が頬をつたった。携帯の画面の上にも滴が落ちた。止まらない。

キッチンのほうに目をやった。徹が私のエプロンを着けて立っている。短くて結び目がぎりぎりだ。それを見たら、また吹き出してしまった。

「なに？」

徹が振り返る。

「ん？　全然似合ってない」

笑いをこらえながら、私は言った。徹は顔をしかめた。でも楽しそうだった。泣いているのか笑っているのか、とにかく涙が止まらなかった。エプロンの水色が滲《にじ》んで、私の視界を染めていった。きれいだった。すごく。

改札を抜けて、児童公園が目の前にある南口から外に出た。ドラッグストアを通り越し、郵便局の角を左に曲がると、見えてくる。ベージュ色の、弓なりに曲がった四階建ての大きな建物。看板には、赤と青の交互の文字でこう書かれている。

「Tiny Tiny Happy」

タイニー・タイニー・ハッピー。「小さな小さな幸せ」というような意味。私の夫が名付け親の、ショッピングセンターだ。本当は英文法的にはこの言い回しはおかしいらしいけれど、まあそこはご愛嬌《あいきょう》。名前のとおり、唱えるだけで少し幸せになれそうなかわいい響きだからいいでしょう——。

聴き慣れた音楽が鳴った。私の好きな曲だ。「My Favorite Things」。携帯が鳴っている。実家の母親からだった。

「実咲？　今日、検診に行ったんでしょ？　どうだった？」

「まったく問題ないって。順調だよ」

頭の中で、さっき聴いた「My Favorite Things」の続きが流れている。

「そう。よかった。もう家なの？」

「ううん。今日は今から、タイニー・タイニー・ハッピーで、みんなで集まってパーティーなんだ。私の懐妊祝いとか、友達の結婚祝いとか色々」

ゆうの店をタニハピの閉館時間に合わせて閉めて、そのあと貸切にしてくれるという。徹と私、ゆうとカズ君、ジュンジュンも彼女を連れてくると言っていた。それから川野君と同僚の女の子と、川野君の妹とその彼氏と──。

「みぃちゃんのとこの懐妊祝いと、うちの結婚祝いとで、パーティーの名前はなんにすればいいんだろうね？」

そう悩んでいたゆうに、

「あ、でもゆうの店によくヘルプで来る、調理師の彼と川野君の妹も。もうすぐ結婚するらしいよ」と言うと、

「あー、もう面倒だな。じゃあ、とにかく色々おめでとうパーティーでいいよね」

と、ゆうは投げ出した。「こら、そんな言い方」と隣でカズ君が、いつものようにたしなめていた。

「あら、そうなの。じゃあもう切るわね」

電話の向こうで、母親が言う。

「うん、ごめんね。また連絡する」

タニハピの正面駐車場を渡って、入口に向かった。閉館時間も近いのに、駐車場はまだ車がいっぱいだった。自分の職場が賑《にぎ》やかなのは嬉《うれ》しい。

「My Favorite Things」の続きを、鼻歌で歌った。去年インストゥルメンタルのCDを買って、気に入ったのであとから歌詞を調べてみた。タイトル通り、自分の好きなものをひたすら並べて歌っている曲だった。それ以来、自分の好きなものを浮かべながら、替え歌で歌うクセがついている。

私の好きなもの。水色のエプロン、甘いカクテル。鍋《なべ》のコトコトいう音。私のご飯を嬉しそうに食べる徹の顔。ゆうとジュンジュンとのおしゃべり。川野君が作るシンボルツリー。

回転扉のガラスから、吹き抜けの中央フロアが見えはじめた。スクリーンが無くなっている。ツリーの上のほうが見えたけれど、なにも飾りがないように見えた。どうしたんだろう。

扉を抜けた。やわらかな水色が、視界いっぱいに飛び込んできた。

なにも飾りのない、深い緑で茂ったツリーが堂々と立っているその根元に、一面の水色の花畑が広がっている。ワイルドフラワーだ。

ワイルドフラワー。そう、もうすぐこれも、「私のお気に入り」の仲間入りになるはず。ベランダのプランターに蒔《ま》いた種は、昨日、最初の芽を出した。春が来る頃には小さな姿で、でも逞《たくま》しく、咲き誇ってくれるだろう。

水色が滲んで、私の視界を染めていった。

私のお気に入り。どれも本当に小さな、取るに足らないものばかり。小さな小さな幸せの種。

でもきっと、そんな「小さな小さな幸せ」な気持ちがふくらんで、いつか大きな幸せになるのだと思う。

そう——。今はまだ本当に小さな種に過ぎないけれど。少しずつ少しずつ大きくなって、十ヶ月後には私たちに、大きな幸せをくれるだろう、私のお腹の中のこの子のように——。

解説

北上次郎

いま、飛鳥井千砂が面白い。読み始めるなら今だ。

周知のように飛鳥井千砂は、『はるがいったら』（2006年1月刊）で小説すばる新人賞を受賞して、デビューした作家である。この処女長編は、姉弟小説だ。デパートに勤務する姉の先の見えない恋と、高校生の弟の進路の問題、さらには父の再婚相手と母の対面など、姉弟の周囲に起こるさまざまな出来事をこの長編は描いていくが、物語の真ん中に十四歳の老犬がいて、その老犬が姉と弟を繋《つな》ぐという構造がなかなかによかった。

「まだ粗削りの部分は残るものの、これだけ読ませてくれれば十分だろう。将来の可能性を感じさせる一冊だ」

と当時の新刊評に書いたほど、飛鳥井千砂は強い印象を残したのである。問題はその後の展開だ。第2作『学校のセンセイ』（2007年6月刊）、第3作『サムシングブルー』（2009年6月刊）と、教師の青春を描いたり、結婚をモチーフにしたヒロイン小説を書いたりと展開していくのだが、それらの作品はけっして退屈な小説ではないと強調しておくけれども、しかし『はるがいったら』に感じた才能の片鱗《へんりん》がまだ十分に開花しなかったのも残念ながら事実なのである。

そこで終わっていれば、デビュー作がちょっと面白い作家がいたよね、という話題を残すだけで忘れられてしまっただろう。次々に新人作家は出てくるんだし、読者だって忙しいんだし。しかし、悪戦苦闘は必ず実を結ぶ。努力と忍耐と工夫を誠実に積み重ねれば、必ず結果はついてくる。飛鳥井千砂の第4作『アシンメトリー』(2009年9月刊)は、おやっと思わせる傑作だった。そのときに書いた新刊評を引く。

「飛鳥井千砂のこれまでの3作がどちらかといえば、普通の人間たちのドラマであったことを想起されたい。昨今流行《はや》りの癒《いや》し系の物語に分類されかねないのもそのためだったが、がらり一転、ここにいるのは劇的なほどアシンメトリーな男女たちだ。非対称な男女がいかに感情を交錯させうるか、という物語だ。それを力強く、彫り深く描いていく。これまでの読者なら、おやっと思う変化といっていい。

これは飛鳥井千砂が大きく変化する第1歩だ。この作家が大ブレイクするのは時間の問題と思われるが、そのときに、あの作品がターニングポイントだったのだな、と振り返る作品になるのは必至。たっぷりと堪能《たんのう》されたい」

エンターテインメント作家は、ブレイクする直前の数年間がいちばん面白い。デビュー時にもともとあった才能の片鱗がこの間くっきりと形をなしていくからだ。その過程がドラマチックで鮮やかだからだ。たとえば、唯川恵の例で言えば、1997年3月刊の『めまい』あたりから、俄然《がぜん》面白くなったことを思い出す。『ベター・ハーフ』『ため息の時間』などを通過して、2001年9月刊の『肩ごしの恋人』で直木賞を受賞するまでの数年間はホント、スリリングで面白かった。誤解されると困るので急いで書いておくが、そのあとはつまらないという話ではない。なぜスリリングかというと、『めまい』から『肩ごしの恋人』までの間、『ベター・ハーフ』や『ため息の時間』などの傑作はあっても、すべての作品が必ずしもそうではないからだ。ようするに、悪戦苦闘を続けて、その果てに大ブレイク作品に到達するからスリリングなのである。その間の作品が全部傑作だったら（そんなことはあり得ないが）、それはそれでつまらないのだ。一歩後退二歩前進、というように行ったり来たりするから面白いのである。

だから、飛鳥井千砂が『アシンメトリー』の次に、第5作『君は素知らぬ顔で』（2010年3月刊）、第6作『チョコレートの町』（2010年7月刊）と悪戦苦闘を続けても、まあよくあることなので気にすることはない。『めまい』から『肩ごしの恋人』まで4年かかった唯川恵の例を考えればいい。山本文緒の例も出せば、大人ものに転じた『パイナップルの彼方』が1992年、大ブレイクの『恋愛中毒』が1998年、その間6年の悪戦苦闘がある。唯川恵が4年、山本文緒が6年だ。そういう先輩作家の例を考えれば、飛鳥井千砂の場合は『アシンメトリー』が出たのは2009年。まだあれから2年しかたっていない。まだまだだ。いまがいちばん面白い時期ではあるけれど、もう少し長い目で見ていきたい。

本書『タイニー・タイニー・ハッピー』は、飛鳥井千砂の第7作である。タイニー・タイニー・ハッピーとは、「小さな幸せ」という意味で、英文法的にはおかしくても、語呂《ごろ》や響きを優先して、そう命名されたらしい、郊外の大型ショッピングセンターである。略して「タニハピ」。本書は、250以上のテナントが入るその大型ショッピングセンターを舞台にした連作集だ。

第1話では、普段は本社で商品管理の仕事をしているがタニハピの女性社員が休んだために駆り出された北川徹が語り手になるが、第2話ではよく知らない男とラブホテルに行って後悔しているレストランのウェイトレス結城香織が語り手となる。面白いのは、そのリレーされる語り手が全員、タニハピで働く人間とは限らないこと。たとえば第4話の語り手真壁笑子は製紙会社の事務が仕事。なぜ彼女がこの連作集で語り手をつとめるかというと、彼女がタニハピ内のメガネ屋に勤める森崎純一の恋人だからだ。純一は職場の同僚と飲みに行くからとデートをキャンセルしてくるから、笑子は面白くない。で、高校と大学が一緒の友人加奈子を呼び出して会ったりする。

ちなみに、この章で回想として語られる森崎純一と真壁笑子の出会うシーンがなかなかにいい。そうか、忘れてた。第3話のタイトルになっている「ウォータープルーフ」とは、耐水性のマスカラで、水で落としにくいから海やプールに行くときなどに使うらしいのだが、第3話ではこれが小道具としてうまく使われている。こういう秀逸な点が随所にあることは指摘しておかなければならない。

このように、大型ショッピングセンターを舞台に、さまざまな男女の、さまざまなドラマを描く連作集だが、初出が「小説すばる」２００６年４月号〜２００７年６月号であることに留意。『はるがいったら』の刊行が２００６年１月であることを思い起こしたい。つまり飛鳥井千砂のデビュー直後に書かれた物語である。ここまで刊行が遅れたことと、内容からの類推で言えば、当時の連載原稿と対照して克明に調べたわけでもないのにこんなことを断言するのも何なのだが、かなり手を入れたのではないか。『アシンメトリー』以降の作者の手が入っているとしか思えない箇所が少なくないのだ。したがって、原型はデビュー直後に書かれていても、本書はやっぱり著者の第７作として扱うべきだろう。

飛鳥井千砂は、唯川恵や山本文緒がそうであったように、必ず大きくなる。ブレイクしてからそれ以前の作品を遡《さかのぼ》って読むのもいいが、出来ればいまのうちから読んでおくことをおすすめしたい。まずは本書と、デビュー作『はるがいったら』、そして『アシンメトリー』だ。この３作を読んでおきたい。

初出　すべて「小説すばる」（集英社）

「ドッグイヤー」（二〇〇六年四月号）
「ガトーショコラ」（二〇〇六年六月号）
「ウォータープルーフ」（二〇〇六年九月号）
「ウェッジソール」（二〇〇六年十一月号）
「プッシーキャット」（二〇〇六年十二月号）
「フェードアウト」（二〇〇七年三月号）
「チャコールグレイ」（二〇〇七年五月号）
「ワイルドフラワー」（二〇〇七年六月号）

本書は、「小説すばる」誌に掲載されたものを、大幅に加筆・修正の上、文庫化したものです。

タイニー・タイニー・ハッピー

飛鳥井千砂《あすかいちさ》

角川文庫 16969

平成二十三年 八 月二十五日 初版発行
平成二十三年十一月三十日 五版発行
発行者—井上伸一郎
発行所—株式会社角川書店
東京都千代田区富士見二—十三—三
電話・編集 (〇三)三二三八—八五五五
〒一〇二—八〇七八
発売元—株式会社角川グループパブリッシング
東京都千代田区富士見二—十三—三
電話・営業 (〇三)三二三八—八五二一
〒一〇二—八一七七
http://www.kadokawa.co.jp
印刷所—暁印刷 製本所—BBC
装幀者—杉浦康平

あ 53-1 ISBN978-4-04-394454-5 C0193

角川文庫発刊に際して

角川源義

第二次世界大戦の敗北は、軍事力の敗北であった以上に、私たちの若い文化力の敗退であった。私たちの文化が戦争に対して如何に無力であり、単なるあだ花に過ぎなかったかを、私たちは身を以て体験し痛感した。西洋近代文化の摂取にとって、明治以後八十年の歳月は決して短かすぎたとは言えない。にもかかわらず、近代文化の伝統を確立し、自由な批判と柔軟な良識に富む文化層として自らを形成することに私たちは失敗して来た。そしてこれは、各層への文化の普及滲透を任務とする出版人の責任でもあった。

一九四五年以来、私たちは再び振出しに戻り、第一歩から踏み出すことを余儀なくされた。これは大きな不幸ではあるが、反面、これまでの混沌・未熟・歪曲の中にあった我が国の文化に秩序と確たる基礎を齎らすためには絶好の機会でもある。角川書店は、このような祖国の文化的危機にあたり、微力をも顧みず再建の礎石たるべき抱負と決意とをもって出発したが、ここに創立以来の念願を果すべく角川文庫を発刊する。これまで刊行されたあらゆる全集叢書文庫類の長所と短所とを検討し、古今東西の不朽の典籍を、良心的編集のもとに、廉価に、そして書架にふさわしい美本として、多くのひとびとに提供しようとする。しかし私たちは徒らに百科全書的な知識のジレッタントを作ることを目的とせず、あくまで祖国の文化に秩序と再建への道を示し、この文庫を角川書店の栄ある事業として、今後永久に継続発展せしめ、学芸と教養との殿堂として大成せんことを期したい。多くの読書子の愛情ある忠言と支持とによって、この希望と抱負とを完遂せしめられんことを願う。

一九四九年五月三日

角川文庫ベストセラー

落下する夕方　江國香織

別れた恋人の新しい恋人との突然の同居。いとおしい彼は、新しい恋人に会いにうちにやってくる…。新世代の空気感溢れる、リリカル・ストーリー。

泣かない子供　江國香織

子供から少女へ、少女から女へ…時を飛び越えて浮かんでは留まる遠近の記憶…。いとおしく、かけがえのない時間を綴ったエッセイ集。

冷静と情熱のあいだ Rosso　江國香織

十年前に失ってしまった大事な人。誰よりも深く理解しあえたはずなのに——。永遠に忘れられない恋を女性の視点で綴る、珠玉のラブ・ストーリー。

パイロットフィッシュ　大崎善生

出会いと別れの切なさと、人間が生み出す感情の永遠を、透明感溢れる文体で綴った至高のロングセラー青春小説。吉川英治文学新人賞受賞作。

アジアンタムブルー　大崎善生

愛する人が死を前にした時、人は何ができるのだろう——。最後の時を南仏ニースで過ごそうと旅立った二人。慟哭の恋愛小説。映画化作品。

孤独か、それに等しいもの　大崎善生

今日一日をかけて私は何を失ってゆくのだろう——(「八月の傾斜」より)。灰色の日常に柔らかな光をそそぎこむ奇跡の小説五篇。

ロックンロール　大崎善生

小説執筆の為パリのホテルに滞在していた植村は、彼の地で恋をし、突き動かされるように作品に没頭していく——。切なく清々しい恋物語。

角川文庫ベストセラー

傘の自由化は可能か　大崎善生

作家の目がとらえたこの世のかけらたち。旅や言葉、本や周囲の人々など、作家ならではの思索的日常をさりげなくスケッチしたエッセイ集。

パイナップルの彼方　山本文緒

コネで入った信用金庫で居心地のいい生活を送っていた鈴木深文の身辺が静かに波立ち始めた！日常のあやうさを描いた、いとしいOL物語。

ブルーもしくはブルー　山本文緒

派手な蒼子A、地味な蒼子B。ある日二人は入れ替わった！誰もが夢見る〈もうひとつの人生〉の苦悩と喜びを描いた切ないファンタジー。

きっと君は泣く　山本文緒

桐島椿、二十三歳。美貌の彼女の周りで次々に起こる出来事はやがて心の歯車を狂わせて…。悩める人間関係を鋭く描き出したラヴ・ストーリー。

ブラック・ティー　山本文緒

誰だって善良でなく賢くもないが、懸命に生きている――ひとのいじらしさ、可愛らしさを描いた心洗われる物語の贈り物。

絶対泣かない　山本文緒

仕事に満足してますか？　人間関係、プライドにもまれ時には泣きたいこともある。自立と夢を求める女たちの心のたたかいを描いた小説集。

みんないってしまう　山本文緒

大人になるにつれ、大切なものを失ってはいませんか？　例えば、恋、信頼。喪失を超え人は自分に出会う。哀しくもいとおしい、自分探しの物語。

角川文庫ベストセラー

チェリーブラッサム　山本文緒

中学二年の実乃は、母を亡くし、父と姉との三人暮らし。日常のなかで揺れ動く家族と、淡い恋の予感。少女の成長を明るくドラマチックに描く！

ココナッツ　山本文緒

実乃の夏休み、ロック歌手のコンサートがやってきた。何かすばらしいことがあるかも知れない、ほろ苦くきらめく少女の季節を描いた青春物語。

紙婚式　山本文緒

結婚十年。二人の関係は、夫の何気ない一言で裂けた。一緒にいるのに満たされないやるせなさ。手さぐりあう男女の心の彩を描く鮮烈な短編集。

恋愛中毒　山本文緒

世界のほんの一部にすぎないはずの恋。なのに、私をしばりつけるのはなぜ。もう他人は愛さないと決めたはずだったのに。恋愛小説の最高傑作！

ファースト・プライオリティー　山本文緒

一番大切なのは、何をする時間ですか？　誰にもゆずれない自分だけの優先事項（プライオリティー）。三一通りの三一歳、珠玉の掌編小説集。

眠れるラプンツェル　山本文緒

二十八歳・汐美。平凡で孤独な日常生活を送っている。子供はなく夫は不在。ある日、ゲームセンターで助けた隣家の十二歳の少年と恋に落ち――。

結婚願望　山本文緒

今すぐじゃなくていい。でもいつかは、一度は、結婚したい。心の奥底に巣くう結婚願望と、結婚の現実を見つめた、ビタースウィートなエッセイ。

角川文庫ベストセラー

そして私は一人になった　山本文緒

あれほど結婚したかったのに離婚してしまった。三十二歳にして、初めての一人暮らし。その一年間を日々刻々と綴った、日記エッセイ。

かなえられない恋のために　山本文緒

「運命という言葉が、昔大嫌いだった。でも、やはり運命はあるのだ」。繊細な心で、弱き人々の小さな声をすくう著者が描く、珠玉のエッセイの数々。

再婚生活　私のうつ闘病日記　山本文緒

望んだ再婚生活なのに、心と身体がついてゆかない。心の病気は厄介だ。自分ひとりでは治せない。うつを患った作家が全快するまでの全記録。

哀しい予感　吉本ばなな

いくつもの啓示を受けてやって来たおばの家。彼女の弾くピアノを聴いた時、幼い日の消えた記憶が甦り、十九歳の弥生の初夏の物語が始まった。

N・P　吉本ばなな

アメリカに暮らし、自殺した日本人作家・高瀬皿男の九十七の短篇が収められた「N・P」を巡って繰りひろげられる愛と奇蹟の物語。

うたかた／サンクチュアリ　吉本ばなな

人を好きになることは本当に悲しい。悲しさのあまり、その他のいろんな悲しいことまで知ってしまう。運命的な恋の瞬間と、静謐な愛の風景を描き出す。

キッチン　吉本ばなな

祖母を亡くし、雄一とその母（実は父親）の家に同居することになったみかげ。何気ない二人の優しさに彼女は孤独な心を和ませていく……。